CAROLA DUNN wurde in England geboren und lebt heute in Eugene, Oregon. Sie veröffentlichte mehrere historische Romane, bevor sie die erfolgreiche »Miss Daisy«-Serie zu schreiben begann. Im Aufbau Taschenbuch Verlag sind »Miss Daisy und der Tote auf dem Eis«, »Miss Daisy und der Tod im Wintergarten«, »Miss Daisy und die tote Sopranistin« und »Miss Daisy und der Tote auf dem Wasser« erschienen.

Frühjahr 1923: Die neugierige Journalistin Daisy Dalrymple recherchiert für einen Artikel in TOWN AND COUNTRY. Es soll um ein prächtiges Herrenhaus in Schottland gehen, und so besteigt sie den legendären Flying Scotsman, der zwischen London und Edinburgh verkehrt.

Kaum hat sich die schnaufende Dampflokomotive in Gang gesetzt, trifft Daisy durch Zufall eine alte Schulfreundin wieder. Doch der Anlaß ihrer Reise ist ein trauriger: Alistair McGowan, ein Verwandter, liegt im Sterben, und die ganze Familie will ihn besuchen – allerdings nicht nur, um Alistair die letzte Ehre zu erweisen. Angeblich hat er das gesamte Vermögen seinem Bruder Albert vermacht, und nun möchten alle Familienmitglieder vor Ort ihre Schäfchen ins trockene bringen …

Doch dazu kommt es nicht. Albert wird tot im Zug gefunden – heimtückisch ermordet. Eine ganze Familie steht unter Verdacht, und Daisy denkt nur an eins: Irgendwie muß sie ihren Freund Alec Fletcher von Scotland Yard erreichen, mit dem sie doch schon so manche brenzlige Situation geklärt hat.

Ein weiterer spannender, intelligent konstruierter Fall für das exzentrische Ermittlungsteam – aufregend und charmant wie die zwanziger Jahre in England.

Carola Dunn

Miss Daisy und der Mord im Flying Scotsman

Roman

*Aus dem Englischen
von Carmen v. Samson-Himmelstjerna*

Aufbau Taschenbuch Verlag

ISBN 3-7466-1496-1

1. Auflage 2000
Aufbau Taschenbuch Verlag GmbH, Berlin
© Rütten & Loening Berlin GmbH, 1999
Die Originalausgabe erschien 1997 unter dem Titel »Murder on the
Flying Scotsman« bei St. Martin's Press, New York.
Murder on the Flying Scotsman © 1997 by Carola Dunn
Umschlaggestaltung Preuße & Hülpüsch Grafik Design
unter Verwendung einer anonymen Modeillustration, 1924 und des
Plakates »Nord Express« von A.M. Cassandre, 1927
Druck Elsnerdruck GmbH, Berlin
Printed in Germany

www.aufbau-taschenbuch.de

Danksagung

Mein besonderer Dank gilt Peter N. Hall, Steward der *London and North Eastern Railroad* und Mitglied der *Historical Model Railway Society*, für seine ausführlichen Recherchen zum Flying Scotsman von 1923. Für Fehler oder Tatsachenveränderungen im Interesse der Geschichte bin ausschließlich ich verantwortlich.

Ebenfalls danke ich den Bibliothekaren von Berwick-on-Tweed. Weil sie mir (mehr als einmal) so geduldig das Mikrofiche-Lesegerät erklärten, konnte ich Superintendent Halliday und seine Beamten im *Berwick Journal* von 1923 aufspüren.

Und schließlich habe ich Beryl Houghton vom *Berwick Walls Hotel* zu danken und mich gleichzeitig bei ihr zu entschuldigen. Das Hotel ähnelt dem Raven's Nest Hotel nur hinsichtlich seiner Lage und seiner äußeren Erscheinung – die geschilderten Unannehmlichkeiten entstammen ausschließlich meiner Phantasie.

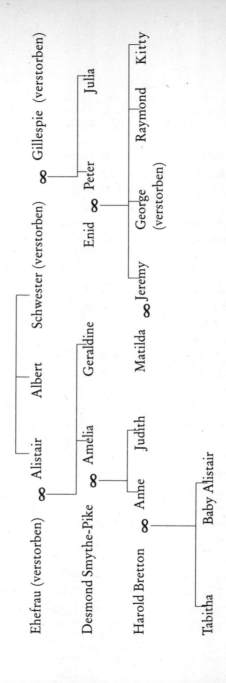

Prolog

»Einen Monat also noch, was, Doktor?«

»Ich geb Ihnen höchstens fünf Wochen, Mr. McGowan, und daß das Ende nicht noch früher kommt, kann ich nicht versprechen.«

»Bah!« Der alte Mann schnaufte energisch auf, was angesichts seines totenkopfartigen Gesichts und der knöchernen Hand, die an der geflickten Tagesdecke auf seinem Bett herumnestelte, überraschte. »Bin noch nie einem Arzt begegnet, der sich festlegen wollte.«

Der Arzt schürzte die Lippen, nahm seine schwarze Tasche auf und wandte sich der grauhaarigen, verhärmt aussehenden Frau zu, die am Fuß des Himmelbettes stand. »Ich stell zwei Rezepte für Ihren Onkel aus, Miss Gillespie, eins gegen die Schmerzen, und das andere ist ein Schlafmittel. Und nächste Woche komm ich dann wieder …«

»Den Teufel werden Sie tun!« protestierte Alistair McGowan laut. »Wenn nichts mehr zu machen ist, werd ich verdammt noch mal nicht auch noch Geld dafür bezahlen.«

Der Arzt zuckte mit den Achseln. »Bitte sehr. Dann sehe ich Sie also wieder, wenn ich den Totenschein ausfülle. Einen schönen Tag noch, Sir.«

Julia Gillespie führte ihn aus der dunklen, klammen, höhlenartigen Schlafkammer in den genauso dunklen und klammen, wenn auch weniger höhlenartigen Flur mit dem zerschlissenen Läufer. Während sie die prachtvolle Treppe aus dem siebzehnten Jahrhundert hinuntergingen, bemerkte sie zu ihrem Ärger die Staubschicht auf dem geschnitzten Eichenholzgeländer. Es war unmöglich, das Haus in einem ordentlichen Zustand zu halten, wenn Onkel Alistair sich schlicht weigerte, mehr als ein absolutes Minimum an Angestellten zu beschäftigen. Aber die Haupttreppe wenigstens sollte doch geputzt sein.

»Einen Monat?« sagte sie, denn es wurde ihr erst jetzt klar, was der Arzt gesagt hatte.

»Ungefähr. Sie werden die Familie benachrichtigen?«

»Erst wenn Onkel Alistair mir eine entsprechende Anweisung dazu gibt. Ich würde das sonst nie wagen. Einen Monat!« Ein schüchternes Lächeln leuchtete auf ihrem verhärmten Gesicht auf. »Es ist schlimm, so etwas zu sagen, Doktor, aber ich kann es kaum erwarten, Dunston Castle zu entkommen. Ich bleib hier keine Sekunde länger, als ich muß.«

»Haben Sie denn ein Auskommen?« fragte er knurrig.

»Hundert im Jahr. Davon kann ich leben, wenn ich knapp haushalte, und darin hab ich ja nun weiß Gott Übung.«

»Hmpf.«

Julia erkannte den Blick in seinen Augen: Verarmter Adel, stand darin, aber hatte sie nicht schon fast ein Vierteljahrhundert so gelebt, bis zum gegenwärtigen Jahr 1923? Vor fünfundzwanzig Jahren, noch vor der Jahrhundertwende, hatte die Familie beschlossen, sie auf dem Altar der Pflicht zu opfern. Die ältere Tochter von Onkel Alistair, Amelia, war verheiratet. Die jüngere, Geraldine, war davongelaufen und seitdem verschwunden, keiner wußte, wo sie steckte. Irgendwie war Julia nichts anderes übriggeblieben, als sich zu fügen.

»Meine Frau schickt beste Grüße«, sagte der Arzt, »und sie freut sich, Sie übermorgen wieder zum Kaffee zu sehen, wie üblich.«

»Danke sehr. Ich werd versuchen, zu kommen.«

Er stellte die Rezepte aus und verabschiedete sich. Julia eilte wieder hinauf in das Schlafzimmer ihres Onkels.

»Wo zum Teufel steckst du denn?« empfing er sie. »Mir ist kalt. Zieh die Vorhänge am Bett zu und bring mir noch eine Decke.«

»Ich werd ein Feuer anzünden lassen, Onkel.«

»Im April? Hab ich dir immer noch nicht beigebracht, daß ein gesparter Penny genauso viel wert ist wie ein verdienter Penny?«

So leise, daß er es nicht hören konnte, knurrte Julia seine andere Lieblingssentenz als Erwiderung: »Wer den Pfennig nicht ehrt, ist des Talers nicht wert.« Doch war er schließlich der einzige, der unter seinem Entschluß zu leiden hatte, also unternahm sie auch nicht den geringsten Versuch, ihn zu überzeugen.

Sie zog vorsichtig den mürben Stoff der verblaßten Brokatvorhänge zu. Als sie die Hand nach dem Vorhang am Fußende ausstreckte, unterbrach er sie mit einer Geste seiner zur Klaue verkrampften Hand.

»Warte. Schreib heute meinem Rechtsanwalt und sag ihm, ich will ihn sehen. Donald Braeburn von Braeburn, Braeburn, Tiddle and Plunkett. Die Adresse findest du in meinem Sekretär.«

»Du möchtest, daß Mr. Braeburn den ganzen Weg von London hierher auf sich nimmt?«

»Dazu bezahl ich ihn doch, oder nicht?« fauchte der Alte. »Und es kostet ein hübsches Sümmchen, einen schottischen Rechtsanwalt in London zu haben, aber das ist es fast auch wert. Schließlich trickst so einer die blöden Engländer garantiert aus. Und dann schreib der ganzen Familie, sie hätte hier nächsten Montag zu erscheinen, und zwar pünktlich. Jeder einzelne muß angeschrieben werden, vergiß das nicht.«

»Und was ist, wenn sie sich nicht freimachen können?«

»Die kommen schon, wenn du ihnen schreibst, daß Braeburn auch unterwegs ist.« Sein leises Lachen klang hämisch. »Die Hälfte von denen wird hoffen, daß ich mein Testament ändere, und die andere Hälfte, daß ich es nicht tue. Mach dir keine Sorgen, die werden sich schon alle eiligst herbemühen.«

1

Die riesige Halle der King's Cross Station war erfüllt vom hallenden Donnern der Preßlufthämmer. Dicke Staubwolken hingen in der Luft. Daisy steckte ihre Fahrkarte, luxuriöserweise erster Klasse, in die Handtasche, zog den Gurt der Kameratasche auf der Schulter höher und schaute sich, die Finger in den Ohren, um.

Das Chaos war auf den Zusammenschluß dreier Eisenbahngesellschaften zur *London and North Eastern Railroad* zurückzuführen. Warum der Zusammenschluß auch den kompletten Neubau von King's Cross nach sich ziehen mußte, war Daisy unklar. Jedenfalls war ein Ergebnis, daß der Beamte am Fahrkartenschalter ihr nicht mit Sicherheit hatte sagen können, von welchem Gleis der Flying Scotsman heute abfahren würde.

Ein weiteres Resultat war, daß die sonst hier umherwuselnden Menschenmassen von einer Vielzahl von Bauzäunen und behelfsmäßigen Wänden in disziplinierte Bahnen gelenkt wurden. Nicht nur der Buchladen von W. H. Smythe war völlig ausgegrenzt, sondern auch die Verkaufsautomaten. Und Alec war an diesem Morgen auch nicht da, um sie mit einer Schachtel Pralinen zu verabschieden. Er war im Norden, da die Polizei von Northumberland in irgendeinem komplizierten Fall Scotland Yard hinzugezogen hatte. Daisy würde ihm wahrscheinlich nicht begegnen, da sie noch weiter in den Norden reiste. Sie war auf dem Weg zu einem Landsitz in der Nähe von Edinburg, um dort ihren nächsten Artikel für *Town and Country* zu recherchieren.

Ihr Kofferträger tauchte aus der Menschenmenge wieder auf und kämpfte sich mit ihren Taschen und der Reiseschreibmaschine zu ihr durch. Sie nahm einen Finger aus dem Ohr, und er brüllte hinein: »Gleis 5, Miss.«

Er führte sie zur Schranke, an der zu ihrer Beruhigung ein Schild angebracht war mit der Aufschrift: *Flying Scotsman: London – York – Edinburg, Abf. 10.00 Uhr.* Ein nervös wirkender Fahrkartenkontrolleur versuchte, mit einer langen Schlange fertig zu werden und gleichzeitig die Fragen verunsicherter Passagiere zu beantworten, die einen anderen Zug auf Gleis 5 erwartet hatten.

Daisys Kofferträger ging mit ihren Taschen vor, und sie stellte sich in der nur langsam vorrückenden Schlange an. Es sah aus, als würde der Zug ziemlich voll werden, und sie war froh, drei Pfund in den Erster-Klasse-Zuschlag investiert zu haben. Derartiges konnte sie sich erst leisten, seit sie von einer amerikanischen Zeitschrift einen Auftrag für eine Serie über die Londoner Museen erhalten hatte. Für kurze Reisen war auch die dritte Klasse gut genug; aber bei acht Stunden freute man sich über die Bequemlichkeit und die zusätzliche Beinfreiheit.

Trotzdem war es ein Jammer, daß sie sich nichts zu lesen hatte kaufen können, dachte sie, während sie auf dem Gleis an den glänzenden teakholzverkleideten Waggons entlangging. Die Passagiere in der ersten Klasse waren meist weniger gesprächig und etwas distanzierter als ihre Mitreisenden auf den billigen Plätzen. Es konnte also nur eine lange, langweilige Reise werden. Nun denn, sie konnte ja immer noch ausbüxen und sich in der dritten Klasse einen Platz besorgen, wenn es ihr langweilig wurde.

Nur eines wollte sie unbedingt: einen Fensterplatz. Sie stieg ein und ging den Gang entlang. Die ersten Abteile waren Raucher-Abteile, in den anderen waren beide Fensterplätze schon besetzt. Endlich kam sie an ein leeres, das auch ein Nichtraucher-Schild trug.

Fahrtrichtung oder nicht in Fahrtrichtung? überlegte sie. Das ist hier die Frage. Zögerlich stellte sie ihre Handtasche und Lucys Photoapparat auf den Sitz mit dem Rücken zur

Fahrtrichtung, denn sie wollte bei ihrer Ankunft einigermaßen professionell wirken, und die schrecklichen Rußflöckchen, die durch das Fenster hereingeweht kamen, landeten einem ohne Fehl immer auf dem Gesicht. Das Fenster müßte garantiert geöffnet werden, da die Wettervorhersage mal wieder einen unverhältnismäßig warmen Tag verheißen hatte.

Tatsächlich war es im Zug schon unglaublich heiß. Warum die Heizung an warmen Tagen auf vollen Touren lief und einen an kalten Tagen vor Kälte bibbern ließ, war ein weiteres der kleinen unlösbaren Rätsel des Lebens.

Da Daisy nach dem Motto »Vor Ende Mai ist der Winter nicht vorbei« erzogen worden war, trug sie noch ihren grünen Wintermantel aus Tweed. Während sie ihn aufknöpfte, hörte sie aus dem Gang eine immer verzweifelter und immer lauter werdende Stimme.

»O Gott, o Gott, o Gott, ich halt es nicht mehr aus! Für so manchen ist der Matsch das Schlimmste, aber für mich ist das Grauenhafteste ein heißer Tag. Da will man nur noch eines: Cricket spielen oder in einem Boot herumlungern. Ich sag dir, ich halt …«

»Ganz ruhig, Raymond«, erwiderte eine junge Frau, und das Gelangweilte, Zerdehnte ihrer Stimme schien Daisy mit Zärtlichkeit, einer Mischung aus Liebe und Mitleid unterlegt zu sein. »Komm und setz dich, Liebling. Wir machen Fenster und Tür zu, und dann kannst du die Hände auf die Ohren tun.«

»Verzeih, Judith«, sagte er mit brechender Stimme. »Das sind diese verdammten Preßlufthämmer, die klingen genau wie … Mein Gott, wieso fährt dieser verdammte Zug nicht endlich los?«

Ein Granatentrauma. Daisy wußte, daß solche Erinnerungs-schübe, die zu heftig waren, als daß man sie ignorieren konnte, oft von lauten Geräuschen ausgelöst wurden. Die Verse Wilfred Owens gingen ihr durch den Kopf:

Welch Glocke läutet denen, die wie Vieh dahingerafft?
Nur der bellenden Kanonen schauerliche Wut.
Nur das rasche Knattern stotternder Gewehre schafft,
auszulöschen ihrer hastigen Gebete Mut.

Owen war ein Freund von Michael gewesen. Er war tot, wie
Michael und Gervaise und zahllose andere auch. Wenigstens
hatten die jetzt ihre Ruhe, dachte sie mit einem Kloß im Hals,
anders als diese armen Teufel, die noch fünf Jahre nach Frie-
densschluß an Spätfolgen litten.

»Ein Granatentrauma, armer Kerl.« Der Kofferträger war
wieder erschienen, wie der Geist aus Aladins Lampe. »Dem
Sohn meiner Schwester geht's genauso. Nimmt ihn immer
unheimlich mit, kann ich Ihnen sagen. Ich hab Ihre großen
Koffer in das Gepäckabteil geschafft, Miss, und hab den
Wachmann dort angewiesen, daß er auf Ihre Tasche mit der
Photo-Ausrüstung aufpaßt, wie Sie gesagt haben.«

»Danke sehr. Ja, die Schreibmaschine und die kleine Tasche
hoch ins Netz. Und würden Sie die Kamera bitte auch da
oben deponieren?« Sie gab ihm ein Trinkgeld, und er ging.

Es war wirklich unerträglich heiß im Abteil, aber bei ge-
öffnetem Fenster würden der Lärm und der Schmutz der
Umbauarbeiten eindringen. Daisy nahm ihre Baumwollhand-
schuhe ab, stopfte sie in die Tasche und zog dann den Mantel
aus.

Dem Himmel sei Dank, daß sie der Wettervorhersage heute
Glauben geschenkt und ein Sommerkleid angezogen hatte. Es
war ein hübsches neues kurzärmeliges Kleid aus leichtem
blauem Stoff mit weißen und gelben Margeriten. Eine blaue
Schärpe ging um die niedrig angesetzte Taille. Daisy sah sehr
hübsch darin aus, auch wenn sie ein bißchen molliger war, als
die Mode es eigentlich erlaubte. Ein Jammer, daß Alec nicht da
war. Bestimmt würde ihm auffallen, daß das Blau genau denselben Ton hatte wie ihre Augen – obwohl er ja nicht unbedingt zu Komplimenten neigte. Alles, was er je zum Thema
ihrer Augen gesagt hatte, war ein Fluchen über jenen unschul-

dig tiefen Blick, der ihn dazu verleitete, indiskrete Äußerungen über seine Untersuchungen zu machen.

Sie legte den Mantel zusammengefaltet in das Netz. Sie mußte sich auf die Zehenspitzen stellen, obwohl sie eigentlich nicht besonders klein war. Die Welt war eben auf die Männer zugeschnitten, dachte sie düster. Vielleicht würde sich das ja jetzt ändern, nachdem endlich auch Frauen das Wahlrecht bekommen hatten.

Als nächstes kam der Hut herunter, der heißgeliebte smaragdgrüne Cloche vom Selfridge's Bargain Basement. Daisys Mutter wäre schlicht entsetzt, sähe sie sie ohne Handschuhe und Hut reisen, aber Mutter war ja weit weg. Es wäre doch einfach lächerlich, an Hitzschlag zu sterben, nur um den Konventionen Genüge zu tun. Außerdem hatte sie das ganze Abteil für sich allein, und der Zug sollte in Kürze abfahren, so daß sie wohl kaum jemand sehen würde.

Sie kniete sich auf den Sitz und schaute in den Spiegel, um ihre Haare zu richten. Die Kürze ihrer honigblonden Locken überraschte sie noch immer. Auch ihrer Mutter hatte sie noch nicht erzählt, daß sie sich praktisch hatte kahlscheren lassen. Das würde ein Gezeter, wenn Mutter das herausfand!

Alec hatte gesagt, mit den kurzen Haaren sähe sie aus wie Lady Caroline Lamb. Er hatte außerdem bemerkt, daß der kleine Leberfleck an ihrem Mund, den kein Gesichtspuder verdecken konnte, wie eins jener Schönheitspflaster aus dem achtzehnten Jahrhundert aussah, die man damals »The Kissing« genannt hatte – aber geküßt hatte er sie deswegen immer noch nicht.

Vielleicht wird er das auch nie, dachte Daisy mürrisch. Als sie bei ihm zu Hause zum Tee eingeladen gewesen war, hatte seine Mutter, ohne es direkt in Worte zu fassen, sehr deutlich gemacht, daß sie es mißbilligte, wenn die Mittelschicht sich mit der Aristokratie mischte. Natürlich dachte Daisys Mutter, die verwitwete Lady Dalrymple, ganz genau dasselbe, oder vielmehr, sie würde dasselbe denken, wüßte sie von der Freundschaft ihrer Tochter mit Detective Chief Inspector Alec Flet-

15

cher. Als würde ein Titel wie dieses »Honourable« vor dem Namen einen über den Rest der Menschheit erheben!

Wenigstens mochte Alecs Tochter Belinda sie gut leiden.

Die Sommersprossen auf Daisys Nase waren zu sehen. Sie bedeckte sie mit Puder und frischte ihren Lippenstift auf. Dann setzte sie sich und lehnte den kurzgeschorenen Kopf an die gepolsterte, mit einem Deckchen geschützte Kopfstütze. Der hellbraun und rot gemusterte Sitz war tatsächlich bequemer und weicher als in der dritten Klasse. Vielleicht könnte sie sogar auf der Reise etwas schlafen.

Draußen pfiff es, und die Türen wurden knallend geschlossen. Der Flying Scotsman glitt langsam das Gleis entlang, rumpelte mit zunehmender Geschwindigkeit über die Schwellen und richtete sich dann in einem regelmäßigen Rhythmus ein. Signalleuchten und Schaltanlagen, Echos werfende Tunnel und entgegenkommende Rangierzüge wurden durch die vom Rauch geschwärzten Rückseiten von Reihenhäusern abgelöst, in deren winzigen Gärten bunt die Montagmorgen-Wäsche flatterte. Daisy stand auf, um das Fenster zu öffnen und die kühle Morgenluft hereinzulassen.

»M-Miss Dalrymple?«

Sie wirbelte herum. In der offenen Tür zum Gang stand ein kleines, dünnes Mädchen mit rötlich blonden Zöpfen. Sie trug einen dunkelblauen Schuluniform-Mantel, dazu Hut und schwarze Strümpfe. Sie sah erhitzt und unglücklich aus, so als würde sie gleich in Tränen ausbrechen.

»Belinda! Was machst du denn hier?«

»Ich dachte, ich würd Sie nie finden. Ich dachte, ich wär in den falschen Zug gestiegen oder daß Sie nicht …« Sie brach in Schluchzen aus.

»Mein Schätzchen!« Daisy streckte die Arme aus. Belinda stürzte auf sie zu und umklammerte verzweifelt ihren Hals.

Nach einer festen Umarmung, als das Kind sich mit Daisys Taschentuch die Tränen getrocknet hatte und soweit beruhigt war, daß es seinen Mantel aufknöpfen konnte, veränderte sich Daisys Ton allerdings.

»Ist ja schon prima, daß du mich gefunden hast«, sagte sie streng, »aber was in aller Welt machst du eigentlich hier?«

»Ich bin weggelaufen«, sagte Belinda leise, den Blick fest auf den Knopf gerichtet, an dem sie gerade herumfummelte.

»Von der Schule?«

»Nein, wir haben doch Osterferien. Ich wollte nur meinen besten Mantel und Hut anziehen.«

»Also bist du fortgelaufen von …?«

»Von Gran. Meiner Großmutter.«

Daisy drückte sich selbst die Daumen und betete, daß es die Großmutter mütterlicherseits sein möge, von der sie nichts wußte. Ahnungsvoll fragte sie: »Mrs. Fletcher?« Sie stöhnte leise auf, als Belinda nickte.

»Granny hat mich nicht zu Deva gehen lassen«, sagte sie, immer noch voll Zorn, »und ich durfte sie auch nicht einladen oder sie im Park treffen, um mit ihr zu spielen. Nur weil sie aus Indien kommt. Also hab ich gedacht, ich fahr los und frag Daddy, ob ich darf. Daddy sagt immer, man darf niemanden danach beurteilen, wo er herkommt oder wie er aussieht oder wie er redet, weil vor dem Gesetz alle Menschen gleich sind. Außerdem spiel ich in der Schule mit Deva, also warum soll ich das nicht auch zu Hause tun?«

»Weiß ich auch nicht«, log Daisy. »Aber es war sehr böse von dir fortzulaufen. Deine Großmutter wird sich schreckliche Sorgen machen. Und wie kommst du darauf, daß du mit diesem Zug zu deinem Vater findest?«

»Ich hab's im Atlas nachgeschlagen, den meine andere Gran und Granddad mir zu Weihnachten geschenkt haben. Daddy ist in Northumberland, und Sie haben doch neulich eine Nachricht für ihn hinterlassen, daß Sie heute mit dem Flying Scotsman nach Schottland fahren. Und Northumberland liegt doch direkt daneben.«

»Northumberland ist aber eine große Grafschaft, und Schottland ist ein ganzes Land. Ich weiß noch nicht einmal, wo genau dein Vater ist, und wir haben auch überhaupt nicht ausgemacht, uns zu treffen.«

»Oh.« Belindas Augen, die noch grüner leuchteten als Alecs, wurden in ihrem sommersprossigen Gesicht (mehr Sommersprossen, als Daisy je gehabt hatte) riesig weit. »Ach du liebes, liebes bißchen.«

»Was soll ich denn nur mit dir anstellen, um Himmels willen?« Daisys Augen richteten sich auf die Notbremse über dem Fenster. Sie hatte sich schon immer eine Ausrede gewünscht, an dieser roten Kette zu ziehen. *Strafe für mißbräuchliche Nutzung 40 Shilling,* las sie, und das brachte sie jäh wieder auf den Boden der Tatsachen zurück. Geld – Fahrkarte – »Wie bist du überhaupt in den Zug gekommen?«

»Ich hab mir eine Bahnsteigkarte an einem Automaten gekauft. Kostet ja nur einen Penny. Ich hab aber nur noch zwei Pennies von meinem Taschengeld übrig, weil der Bus nämlich drei Pennies gekostet hat. Für einen Kinderfahrschein.«

»Kinderfahrschein? Ach, natürlich, Gott sei Dank. Ich hatte schon Angst, ich hätte nicht genug Geld dabei, um deine Bahnfahrkarte zu bezahlen, wenn der Schaffner gleich vorbeikommt.«

»Ich kann ja im nächsten Bahnhof aussteigen und zurück nach Hause fahren«, sagte Belinda unglücklich.

»Wir sitzen in einem Expreßzug«, teilte ihr Daisy einigermaßen streng mit. »Der nächste Halt ist in York. Da kommen wir erst nach dem Mittagessen an, und dein Vater – ganz zu schweigen von deiner Großmutter – würde mich umbringen, wenn ich dich allein nach Hause zurückschickte. Möglicherweise bringen sie mich trotzdem um, denn es scheint mein Anruf gewesen zu sein, der dich auf die idiotische Idee gebracht hat wegzulaufen.«

»Es tut mir ja so schrecklich, schrecklich, *schrecklich* leid.«

»Na, na, nicht wieder weinen, das hat keinen Sinn. Beruhige dich, mein Schätzchen, und zieh mal deinen Mantel und den Hut aus, ehe dich in dieser schrecklichen Hitze noch der Schlag trifft. Erzähl mir von deiner Freundin Deva.«

»Sie hat einen Sari! Das ist so eine Art indisches Kleid, in das man sich einwickelt. Tagsüber, in der Schule, trägt sie eine ganz normale Uniform, aber für unsere Weihnachtsaufführung hat sie das angezogen. Es ist aus blauer Seide, mit goldenen Sternen drauf und einem goldenen Saum. Sie hat gesagt, ich darf es auch einmal anziehen, wenn ich sie besuchen komme. Ich versteh einfach nicht, warum Granny mir das nicht erlaubt. Devas Vater arbeitet für das India Office, also ist sie doch anständig. Sie würden mir das doch erlauben, oder nicht, Miss Dalrymple?«

»Das tut jetzt nichts zur Sache. Deine Großmutter muß das entscheiden, und sie will nur dein Bestes.«

Belinda seufzte. »Ich wünschte, Sie würden Daddy heiraten.«

»Mr. Fletcher und ich sind gute Freunde«, sagte Daisy mit fester Stimme und hoffte, daß das frisch aufgelegte Puder ihr Erröten verdeckte. Sie war sehr erleichtert, als eine elegante junge Dame mit einem schlafenden Kleinkind auf dem Arm und einem kleinen Mädchen an der Hand in der Tür erschien und das Gespräch unterbrach.

»Daisy, das bist ja wirklich du! Ich dachte mir schon, ich hätte dich im Bahnhof gesehen, aber da war ja eine so gräßliche Menschenmenge, daß ich mir nicht sicher war.«

»Anne Smythe-Pike – nein, jetzt bist du natürlich verheiratet. Es ist ja ewig her, seit wir uns zum letzten Mal gesehen haben. Damals warst du noch verlobt.«

»Bretton. Mrs. Harold Bretton«, sagte ihre ehemalige Schulkameradin selbstzufrieden. Anne Bretton war sechsundzwanzig Jahre alt, also ein Jahr älter als Daisy, doch lagen auf ihrem an sich hübschen Gesicht bereits die ersten Anzeichen von Ernüchterung. So überraschte es nicht, als sie in quengelndem Tonfall hinzufügte: »Harold ist mal wieder anstrengend.«

»Wie unangenehm«, sagte Daisy mit einem mitleidigen Lächeln.

»Er findet, Kinder sollte man sehen, aber nicht hören, und eigentlich sollte man sie auch gar nicht sehen. Aber ich möchte doch meine kleinen Lieblinge bei mir haben. Ich setz mich zu dir. Dir machen Kinder doch nichts aus.« Es war eine Feststellung und keine Frage.

»Nein, natürlich nicht. Wie ich sehe, hast auch du vor der Hitze kapituliert. Daß die Sonne hier hereinscheint, macht es auch nicht gerade angenehmer. Man kann doch froh sein, ein Sommerkleid angezogen zu haben!«

»Und wie! Nur wird es dafür wahrscheinlich in Schottland eiskalt sein.« Sie setzte sich, nahm den Säugling auf den Schoß und warf Daisys bloßem Kopf einen neidischen Blick zu. »Mutter würde in Ohnmacht fallen, wenn ich den Hut abnähme.«

»Mrs. Smythe-Pike reist mit euch?«

»Sie und Vater haben ein Abteil für sich allein genommen, wegen Vaters Gicht. Die ganze Familie sitzt im Zug, ob du es glaubst oder nicht. Wir … Ach, ist das deine Tochter? Nein, das kann nicht sein. Dazu ist sie doch viel zu alt.«

Annes kleines Mädchen, das Belinda unverwandt angestarrt hatte, tat jetzt kund: »Ich bin fünf Jahre alt. Und wie alt bist du?«

»Neun dreiviertel. Fast zehn.«

»Das ist Belinda Fletcher, Anne. Sie ist die Tochter eines Freundes.«

»Guten Tag, Mrs. Bretton«, sagte Belinda höflich. »Wie heißt denn Ihr kleines Mädchen?«

»Tabitha, Liebes. Wie nett, da könnt Ihr beiden ja miteinander spielen.« Sie lächelte liebevoll, als das Kind, seine Puppe fest im Griff, auf den Sitz neben Belinda kletterte. Anne blickte Daisys linke Hand wie beiläufig an. »Du bist also nicht verheiratet, Daisy? Als wir einander damals begegnet sind – war das nicht im Savoy? –, warst du doch auch verlobt. Ach so! Du liebe Zeit, ich vermute …?«

»Ja, Michael ist im Großen Krieg gefallen.« Daisy führte das nicht weiter aus. Anne war nie eine enge Freundin gewesen, und eigentlich hatte Daisys Clique sie ziemlich dämlich gefunden. Sie wechselte das Thema. »Sagtest du eben, deine ganze Familie sitzt im Zug?«

»Das's mein Bruuuda«, krähte Tabitha und zeigte auf das Baby. »Der ist auch in meiner Familie. Heißt Astair.«

»Nach Fred Astaire?« hakte Daisy überrascht nach.

»Nein, nein«, sagte Anne. »Er heißt Alistair. Alistair McGowan Bretton, meinem Großvater zu Ehren. Er ist der erste direkte männliche Nachfahre von Großvater. Was meinst du, da muß er doch einfach sein Testament zugunsten von Baby ändern?«

»Du liebe Zeit, Anne, woher soll ich das denn wissen? Das wird doch sicherlich davon abhängen, wer sonst noch Ansprüche anzumelden hat.«

»Hör mir bloß auf«, sagte Anne entnervt. »Ich bin mir sicher, daß wir mehr Anspruch auf das Erbe haben als alle anderen. Der Ärger ist nur, daß Großvater schrecklich viele Vorurteile hat. An erster Stelle verabscheut er die Engländer, und natürlich ist Vater so englisch, wie man sich das nur vorstellen kann, genauso wie Harold.«

»Das bist du doch auch, nicht wahr? Und deine Kinder auch?«

»Na ja, stimmt, aber Mutter ist schottisch, nachdem sie ja seine Tochter ist.«

»Wenn er – Mr. McGowan, so heißt er doch? – seinen Besitz deiner Mutter vermacht hat, wird dann nicht alles sowieso früher oder später auf dich übergehen?« fragte Daisy.

»Auf mich und Judith. Nur hat er das eben nicht. Er hat Mutter nicht als Erbin eingesetzt. Die Sache ist viel komplizierter. Großvater hat alles meinem Großonkel Albert vermacht, obwohl die beiden seit Jahrzehnten nicht mehr miteinander gesprochen haben; er hängt eben der männlichen Erbfolge an.«

»Ist nicht wahr! Wie entsetzlich viktorianisch.«

»Findest du nicht auch?« stimmte ihr Anne zu. »Und was die Sache noch verschlimmert, die beiden sind Zwillinge. Also ist Onkel Albert genauso uralt wie Großvater, weswegen wir uns eigentlich alle sicher waren, daß er als erster sterben würde.«

»Warum?«

»Er hat den größten Teil seines Lebens in Indien verbracht

21

und seine Gesundheit ruiniert in dem Klima, mit all den scharfen Gewürzen und zu vielen Chota Pegs – so nennen die doch da drüben Whiskey? Aber jetzt liegt Großvater Alistair auf dem Sterbebett, und Onkel Albert sitzt mit uns in genau diesem Zug, folgt dem Ruf wie wir alle, auch der Rechtsanwalt. Der einzig mögliche Grund, warum Onkel Albert hinfährt, ist wohl seine Freude, der Überlebende zu sein. Das Geld braucht er jedenfalls nicht.«

Langsam interessierte sich Daisy für diese komplizierte Angelegenheit. »Wer beerbt denn Onkel Albert?« fragte sie nach. »Vermutlich seine Kinder?«

»Er hat keine. Er hat nie geheiratet. Es gibt eine Familienlegende, nach der Großvater ihm damals die Verlobte ausgespannt haben soll, wobei ich nicht weiß, ob das wirklich stimmt. Sein eigenes Vermögen, das er sich in Indien erworben hat, stirbt mit ihm. Kannst du dir vorstellen, daß er jeden Penny in eine Leibrente gesteckt hat, nur um die Familie zu ärgern?«

»Das heißt, er hinterläßt praktisch nichts?«

»So sah es jedenfalls bislang aus. Keiner hätte erwartet, daß er Großvater überlebt und damit Dunston Castle und das Familienvermögen erbt. Ganz ruhig, Baby«, unterbrach sich Anne, als der kleine Alistair zu wimmern begann. »Nicht schon wieder weinen, mein süßer kleiner Schnuckelfratz. Sei lieb, dann wird dir dein Urgroßvater jede Menge Geld vererben.«

»Nachdem er seinen Rechtsanwalt nach Schottland zitiert hat, kann ich mir das durchaus vorstellen«, sagte Daisy, »denn schließlich würde das Geld vermutlich erst einmal an dich fallen, oder wenigstens an deine Mutter, wenn Albert McGowan vor Alistair gestorben wäre, wie allseits erwartet.«

»Ganz und gar nicht. Es ist einfach schrecklich unfair. Der nächste Erbe ist Onkel Peter, der Sohn ihrer jüngeren Schwester. Sie hat einen Schotten geheiratet. Und Onkel Peter ist in Schottland geboren, wie auch seine Frau und alle seine Kinder, obwohl die Gillespies mittlerweile in London wohnen. Nach all dem und weil es auf unserer Seite der Familie nur eine weibliche Erbfolge gibt, werden die eigenen Nachfahren Großvaters vorgezog… Ach, Schschsch!«

Das Baby heulte auf. Es verkrampfte sein kleines rotes Gesicht, hickste einmal auf und jaulte dann in einem wahren Kreischkonzert los. Daisy versuchte, nicht allzu offensichtlich zusammenzuzucken.

»Verdammt, jetzt sei doch endlich still, du blöder kleiner Affe«, herrschte Anne ihren süßen kleinen Schnuckelfratz an. »Wenn du ungezogen bist, dann bring ich dich wieder zur Kinderfrau. Dich auch, Tabitha. Komm jetzt.«

»Nein!« kreischte Tabitha. »Ich bin doch brav. Ich möchte bei B'linda bleiben.«

»Sie ist wirklich sehr brav«, sagte Belinda altklug. »Ich passe schon auf sie auf, Mrs. Bretton. Wenn Miss Dalrymple nichts dagegen hat.«

»Aber gar nicht.« Daisy unterdrückte ein Seufzen. Was war nur aus ihrer langen, langweiligen, aber friedlichen Reise geworden?

2

»Wo ist meine Frau?«

Der Mann, der in der offenen Tür des Abteils erschienen war, trug einen perlgrauen Anzug, der eindeutig auf der Savile Row geschneidert war, und dazu eine Club-Krawatte mit einer etwas zu auffälligen goldenen Nadel. Sein dünnes, helles Haar war am schon sehr hohen Haaransatz zurückgekämmt und mit Pomade festgekleistert. In der Hitze schien ihm der Dampf förmlich aus den Ohren zu kommen. Er tat Daisy leid, denn er war zu wohlerzogen, sein Jackett auszuziehen oder die Krawatte zu lockern, und so verzieh sie ihm den wütenden Blick, den er auf sie richtete.

»Wo ist also meine Frau?« wollte er ungeduldig wissen. »Das ist meine Tochter. Wo ist meine Frau?«

»Ich bin doch *brav*, Daddy«, jammerte Tabitha, was der Gentleman jedoch ignorierte.

»Sie sind wohl Mr. Bretton«, sagte Daisy mit eiskaltem Tonfall. »Ich bin Daisy Dalrymple. Ich bin mit Anne zur Schule gegangen. Guten Tag.«

Er erwiderte mit einem knappen, unhöflichen Nicken. »Wo …?« fing er schon wieder an, doch dann besann er sich eines Besseren. »Herrje, ich bitte um Entschuldigung«, sagte er und warf ihr ein schwaches Lächeln zu. »Die Honourable Miss Dalrymple? Anne sagte schon, sie hätte Sie in King's Cross gesehen. Bitte entschuldigen Sie meinen rüden Ton, aber wirklich, wenn es nicht das eine ist, dann ist es das andere, und irgendwann wäre auch ein Heiliger mit seiner Geduld am Ende.«

»Kommen Sie doch herein und setzen Sie sich«, sagte Daisy jetzt etwas freundlicher, obwohl ihr Harold Bretton alles andere als sympathisch war. »Anne dürfte gleich wieder hiersein. Sie hat das Baby zu seiner Kinderfrau gebracht, die wohl dritter Klasse reist, wie ich annehme. Meine kleine Freundin Belinda Fletcher hat angeboten, auf Tabitha aufzupassen.«

»Guten Tag, Sir«, sagte Belinda. Daisy war stolz auf ihre guten Manieren, insbesondere, da Tabitha ihr wie ein Mühlstein um den Hals hing aus lauter Angst, schon wieder fortgeschickt zu werden, fest entschlossen, dies nicht geschehen zu lassen.

Belinda hätte genausogut auch ein Stück Holz sein können, so wenig beachtete Bretton sie. »Sie reisen nach Schottland?« fragte er im Tonfall eines Mannes, der durchaus höflichen Small Talk machen konnte, obwohl er sich mit viel wichtigeren Dingen zu befassen hatte.

»Ja, ich habe einen Auftrag in der Nähe von Roslin.«

»Einen Auftrag?« Er starrte sie an, und aus seinen hervorstehenden blauen Augen sprach blankes Entsetzen. »Sie arbeiten?«

»Ich schreibe«, sagte Daisy knapp. »Und was machen Sie beruflich?«

»Ich? Ach, ich, ähm, ich helfe meinem Schwiegervater, die Latifundien in Kent zu verwalten. Jedenfalls hätte er gerne, daß ich das tue«, korrigierte sich Bretton in einem Anfall von Ehrlichkeit, »aber wenn Sie mich fragen, ist das ein verlorenes Spiel. Seit dem Großen Krieg ist mit Landwirtschaft kein Geld mehr zu verdienen. So habe ich mir das wirklich nicht vorgestellt, als ich Anne geheiratet habe. Wir schwimmen demnächst alle mit dem Bauch nach oben im Fluß, wenn sich die Dinge nicht bald ändern.«

Es war doch wirklich sehr merkwürdig, dachte Daisy, wie viele und vor allem: welche Art von Menschen sich ihr unbedingt anvertrauen wollten. »Mein Vetter, der gegenwärtige Lord Dalrymple, scheint auf Fairacres einigermaßen gut auszukommen«, sagte sie.

»Ehrlich gesagt sieht es so aus, daß Smythe-Pike das Gut einfach hat den Bach runtergehen lassen«, sagte dessen enttäuschter Schwiegersohn ungehalten. »Dem war doch außer Pferden, der Jagd und seiner Angelei alles egal. Jetzt hat seine Gicht dem Ganzen ein Ende bereitet, was ihn nicht unbedingt in bessere Laune versetzt, das kann ich Ihnen flüstern. Das einzige, was den Laden jetzt noch retten kann, ist Bargeld. Ein Gewinn bei den Hoppepferdchen, oder daß Annes Großvater Vernunft annimmt.«

»Anne hat mir erzählt, daß Mr. McGowan möglicherweise sein Testament zugunsten Ihres Sohnes ändern wird.«

»Der alte Geizkragen! Hat noch nie einen ganzen Penny ausgegeben, wo auch ein halber Penny genügt. Es wäre also jede Menge zu haben, aber was macht der Alte? Vermacht den ganzen Haufen Großonkel Albert, der ohnehin schon in Geld schwimmt. Eins muß man ihm lassen: Albert weiß wirklich zu leben«, sagte Bretton neidvoll und mit widerwilliger Bewunderung. »Der leiht niemandem auch nur fünf Pennies, ganz zu schweigen von einer anständigen Summe Geldes, aber für ihn selbst ist das Beste gerade gut genug. Da wird an nichts gespart. Obwohl es noch die Frage ist, wieviel Freude ihm das bei seinem kranken Magen noch macht.«

»Ich hab schon gehört, daß Albert McGowan in einem etwas labilen Gesundheitszustand ist.«

»Ha! Schon bevor Anne und ich geheiratet haben, saß er dem Tod auf der Schippe. Aber selbst wenn er schon über den Jordan gegangen wäre, hätte *uns* das auch nichts mehr gebracht. Der erste in der Erbfolge nach dem alten Alistair ist Annes Onkel, dieser Betrüger Peter Gillespie.«

»Betrüger?« Daisy spitzte die Ohren.

»Hat eine bestens laufende Stiefelfabrik geerbt – natürlich paßt das nicht ganz zur Kiste, aus der er kommt, aber Geld ließ sich wirklich damit verdienen –, aber er zieht los und schlachtet die Gans, die die goldenen Eier legt. Im Krieg hat er schlampig gemachte Stiefel an die Armee verkauft. Man konnte ihm nur nicht beweisen, daß es vorsätzlicher Betrug war. Er wurde nicht verurteilt, aber die Firma mußte eine horrende Summe als Schadensersatz leisten und ist deswegen pleite gegangen.«

»Weiß Alistair McGowan das?«

»O ja, dafür hat Smythe-Pike – also Annes Vater – schon gesorgt! Ob Sie es glauben oder nicht, der alte Geizkragen fand es anscheinend durchaus lobenswert, Geld zu sparen, indem man das billigste Leder auf dem Markt kauft. Wenn ihn die Geschichte nicht überzeugt hat, sein Testament zu ändern, dann weiß ich auch nicht, was man noch ins Feld führen kann. Ich vermute, wenn wir Alistair nicht dazu überreden können, für seinen Urenkel zu sorgen, werden wir eben als nächstes Albert angehen.«

Daisy hätte nur zu gerne gewußt, wer der aktuelle Erbe von Onkel Albert war. Ehe sie jedoch fragen konnte, erschien ein junger Mann mit aschblonden Haaren in einem Sommer-Tweed in der offenen Tür.

»Onkel Albert angehen?« fragte er. »Da lasse ich dir doch gerne den Vortritt, mein Lieber. Sein Leibdiener hat einigermaßen deutlich gemacht, daß der alte Familiendrache von keinem von uns auch nur das geringste bißchen sehen will. Ich bin gerade an seinem Abteil vorbeigegangen, da sind die Jalousien heruntergezogen. Es wird uns überhaupt nicht weiterbringen, wenn wir dem Alten auf den Leib rücken. Ach, hallo Tabby.«

»Hallo, Onkel Jemmy. Ich heiß nicht Tabby, sonnern Tabiffa.«

»In Ordnung.« Er blickte Daisy mit gerunzelter Stirn an, eher verwundert als verärgert. »Verzeihung, daß ich hier so hereingeplatzt bin. Ich dachte, Bretton plaudert hier mit jemandem aus der Familie.«

»Darf ich vorstellen: Jeremy Gillespie, Annes Vetter«, machte Bretton die Honneurs. »Miss Dalrymple ist eine Freundin von Anne. Purer Zufall, daß sie mit uns im selben Zug sitzt.«

»Ach so, verstehe. Ich wußte doch, daß ich alle Verwandten kenne, außer natürlich die weggelaufene Tante Geraldine, aber Sie sind viel zu jung und hübsch, als daß man Sie mit ihr verwechseln könnte.« Er musterte Daisy eingehend und warf ihr dann ein wohlwollendes Lächeln zu. »Guten Tag, Miss Dalrymple. Ich versteh einfach nicht, wie das kommt, aber meine Cousine Anne – Cousine zweiten Grades, übrigens – hat immer nur die hübschesten Mädchen als Freundinnen.«

Daisy lächelte zurück. Er sah auf eine unerschütterliche, erdverbundene schottische Art durchaus gut aus und war älter, als sie auf den ersten Blick gedacht hätte. Anfang Dreißig mußte er sein, ungefähr so alt wie Harold Bretton, der wegen seiner schwindenden Haare älter wirkte.

»Es ist Ihnen also ein Anliegen, Annes Freundinnen kennenzulernen, Mr. Gillespie?« neckte sie ihn.

»So viele wie nur möglich«, sagte er mit einem übertriebenen Grinsen. »Aber ich bitte Sie, nennen Sie mich doch Jeremy.«

»Wo hast du eigentlich Mattie gelassen?« fragte Bretton hinterhältig.

Jeremy Gillespie schoß die Röte in die Wangen. »Sie ist bei Ray, Judith und Kitty. Meine Frau Matilda, Miss Dalrymple«, sagte er mit etwas ironischem Tonfall, »trägt gerade ein Kind unter dem Herzen, wie es in der Bibel so schön heißt, und bleibt in der Regel da, wo man sie einmal hinsetzt.«

»Wie praktisch für Sie«, sagte Daisy zuckersüß. Ihre Meinung von Gillespie war gerade in den Keller gesunken.

Nachdem er seinen kleinen Hieb losgeworden war, fuhr Bretton fort: »Wie geht es Raymond jetzt?«

»Judith hat ihn beruhigt. Deine Schwägerin kann wirklich mit dem armen Kerl umgehen, aber wenn sich nicht einer der Großonkel besinnt, haben die beiden nicht die geringste Chance zu heiraten.«

Raymond und Judith – diese Namen hatte Daisy doch kürzlich gehört. Ach ja, der mit dem Schützengrabentrauma. Und »Judith Smythe-Pike, natürlich, Annes Schwester. In der Schule war sie ein paar Klassen unter mir.«

»Wenn Sie sich an Judith als ein schmuddeliges Schulmädchen in Turnklamotten erinnern, werden Sie sie jetzt nicht wiedererkennen. Sie ist ein typischer Backfisch, ein flottes junges Ding, wie es im Buche steht. Spricht nur mit langgedehnter Stimme und würzt jeden Satz mit dem Wort ›Liebling‹.«

»Und mit ›entsetzlich langweilig‹«, fügte eine spöttische junge Stimme hinzu, »und wenn Onkel Desmond nirgends zu sehen ist, raucht sie irgendein widerliches Kraut.«

Der Neuankömmling war ein pummeliges, eher schlicht aussehendes Mädchen von ungefähr fünfzehn Jahren, das - Jeremy Gillespies sandige Haare hatte. Sie trug ein dotterblumengelbes Sommerkleid, das ihr überhaupt nicht stand, und einen flaschengrünen Hut, der wohl zu ihrer Schuluniform gehörte. Ihre nußbraunen Augen richteten sich mit einem klaren, fast herausfordernden Blick geradewegs auf Daisy. »Hallo, sind Sie eine Freundin von Jeremy?«

»Nein!« sagte Daisy etwas forscher als eigentlich beabsichtigt. »Ich bin eine Freundin von Anne Bretton.«

»Meine kleine Schwester Kitty«, sagte Gillespie herablassend. »Mit ein bißchen Glück wird sie noch ein bißchen Manieren lernen, ehe sie die Schule verläßt. Darf ich vorstellen: Miss Dalrymple, Kitty-Kitze-Kätzchen.«

»Nenn mich nicht Kitze-Kätzchen!«

»Dann zieh mal die Klauen wieder ein.«

Kitty Gillespie schnitt eine Grimasse und drehte ihrem Bruder den Rücken zu. »Gun'tach, Miss Dalrymple«, murmelte sie schließlich und wandte sich an Bretton. »Vetter Harold, Daddy hat gesagt, ich soll dich suchen. Er möchte mit dir über Großonkel Alberts Testament reden.«

»Das wird ihm auch nicht viel weiter helfen. Ich hab nicht die leiseste Ahnung, wer sein Erbe ist. Keiner von uns hat eine Ahnung.« Dennoch verließ Bretton das Abteil.

Kitty setzte sich augenblicklich auf seinen Platz. »Hallo, kleine Tabiffa. Wer ist denn deine neue Freundin?«

»Das ist B'linda.« Tabitha entspannte sich sichtlich, nachdem ihr Vater verschwunden war; sie rückte näher an Kitty heran und ergriff ihren Arm. »Hast du Süßigkeiten mitgebracht?«

»Hab ich gerade nicht dabei. Die sind in meiner Manteltasche.« Sie und Belinda betrachteten einander interessiert. »Reist du mit Miss Dalrymple?« wollte Kitty wissen.

»Ja«, sagte Belinda vorsichtig. »Irgendwie schon.«

»Wie meinst du das?«

»Jetzt sei mal nicht so neugierig«, ermahnte sie Jeremy Gillespie.

»Ist doch nur eine gute Übung. Wenn ich erst mal Reporterin bin, muß ich schließlich von Berufs wegen neugierig sein.«

»Ha! Du weißt ganz genau, daß die Eltern nie zulassen, daß du dir eine Stelle suchst.«

»Wahrscheinlich werde ich das aber müssen, schließlich sieht es so aus, als würde Großonkel Alistair vor Großonkel Albert sterben«, erinnerte Kitty ihn. »Außerdem bin ich ganz anders als du. Ich *möchte* nämlich arbeiten.«

»Sehr vernünftig«, warf Daisy ein, die amüsiert zugehört hatte, wie der Möchtegern-Casanova sich mit seiner kleinen Schwester kabbelte.

Er bemerkte ihr Amüsement und wurde rot. Es mußte ja ziemlich schwierig für ihn sein, diskret mit anderen Frauen zu flirten, wenn sich seine helle Haut so leicht verfärbte. »Ich sollte wohl mal lieber los und sehen, was dieser Depp Bretton und mein alter Herr einander zu sagen haben«, äußerte er würdevoll und zog von dannen.

Kitty wandte sich voller Eifer an Daisy. »Sie finden es doch nicht schlimm, wenn eine Dame arbeitet, oder, Miss Dalrymple?«

»Ich arbeite selbst. Ich schreibe, wie du das auch einmal tun willst, aber für Zeitschriften, nicht für Zeitungen. Ich bin Journalistin und nicht unbedingt Reporterin.«

»Das würde mir auch Spaß machen. Oder ich könnte vielleicht Krankenschwester werden. Dann könnte ich Judith helfen, meinen Bruder Raymond zu versorgen. Er hat nämlich einen Schock bekommen, als er im Großen Krieg verschüttet wurde, also kann er sich keine anständige Stellung besorgen, und Judith ist ein alberner Backfisch mit zwei linken Händen. Aber er ist in sie verliebt, also glaube ich, daß er am glücklichsten wäre, wenn er sie heiraten könnte. Was meinen Sie?«

»Vielleicht«, sagte Daisy vorsichtig.

»Ich möchte wirklich, daß er glücklich wird. Er ist einfach mein Lieblingsbruder. Im Alter ist er mir am nächsten, obwohl er zehn Jahre älter ist als ich, und er hat mich nie herumgescheucht oder mich geärgert wie Jeremy oder George. Na ja, fast nie. Nicht, daß es mir nicht leid täte«, fügte sie hastig hinzu, »daß George im Krieg gefallen ist.«

Daisy versicherte ihr, daß sie das durchaus verstand. »Mein Bruder hat mich auch immer geneckt und versucht, mir Vorschriften zu machen«, sagte sie, »aber ich vermisse ihn trotzdem noch schrecklich.«

»Der ist auch im Krieg gefallen? Ich kann nicht gerade behaupten, daß ich George *vermisse*«, gab Kitty rundheraus zu.

»Ich vermisse meine Mummy manchmal«, warf Belinda mit herzzerreißend trauriger, leiser Stimme ein. »Sie ist an der Grippeepidemie gestorben, als ich vier Jahre alt war.«

»Genau wie mein Vater«, sagte Daisy, klappte die Armlehne hoch und klopfte auf den Platz an ihrer Seite. Belinda rutschte herüber und kuschelte sich an sie. »Während der Grippeepidemie, meine ich, nicht, als ich vier Jahre alt war. Aber was für ein schrecklich deprimierendes Thema. Erzähl doch mal, Kitty, warum möchtest du gerne Reporterin werden?«

»Ich bekomme klasse Noten in Englisch, und gleich ein Buch zu schreiben würde einfach zu lange dauern. Obwohl, mir ist egal, was ich mache, solange es interessant ist. Ich wünschte, ich wäre ein Mann, die können alles machen.«

»So ziemlich.«

»Jeremy arbeitet für ein Transportunternehmen. Er wollte aufhören, als der Große Krieg vorbei war – er hat Plattfüße, deswegen konnte er nicht Soldat werden –, und er ist immer noch unheimlich wütend, daß er weiter arbeiten muß, weil Daddy jede Menge Geld verloren hat. *Mir* ist das egal, ich glaub, es wird lustig, Reporterin zu sein.« Sie wandte sich zu Belinda und fragte mit einem strengen Tonfall, der eher einem Staatsanwalt beim Kreuzverhör angestanden hätte als einem rasenden Reporter: »Was meintest du eigentlich, als du gesagt hast, du würdest *irgendwie* mit Miss Dalrymple reisen?«

»Ich bin ein blinder Passagier«, gestand Belinda.

Kitty klappte der Unterkiefer herunter. »Du liebe Zeit!« hauchte sie nur noch. »Tatsächlich? Das mußt du mir erzählen.« Sie warf sich auf den Platz neben Belinda.

Als Tabitha so alleine auf der Bank gegenüber sitzengelassen wurde, öffnete sie schon weit den Mund, um Protest anzumelden. Ihr Quäken wurde jedoch im Keim erstickt, als ihre Mutter zurückkehrte, jetzt ohne Baby, was Daisy ausgesprochen erleichterte.

»Tut mir leid, daß es so lange gedauert hat«, entschuldigte sich Anne. »Mutter sah mich eben vorbeigehen und hat mich zu sich zitiert. Sie glaubt auch, daß Großvater sehr wahrscheinlich das Geld Baby direkt vermachen wird, aber Vater macht Schwierigkeiten. Er will Großvater überreden, daß er es Mutter hinterläßt. Harold sagt aber, wenn wir nicht alle dasselbe Ziel verfolgen, erreichen wir gar nichts.«

»Was Alistair McGowan angeht, dürfte er recht haben«, stimmte Daisy zu. »Schließlich ist der Kleine der einzige neue Faktor. Aber wenn er sein Testament nicht zugunsten seines nach ihm benannten Großneffen ändert, könnte Albert vielleicht leichter überzeugt werden, wenigstens einen Teil des

Familienvermögens deiner Mutter zu vererben, wenn schon nicht deinem Sohn. Eine Nichte ist schließlich dichter dran als ein Urgroßneffe.«

»Ach, Onkel Albert! Ich glaube kaum, daß dieser egoistische Mensch auch nur das geringste bißchen Familiensinn hat. Onkel Peter hat herausgefunden, daß er das ganze Vermögen diesem schrecklichen kleinen Inder vererben will. Alles schön und gut, wenn es nur seine Wohnung und Nippes und Staubfänger wären – obwohl mir völlig schleierhaft ist, was so ein Wilder mit einer Wohnung in London will –, aber daß ein so eindeutiger Außenseiter seine schmuddeligen Hände auf das Vermögen der McGowans legt, ist mehr als nur ein starkes Stück!«

Belinda beendete ihr Zwiegespräch mit Kitty. Offensichtlich lag ihr ein empörter Protest auf den Lippen. Daisy brachte sie mit einem mahnenden Blick zum Schweigen und sagte hastig: »Inder kann man aber wirklich nicht als Wilde bezeichnen, Anne. Die haben Bücher geschrieben und Städte gebaut, als unsere Vorfahren noch in Lehmhütten gelebt und sich mit Waid bemalt haben.«

»Und wenn dieser Mensch Chandra Jagai hundert Bücher geschrieben hätte, gibt ihm das immer noch kein Anrecht auf unser Geld. Was ist denn, Schätzchen?« fragte sie, als Tabitha sie am Arm zog.

»Ich muß mal, Mummy«, zischte ihr das kleine Mädchen hektisch zu. »Jetzt.«

»Ach, wie lästig! Na ja, wir müssen ohnehin los. Meine Mutter möchte Tabitha meiner Tante Enid und Mattie vorführen«, erklärte sie Daisy, »während Vater und Harold etwas furchtbar Wichtiges mit Onkel Peter und Jeremy zu besprechen haben.«

Während Anne und Tabitha davonzogen, erscholl ein kräftiges »Guten Tag, die Fahrausweise bitte«. Daisy suchte in ihrer Handtasche nach der Fahrkarte und nahm dann ihre Geldbörse heraus, um auch für Belinda einen Fahrschein zu lösen.

»Es tut mir wirklich leid, Miss Dalrymple«, sagte Belinda

schuldbewußt, »aber Daddy wird es Ihnen bestimmt zurückzahlen.« Sie seufzte schwer. »Vermutlich kriege ich jetzt jahrelang kein Taschengeld mehr.«

»Du liebe Zeit, wie schrecklich«, sagte Kitty. »Ich schlag dir was vor: Ich geb dir ein paar von meinen Süßigkeiten, und wenn du sparsam damit umgehst, dann reichen sie vielleicht ein Weilchen. Allerdings wohl kaum für ein ganzes Jahr.«

»Mensch, du bist ja riesig toll!«

»Ich kann ja nachkaufen. Daddy gibt mir immer Geld, wenn ich ihn darum bitte, nur damit ich ihn in Ruhe lasse. Alle reden sie davon, daß wir kein Geld haben, aber … Hallo, Ray. Ach so, du bringst mir meine Karte, prima. Ich wollte gerade zu Mummy zurücksausen, um sie zu holen.«

»Sie hat mich nach dir geschickt.«

Der großgewachsene junge Mann hatte einen dunkleren Teint als sein Bruder und seine Schwester, und seine Haare waren eindeutig braun und nicht aschfarben. Daisy fand, daß er durchaus besser als Jeremy aussähe, wenn er nicht so unglaublich dünn, fast mager wäre. Wenigstens er hatte sich der im Zug herrschenden Temperatur gebeugt: Er hatte das Jackett ausgezogen, die Ärmel bis an die Ellbogen aufgerollt und die Krawatte abgelegt. Wer in den Schützengräben gelitten hatte, klammerte sich entweder an die Konventionen oder hielt sie für völlig irrelevant.

Seine guten Manieren hatte Raymond Gillespie allerdings nicht vergessen. Mit dem charmanten Lächeln eines hoffnungsvollen kleinen Jungen fragte er Daisy: »Stört es Sie, wenn wir einen Augenblick hereinkommen? Der Schaffner kommt gerade, und wir stehen ihm ziemlich im Weg.«

»Aber gar nicht.«

»Ich bin Raymond Gillespie, und wenn Sie Miss Dalrymple sind, was ich vermute, dann werden Sie Judith wohl schon kennen.« Während er sprach, ging er einen Schritt beiseite, und Annes Schwester trat in das Abteil.

Judith Smythe-Pike hatte ihren Hut abgenommen und offenbarte eine hellblonde Kurzhaarfrisur, die einer Pusteblume

33

ähnelte. Ihre Augenbrauen waren zu dünnen, mit einem Stift nachgezogenen Strichen ausgezupft worden, und an ihren Wimpern hing schwer die dunkle Wimperntusche. Das Gesicht war weiß gepudert, der Mund ein scharlachroter Bogen, und auf den Wangenknochen lag Rouge. Obwohl sie nicht so mager war wie Raymond, war sie doch knabenhaft schlank und vorne und hinten flach, wie es das gegenwärtige Diktat der Mode verlangte. Ihr fliederfarbenes Kleid aus Seidenchiffon hing von der Schulter bis zum Saum gerade herunter, genau wie es der Schneider wohl vorgesehen hatte, und wurde kaum von dem dunkleren lilafarbenen Gürtel um ihre nicht existenten Hüften unterbrochen. Der Gürtel paßte zur Stickerei am Ausschnitt. Es mußte ein teures Kleid sein, bemerkte Daisy. Wie Kitty schon gesagt hatte, redete alles davon, kein Geld zu haben, aber …

»Hallo, Judith«, sagte Daisy, als sich das flotte junge Ding lässig auf den Sitz ihr gegenüber sinken ließ. »Dich hätte ich ja gar nicht wiedererkannt.«

»Das will ich auch hoffen«, warf Judith ihr hin. »Laß mal sehen, du bist doch bis ins letzte Jahr geblieben, nicht wahr? Als du die Schule verlassen hast, muß ich in der siebten Klasse gewesen sein und war eine völlig verpickelte Langweilerin.«

»An die Pickel erinnere ich mich auch noch«, sagte Raymond gedankenverloren.

Judith warf ihm einen frech glitzernden Blick voller Zuneigung zu. »Als Gentleman bist du eigentlich bei deiner Ehre gehalten, die zu vergessen, Liebling. Das sind genau die Dinge, die einer Ehe zwischen Vetter und Cousine zu einem schlechten Ruf verhelfen.«

»Vetter und Cousine zweiten Grades«, sagte Kitty. »Ray, das hier ist meine neue Freundin Belinda. Stell dir vor, sie ist ein blinder Passagier!«

»Die Fahrausweise bitte.« Der Schaffner trat ein, ein kleiner Mann mit einem militärisch anmutenden Schnauzbart, der perfekt zu seiner Eisenbahner-Uniform paßte. »Was höre ich da von einem blinden Passagier?« fragte er streng.

Belinda wirkte erschreckt. Daisy nahm tröstend ihre Hand

und sagte: »Meine kleine Freundin hat sich eine Bahnsteigkarte gekauft und es irgendwie nicht rechtzeitig geschafft, aus dem Zug zu steigen. Selbstverständlich löse ich für sie nach.«

»Wollte Sie verabschieden, was, Miss? Na ja, das kann schon mal passieren, geschieht allerdings nicht halb so oft, wie immer behauptet wird.« Er zwinkerte ihnen zu, während er seinen Block mit den Formularen und ein Buch mit den Fahrpreisen hervorholte. »York oder Edinburg?«

»Edinburg, einfache Fahrt, ermäßigter Preis für ein Kind.« Daisy würde sich wegen Belindas Rückfahrkarte erst Sorgen machen, wenn Alec nirgends zu finden wäre. »Hält der Zug in York lange genug, daß ich einen Telephonanruf machen kann oder ihrer Großmutter ein Telegramm schicken?« fragte sie, während er die Fahrkarte für Belinda ausstellte.

»Sechs Minuten, Miss. Selbst wenn das Amt Sie rasch durchstellt, wäre es immer noch ziemlich knapp. Wenn Sie aber den Text aufschreiben und mir das Geld geben, dann seh ich zu, daß es ordentlich abgeschickt wird und alles hinhaut. In York werd ich nämlich abgelöst.«

»Danke sehr, das ist sehr freundlich von Ihnen.« Daisy war froh um den Vorwand, Mrs. Fletcher nicht anrufen zu müssen.

»In Ordnung, Miss, ich komm dann noch mal vorbei und hole es ab, wenn ich mit meiner Runde durch bin.« Er stanzte die Fahrkarten und ging dann wieder in den Gang. »Soll ich Ihnen die Tür weiter auflassen, damit es ein bißchen durchweht? Diese Hitze ist wirklich gewaltig, nicht wahr? Es kommt gleich jemand und nimmt Bestellungen für einen Morgenkaffee auf, aber Sie können natürlich auch jederzeit eine Limonade bestellen.« Er salutierte und verschwand.

»Wenn ich Sie nicht gefunden hätte, Miss Dalrymple«, sagte Belinda mit ängstlichem Stimmchen, »hätte mich der Inspektor dann festgenommen und ins Gefängnis gesteckt, weil ich keine Fahrkarte habe?«

»Das kann ich sehr wohl, junge Dame!« Unerwartet steckte der Mann seinen Kopf noch einmal zur Tür herein. »Also sieh mal zu, daß du dir derlei Eskapaden nicht noch mal erlaubst.«

»Mach ich bestimmt nicht«, versprach das Kind mit einem Schaudern.

Für's erste, so beschloß Daisy, war es vielleicht gar nicht so schlecht, wenn Belinda an die Befugnis von Bahnbeamten glaubte, Delinquenten sofort festzunehmen und einzusperren.

3

Nachdem alle eine Runde Limonade getrunken hatten, schleppte Kitty Belinda mit sich fort, um die versprochenen Süßigkeiten und ein Buch zu holen. Judith und Raymond blieben bei Daisy im Abteil.

»Vermutlich hat Anne dir schon erzählt, warum wir alle nach Schottland wallfahren«, sagte Judith. »Es ist wirklich gräßlich lästig. Dunston Castle ist ein einziges Mausoleum, und ich kann mir nicht vorstellen, daß es auch nur die geringste Chance gibt, daß Großvater sein Testament ändert.«

»Und wenn«, sagte Raymond, »dann sollte er es zugunsten der armen Tante Julia ändern. Sie hat ein Leben lang – jedenfalls *mein* ganzes Leben lang – dieses Mausoleum und seine miserable Laune ertragen. Sie hat es einfach verdient, wenigstens einen bequemen Lebensabend zu verbringen. Großonkel Alistair schuldet dem Rest der Familie rein gar nichts.«

»Aber sei so gut und sag das nicht dauernd Daddy und Onkel Peter, Liebling. Das tut deren Blutdruck gar nicht gut. Tante Julia ist Onkel Peters Schwester, Daisy. Die arme alte Tante ist seit Ewigkeiten Großvaters Haushälterin und Laufbursche gewesen, und vermutlich hat sie jetzt dazu noch die Aufgabe einer Krankenschwester übernommen. Der ist doch viel zu geizig, um eine einzustellen. Man könnte meinen, er will jeden Penny, den er je gespart hat, mit ins Grab nehmen.«

»Vielleicht können wir ja Onkel Albert überreden, etwas für sie zu tun«, schlug Raymond vor, »selbst wenn er den ganzen Rest unserer Familie verabscheut und nicht sehen mag.«

»Das ist ungefähr so unwahrscheinlich, wie sein ganzes Vermögen der weggelaufenen Tante Geraldine zu vermachen.«

Daisy gab ihre vornehme Zurückhaltung auf und ließ ihrer Neugier freien Lauf. »Jeremy hat auch schon diese Tante Geraldine erwähnt«, sagte sie. »Wo bringe ich die denn in der Genealogie unter?«

»Sie ist Mummys jüngere Schwester«, sagte Judith. »Großonkel Alistairs jüngere Tochter«, führte Raymond aus. »Als Tante Amelia heiratete, war Geraldine klar, daß sie ihr Leben lang im Mausoleum bleiben und ihren Vater versorgen müßte, also ist sie einfach ausgebüchst – aber kann man ihr das verübeln? Seither jedenfalls hat niemand mehr was von ihr gehört. So blieb alles an ihrer Cousine hängen, meiner Tante Julia. Für weitere Informationen siehe Familienstammbaum.«

»Den könnte ich wirklich gut gebrauchen.« Daisy lachte. »Diese ganzen Nenntanten und Nennonkel machen die Sache ja wirklich einigermaßen kompliziert. In meiner Familie ist das genauso. Die ›Tante‹, die mich in ihrem Testament bedacht hat, war eigentlich eine Tante zweiten oder dritten Grades oder vielleicht auch eine Großtante. Ganz genau habe ich das nie herausbekommen.«

»Genau so eine Tante bräuchten wir auch, wenn wir je heiraten wollen«, sagte Judith sehnsüchtig.

»Ach, zum Leben reicht es nicht. Ich schreibe, um Geld zu verdienen.«

Judith war entsetzt. »Du arbeitest? Aber in der Schule dachte ich doch … Ich meine, ist dein Vater nicht ein Peer?«

»Das war er mal. Ein Vetter hat den Adelstitel und das Gut Fairacres geerbt. Ich hätte bei ihm oder mit meiner Mutter im Dower House leben können, aber ich wollte lieber unabhängig sein. Nach dem Großen Krieg, als ich mit der Schule fertig war, hab ich in der Verwaltung eines Krankenhauses gearbeitet. Später habe ich dann Schreibmaschine und Stenographie gelernt. Aber ich muß zugeben, es war scheußlich, als Stenographin zu arbeiten. Dann hab ich meiner Freundin Lucy in ihrem Photo-Atelier geholfen. Ich greife ihr immer noch mal unter die Arme, wenn sie mich braucht, aber im wesentlichen schreib ich Aufsätze für Zeitschriften.«

»Du liebe Zeit! Und Lady Dalrymple hat dagegen nichts einzuwenden?«

»Mutter kann mich davon nicht abhalten«, sagte Daisy fest.

»Jede Wette, daß mein Daddy einen Weg finden würde, mich von so etwas abzuhalten«, sagte Judith fast traurig.

Raymond ergriff ihre Hand. »Es besteht gar keine Notwendigkeit, daß du arbeitest«, sagte er mit rauher Stimme. Sein Gesicht war blaß. »Ich bin schon fast gesund. Bald werd ich mir eine ordentliche Anstellung besorgen können.«

»Wenn du es nur auf dem Land versuchen würdest, Liebling. Der Lärm der Stadt ist nicht gut für dich.«

»Aber ich könnte nicht so viel verdienen, und außerdem findest du es auf dem Land gräßlich. Das hast du oft genug gesagt.«

»Liebling, das habe ich doch nur so dahingesagt. Ich bin auf dem Land groß geworden und kann mich ganz schnell wieder in einen Muttchentyp mit Tweedkostüm und Perlenkette zurückverwandeln.«

»Ich werde nicht zulassen, daß du für mich Opfer bringst!« rief er aus.

»Du tust meiner Hand weh, Liebling«, sagte Judith leise.

Sofort ließ er los. »Es tut mir leid, es tut mir leid, es tut mir leid. O Gott, es tut mir leid!«

Er hatte die Augen fest zusammengepreßt und atmete hastig und sehr flach. Daisy starrte aus dem Fenster, als hätte sie draußen etwas äußerst Faszinierendes entdeckt. Sie fürchtete, er würde gleich losweinen. Aus dem Augenwinkel sah sie, wie Judith die Arme um ihn legte und ihn auf den Mund küßte. Er klammerte sich an sie, den Kopf gesenkt, die Stirn an ihrer Schulter.

Nach einem Augenblick sagte er mit einem langen, zittrigen Stöhnen: »Jetzt geht es mir wieder besser.«

»Gut so«, sagte sie leichthin. »Ich fürchte, mein Lippenstift hat ein bißchen gelitten.« Sie stand auf und wandte sich dem Spiegel zu, um den Schaden zu beheben.

»Ach, da bist du ja, Raymond.«

Der kleine, rundliche Mann im Türrahmen hatte ein Gesicht wie eine schmollende Dogge, das mit einem grotesk abstehenden Schnurrbart verziert war, der eigentlich einer anderen Hunderasse zugestanden hätte. Der Schnauzer war rostrot, während sein ursprünglich mittelblondes Haar mittlerweile jene unbestimmte Pfeffer-und-Salz-Färbung des Alters hatte. Peter Gillespie, vermutete Daisy, der Möchtegern-Kriegsgewinner. Er sah in seinem brandneuen Tweed-Anzug lächerlich aus, eindeutig ein Städter, der für einen Besuch auf dem Lande Konzessionen machte.

Raymond stand auf. »Genau, Sir. Da bin ich.«

»Setz dich, setz dich, mein Junge. Du siehst ja gar nicht gut aus.«

Im Spiegel sah Daisy, wie Judith die scharlachroten Lippen verzog. Sie erhaschte Daisys Blick, hob entnervt die Augenbrauen und rollte die Augen gen Himmel. »Raymond geht es ausgezeichnet, Onkel Peter«, sagte sie und wandte sich um. »Hallo, Daddy. Wo wollt ihr beiden denn hin? In die Höhle des Löwen?«

Hinter der Schulter von Gillespie *Père* zeigte sich ein rötliches Gesicht mit silberweißem Haar, Hakennase und einem ausladenden weißen Schnurrbart, der die rostrote kleine Lippenbürste des anderen Mannes lächerlich erscheinen ließ. Daisy erkannte dieses Gesicht vage aus den Tagen der Offenen Tür in ihrer Schulzeit wieder. Desmond Smythe-Pike war ein großer Mann, so korpulent wie der Vetter seiner Frau, aber eher stämmig und keineswegs wabbelig. Wenn er sprach, wirkte er wie ein Reiter bei einer Fuchsjagd, der die aufgeregte Hundemeute anherrschte.

»Löwe? So ein Unsinn aber auch! Dein Großonkel Albert ist ungefähr so gefährlich wie ein Dachs in seinem Bau, Judith. Aber wir sind noch lange nicht so weit, daß wir die Terrier auf ihn hetzen. Nein, Gillespie und ich wollen nur den Rechtsanwalt vom alten Alistair sprechen, diesen Braeburn. Der sitzt im nächsten Abteil, zwischen diesem hier und Alberts.«

»Du hoffst also, daß er euch Großonkel Alistairs Pläne verraten wird?« fragte Raymond.

Sein Vater antwortete: »Unter anderem, ja.«

»Aber wir wollen auch wissen, welche Chancen wir haben, Alberts Testament zu kippen«, bellte Smythe-Pike.

»Dann solltest du mal lieber etwas leiser sprechen, wenn du nebenan angekommen bist, Daddy«, riet ihm Judith frech. »Ein Testament anzufechten, zeugt nicht gerade von besonders großem Respekt und wird den alten Herrn kaum sonderlich für dich einnehmen.«

»Bah!« Mit einem beeindruckenden Stirnrunzeln humpelte Smythe-Pike den Gang hinunter, wobei er sich schwer auf seinen Gehstock mit dem Silberknauf stützte. In seiner uralten Jagdjoppe aus Tweed und den Knickerbockers war er der sprichwörtliche gichtgeplagte Gutsherr.

»Schließlich machen wir uns diese ganze Mühe wegen euch Kindern«, sagte Peter Gillespie kämpferisch, und doch wirkte es, als müsse er sich verteidigen. Daisy ahnte, daß er bestimmt dieselbe Haltung eingenommen hatte, als er des Betrugs angeklagt worden war. Er eilte dem tatkräftigen Ehemann seiner Cousine nach.

Einen Augenblick später knallte die Tür des Abteils nebenan zu. Diskretion war für ihr Unterfangen wichtiger als Wohlbefinden. Das Grummeln von Smythe-Pikes Stimme war durch die Wand zu hören, doch zu verstehen war nichts.

»Unglaublich«, sagte Judith. »Daddy scheint zu flüstern.«

»Mist«, rief Kitty, »die Schokolade ist geschmolzen. Schau mal, sie ist ganz matschig. Wir könnten sie ja mit den Fingern auflecken, aber Mummy wird rasen, wenn ich Flecken auf mein Kleid mache.«

»Ich glaub nicht, daß Miss Dalrymple wütend wäre, aber ich hab keine anderen Kleider mit«, sagte Belinda. »Ich wußte nicht, daß es nach Schottland so weit ist.«

»Die ist nett, nicht wahr, deine Miss Dalrymple? War sie eine Freundin von deiner Mutter?«

»Nein, sie ist Daddys Freundin.«

»Du liebe Zeit, sind die ineinander verliebt?«

»Ich weiß nicht«, gab Belinda zu. »Als ich gesagt habe, sie soll ihn doch heiraten, meinte sie, sie wären nur Freunde. Aber im Gesicht ist sie ganz rot geworden.«

»Vielleicht war ihr das auch nur peinlich«, sagte Kitty mit der ganzen Weltklugheit ihrer fünfzehn Jahre. »Solche Dinge sagt man auch nicht. Wir sollten lieber Anisbällchen oder Lakritzschlangen essen statt Schokolade. Ich hab auch Dolly Mixture. Was hättest du denn am liebsten?«

»Dolly Mixture, bitte. Die reichen am längsten.« Belinda hielt die Hände auf, und Kitty schüttete die winzigen Bonbons hinein, rosa und orange und gelb, weiß und rot und braun, alle in unterschiedlichen Formen, manche hart und manche weich. »Dürft ihr in der Schule Süßigkeiten essen?«

»Nur am Samstag. Ich bin auf einem Internat.«

Belinda war fasziniert. Sie stopfte sich die Bonbons in den Mund und löcherte ihre neue Freundin mit Fragen, bis eine kleine, dünne Frau eintrat. Sie hatte graues, sorgfältig onduliertes Haar, und sie wirkte ärgerlich.

»Kitty, du ißt doch nicht etwa schon wieder Süßigkeiten! Wie willst Du eigentlich jemals eine hübsche Figur bekommen?«

»Ist mir egal. Schließlich will ich kein feines Fräulein sein. Ich werde arbeiten und jede Menge Geld verdienen. Außerdem«, fuhr sie eilig fort, als ihre Mutter die Stirn runzelte, »ich gebe die Hälfte … das meiste meiner Süßigkeiten an Belinda ab. Darf ich dir Belinda vorstellen, Mummy.«

»Ich sollte mal lieber los«, sagte Belinda hastig, als sich der ärgerliche Blick auf sie richtete. »Miss Dalrymple fragt sich bestimmt schon, wo ich stecke.«

»Hier.« Kitty drückte ihr den Papierbeutel mit Süßigkeiten in die Hand. »Wenn ich dich vorher nicht mehr sehe, laß uns doch beim Mittagessen zusammensitzen.«

»Ich versuch's.«

Belinda ergriff die Flucht und dachte sorgenvoll an das Mittagessen. Sie verursachte Miss Dalrymple ohnehin schon eine

Menge Kosten, aber sie hatte auch das Gefühl, daß selbst eine so nette Erwachsene wie sie nicht zulassen würde, daß sie Lakritz aß anstatt einer vernünftigen Mahlzeit.

Sie blickte in das Abteil nebenan. Kittys Bruder Jeremy saß darin, mit einer Dame, die entweder sehr dick war oder ein Baby erwartete. Sie weinte. Tabithas Mummy und Daddy waren auch da, aber Tabitha nicht, also ging Belinda weiter.

Dabei hörte sie einen der Herren laut sagen: »Albert McGowan ist ein mieser Geizkragen, der seine Familie auf dem trockenen sitzen läßt, verdammt noch mal.«

»Beruhige dich, Bretton«, sagte der andere. »Den alten Onkel zu verfluchen wird uns nicht weiterbringen. Wir müssen uns einfach konzentrieren und überlegen, was wir noch machen können.« Das Rattern des fahrenden Zugs übertönte seine Stimme, als Belinda weiterging.

Die Tür des nächsten Abteils war geschlossen, die Jalousien heruntergezogen; dann kam ein Abteil, in dem fremde Menschen saßen, und danach kam Miss Dalrymples Abteil. Der andere Bruder von Kitty, der nette, saß dort immer noch mit Judith, der Dame, die er heiraten wollte. Es saß auch eine alte Lady darin, eine pummelige, gemütlich aussehende Frau, die Belinda an Granny, ihre Oma, erinnerte. Sie biß sich auf die Unterlippe. Granny machte sich bestimmt schreckliche Sorgen und fragte sich, wo Belinda hingeraten war. Sie hätte nicht weglaufen sollen – aber Kitty hatte gesagt, es sei ein wirklich aufregen-des Abenteuer, und es war tatsächlich spannend und machte Spaß.

Die alte Dame sagte: »Vater war ja immer schon einer, mit dem man nicht reden konnte, aber Onkel Albert geht wirklich zu weit, wenn er sein ganzes Vermögen einem Fremden hinterläßt. Desmond kocht vor Wut. Du weißt ja, wie dein Vater ist, Judith. Selbst in den besten Zeiten verliert er rasch die Beherrschung …«

Belinda wollte das Gespräch nicht unterbrechen, indem sie eintrat. Wie sie so zögernd auf dem Flur stand, sah Miss Dalrymple sie und lächelte ihr zu. Belinda zeigte nach vorn, um deutlich zu machen, daß sie zur Toilette am Ende des Waggons gehen wollte. Miss Dalrymple nickte.

Die Tür des nächsten Abteils war geschlossen, doch die Rolläden waren oben. Die drei Männer darin wirkten verschwitzt und wütend. Belinda fragte sich, ob einer von ihnen Judiths schlecht gelaunter Vater war. Der Mann dicht bei der Tür hatte einen roten Schnurrbart, es war fast dieselbe Farbe wie die seines Gesichtes. Neben ihm am Fenster saß ein magerer Mann mit einer goldumrandeten Brille und einem langen dünnen Hals, an dem der Adamsapfel hervorstand. Er hatte eine Vollglatze und wischte sich dauernd mit einem großen weißen Taschentuch den glänzenden Schädel. Gegenüber saß ein breiter Mann mit weißem Schnurrbart in einem fast lilafarbenen Gesicht mit großer Nase. Belinda konnte ihn durch die geschlossene Tür hindurch hören.

»Ist mir egal, wenn er im nächsten Abteil sitzt«, brüllte er. »Es muß doch ein Gesetz geben, das einen völligen Schwachkopf davon abhält, das Vermögen seiner Vorfahren einem verdammten Wilden hinterherzuschmeißen!«

Der Glatzkopf schüttelte den Kopf und murmelte irgend etwas vor sich hin. Alle waren sie wütend, weil Onkel Albert McGowan sein Geld vielleicht einem Inder hinterlassen würde. Belinda konnte nicht verstehen, warum er das denn nicht tun sollte, wenn er es wollte. Sie hatte nicht alles verstanden, was sie gehört hatte, aber es klang, als hätten sie alle Angst davor, überhaupt einmal zu Mr. McGowan zu gehen und mit ihm zu reden. Er hatte ja auch gesagt, daß er sie nicht sprechen wollte. Er mußte ja ein wirkliches Monster sein.

Zu ihrer Enttäuschung war die nächste Tür geschlossen, und die Jalousien waren heruntergezogen. Sie ging zur Toilette und machte sich dann auf den Rückweg zu Miss Dalrymples Abteil.

Vor ihr trat ein kleiner Mann in schwarzen Kleidern aus Mr. McGowans Abteil. Er wandte sich noch einmal um, machte eine steife kleine Verbeugung und sagte: »Sehr wohl, Sir. Ich werde Dr. Jagai Ihre Nachricht überbringen.«

Er schob die Tür wieder zu. Belinda, am Ende des Waggons angelangt, trat zur Seite, um ihn vorbeizulassen. Als sie dann weiterging, ruckelte der Zug über einige Schwellen hinweg, und sie sah, wie die Tür noch einmal einige Zentimeter aufglitt. Der Mann in Schwarz hatte sie nicht so weit zugezogen, daß sie ordentlich schloß. Durch den Spalt sah Belinda Mr. McGowan. Er wirkte eher wie ein Kobold als wie ein Drache, fand sie. Sie nahm sich vor, Kitty zu sagen, daß er McKobold genannt werden sollte. Sein langes, schmales Gesicht war gelblich und von unzähligen Falten durchfurcht. Dünne Strähnen gelblich-grauen Haares klebten auf seiner gelblichen Schädeldecke, doch seine Augenbrauen waren noch buschiger als die von Daddy. Er saß in einer Ecke, eine Decke über den Knien, obwohl das Fenster geschlossen war und Belinda durch den Türspalt erstickend heiße Luft ins Gesicht wehte.

Man konnte es bei all diesen Falten nicht genau erkennen, aber sie fand, daß er gelangweilt und unglücklich aussah. Er tat ihr leid. Es mußte gräßlich sein, wenn alle Leute einen verabscheuten, auch wenn man selber schuld daran war.

Belinda hätte sich gerne mit ihm über Indien unterhalten. Was für ein Jammer, daß er ein Drache war! Sie wollte sich gerade von ihrem Guckloch abwenden, als der Zug wieder über eine Schwelle ratterte, und zu ihrem Entsetzen glitt die Tür ganz auf.

4

»Ha!« fauchte sie der Kobold mit ganz und gar nicht schwacher Stimme an. »Was haben wir denn da? Eine Gillespie? Eine Smythe-Pike? Eine Briton, oder wie sich dieser Kerl auch nennen mag?«

»Ich bin eine Fletcher«, preßte Belinda hervor.

»Nicht von der Familie?«

»Nein, Sir.«

»Gut. Dann komm mal herein, Miss Fletcher, und mach die Tür zu, ehe ich mir noch den Tod hole. Das zieht ja fürchterlich. Komm herein, komm herein, ich beiße nicht. Jedenfalls nicht hübsche kleine Mädchen wie dich.«

Er sah nicht so stark aus, als daß er sie entführen könnte, dachte Belinda. Außerdem war das in einem fahrenden Zug wohl kaum möglich. »Nur wenn ich einen Rolladen hochziehen darf, damit Miss Dalrymple mich sieht, wenn sie mich sucht«, sagte Belinda.

»Meinetwegen, meinetwegen«, knurrte er, »Hauptsache, ich habe zur Abwechslung mal Gesellschaft, die nicht ausschließlich das Ziel verfolgt, mich auszunehmen. Diese Dalrymple, ist das deine Gouvernante?«

»Nein, nur eine Freundin. Ich hab keine Gouvernante, ich geh zur Schule.« Belinda trat ein, kämpfte mit der Tür, bis sie sie zugeschoben hatte, und zog einen der Rolläden hoch. »Sind Sie Mr. Albert McGowan, Sir?« fragte sie.

»Ganz genau. Die reden wohl schon über mich, was?« Er lachte, ein merkwürdiges, knarrendes Keuchen. »Und vermutlich hat kein einziger ein gutes Wort für mich übrig, was?«

Belinda war sich nicht sicher, wie sie darauf antworten sollte, und bot ihm lieber ihre Tüte Süßigkeiten an. »Möchten Sie ein paar Anisbällchen?«

»Nein, vielen Dank, Miss Fletcher. Ich muß ein bißchen achtgeben, was ich esse. Spielst du Schach?«

»Ein bißchen. Daddy hat mir die Züge beigebracht. Aber ich bin nicht sehr gut.«

Blasse, glanzlose Augen linsten sie unter den zotteligen Augenbrauen an. Er nickte. »Ehrliche Ladies gefallen mir. Vielleicht sollten wir lieber Dame spielen, Miss Fletcher. Kannst du mal hochklettern und meinen Klappstuhl herunterholen, damit wir das Brett darauf aufstellen können?«

Belinda stellte sich auf den Sitz und zerrte den mit grünem Leinen bespannten Klappstuhl aus dem Netz. Sie öffnete ihn und stellte ihn vor ihrem Mitreisenden auf den Boden, der das Reise-Schachbrett, das er auf den Knien liegen hatte, darauf plazierte. Die Spielsteine waren rund und flach, und die Bilder der Schachfiguren waren als Intarsien eingearbeitet, damit man

Dame und Schach spielen konnte. Sie hatten kleine Löcher oben und Stifte an der Unterseite, so daß man sie übereinander- oder in die Löcher auf dem Brett stecken konnte.

»Liebe Zeit, was für ein tolles Spiel«, sagte Belinda und half ihm, die Steine aufzustellen.

»Toll?« Seine Hände waren wie Klauen, knochig, mit langen gelben Fingernägeln, die Handrücken voller Flecken. Sie zitterten leicht, während er hantierte.

»Ich hab früher immer famos gesagt, aber Miss Dalrymple sagt toll. Das bedeutet: Wunderbar.«

»Gefällt dir also? Es ist aus Elfenbein und Ebenholz und weiteren Hölzern, deren Namen ich vergessen habe. Ich hab es in Indien anfertigen lassen.«

»Ich hab eine indische Freundin in der Schule. Würden Sie, könnten Sie mir *bitte* von Indien erzählen? Deva ist ein Mädchen, genau wie ich, und sie kann sich nicht an sehr viel erinnern.«

Während die beiden spielten, erzählte ihr Mr. McGowan, wie er mit genau diesen Steinen in einer Sänfte auf einem Elefanten Schach mit einem Maharadscha gespielt hatte, auf dem Weg zur Tigerjagd im Dschungel. Er beschrieb ihr einen gleißenden blauen Himmel und kühle marmorne Springbrunnen, Tempel und Feste, bei denen glitzernde Götterstatuen mit Blumengirlanden geschmückt und in Prozessionen durch die Straßen getragen wurden, die nach exotischen Gewürzen rochen. Belinda vergaß, daß sie an der Reihe war. Bald schon gab sie es auf, überhaupt spielen zu wollen. Am Ende einer Geschichte über einen Tempelaffen, der ihm die Uhr einfach aus der Westentasche gestohlen hatte, sagte Mr. McGowan streng: »Das reicht jetzt. Ich will schließlich nicht, daß du intellektuelle Verdauungsstörungen bekommst. Körperliche Beschwerden sind schlimm genug.«

Belinda war nicht sicher, was er damit meinte, aber da war noch etwas, das sie wirklich wissen wollte. »Könnten Sie mir nicht bitte über den Inder erzählen, dem Sie Ihr ganzes Geld hinterlassen haben?«

»Ganz schön neugierig«, knurrte er, zwinkerte ihr aber zu.
»Dann haben die das also schon herausgefunden, was? Dürfte
wohl für Aufruhr gesorgt haben.«

»Und wie! Alle sind unglaublich wütend, weil er Inder ist
und weil es Geld aus der Familie ist.«

»Bah! Momentan gehört es doch noch diesem alten Geizkragen, meinem Bruder Alistair, und es ist erst meins, wenn er
über den Jordan geht. Und: ich werde damit anstellen, was ich
will. Wen haben wir denn hier?« fuhr er fort und blickte zum
Gang. »Kommt da noch jemand, um mich zu überreden?«

»Nein, das ist Miss Dalrymple. Du liebe Zeit, ich bin ja auch
wirklich lange fort gewesen«, sagte Belinda schuldbewußt.

Während sie durch das Fenster spähte, fragte sich Daisy,
was in aller Welt das Kind dort mit dem Misanthropen
machte. Du liebe Zeit, das sah ja fast so aus, als hätten die beiden miteinander gespielt! Sie öffnete die Tür.

»Herein«, sagte er sofort und starrte sie mit zusammen-
gezogenen Augenbrauen an. »Herein, herein. Stehen Sie nur
nicht herum und lassen Sie hier einen Zug entstehen. Sie sind
also Miss Fletchers Freundin?«

»Miss Dalrymple, das ist Mr. McGowan. Mr. *Albert* Mc-
Gowan, nicht Alistair. Er ist sehr nett.«

Daisy schloß die Tür hinter sich. »Guten Tag, Mr. Mc-
Gowan. Ich muß mich wohl für die Störung durch diese junge
Dame bei Ihnen entschuldigen.«

»Aber mitnichten, ganz und gar nicht. Es war mir eine
Freude, Miss Fletcher kennenzulernen. Möchten Sie sich
nicht setzen? Ich habe nichts gegen Gesellschaft, sofern sie
nicht aus diesem Stamm von Blutsaugern kommt, den ich als
Verwandte anzuerkennen gezwungen bin.«

Lächelnd vergalt Daisy Ehrlichkeit mit Ehrlichkeit. »Und
die glauben, daß Sie sie eben *nicht* anerkennen.«

Er lachte keckernd. »So wenig wie möglich«, gab er zu.
»Wie die mich auch behandelt haben, als ich in Indien war!
Nichts da von wegen ›Lieber Onkel Albert, wie geht es dir,
und gibt es irgend etwas, das wir dir schicken können?‹ Sie

haben sich noch nicht einmal die Mühe gemacht, mir Hochzeits- oder Geburtsanzeigen zu schicken.«

»Wie gemein!« sagte Belinda empört.

»Pech für sie, meine Liebe. Ich brauchte dadurch keine Hochzeits- oder Taufgeschenke zu schicken. Aber dann haben sie herausgefunden, daß ich gar nicht mehr der mittellose Zweitgeborene bin, als ich zurückkam.«

»Vermutlich hat man Sie richtiggehend belagert«, sagte Daisy.

»Sind wie ein Schwarm Aasgeier über mich hergefallen. Plötzlich war ich der ›liebste Onkel‹«, zischte er, und sein faltiges Gesicht war ganz verzerrt. »In dem Augenblick war mir klar, daß ich nicht viel hinterlassen würde. Und das Erbe würde jedenfalls nicht an meine geliebte Familie fallen.«

»Mr. McGowan wollte mir gerade von dem Inder erzählen, dem er alles vermacht hat«, sagte Belinda.

»Ach so, wollte ich das?« Der alte Herr klang amüsiert. »Ich kann mich nicht erinnern, daß ich dem zugestimmt hätte.«

»*Bitte*, Sir.«

»Na, wie du willst. Es hat alles vor langer, langer Zeit angefangen. Ich verliebte mich in ein indisches Mädchen, was gar nicht so einfach ist, wie du vielleicht glaubst, denn die Inder verstecken ihre Frauen so gut, daß man sie nie sieht. Aber sie war die Tochter eines Mannes, der viele Gepflogenheiten der Engländer angenommen hatte, und im Kreise seiner Freunde trug sie keinen Schleier.«

»War sie sehr schön?« fragte Belinda, die ganz in der Geschichte aufging.

»Sehr schön, und charmant, und intelligent obendrein. Genau wie meine kleine Freundin Miss Fletcher es sein wird, wenn sie einmal erwachsen ist.«

»Haben Sie sie geheiratet?«

Daisy runzelte bei dieser Ungehörigkeit die Stirn, aber Mr. McGowan machte die Frage anscheinend nichts aus. Er seufzte.

»Nein, meine Liebe, das habe ich nicht. Zum einen war ich

mehr als doppelt so alt wie sie. Und was noch wichtiger ist, das Leben ist sehr schwer für Inderinnen, die einen weißen Mann heiraten. Sie gehören auf keine Seite mehr und werden von beiden abgelehnt. Ich konnte nicht zulassen, daß sie so leidet, obwohl sie und ihr Vater durchaus bereit dazu waren. Also hat sie einen Mann aus ihren eigenen Kreisen geheiratet. Ein anständiger Kerl. Sie bekamen ein Kind, einen Jungen, und haben mich gebeten, sein Patenonkel zu werden, oder besser gesagt, eine Rolle einzunehmen, die in ihrer Religion ungefähr diesem Status entspricht. Obwohl sie sich sehnlichst noch mehr Kinder gewünscht haben, war es wohl gerade gut, daß ihre Gebete nicht erhört wurden. Er war fünf Jahre alt, als seine Eltern und viele seiner Verwandten bei einer Typhus-Epidemie umkamen.«

»Der arme kleine Junge«, rief Belinda aus, und ihre weit aufgerissenen Augen füllten sich mit Tränen. Sie drückte fest Daisys Hand, die wußte, daß sie an ihre eigene Mutter dachte.

»So arm nun auch wieder nicht«, sagte Albert McGowan trocken. »Ich habe ihn bei mir aufgenommen, und als er sieben Jahre alt war, habe ich ihn aufs Internat nach Schottland geschickt. Da ging es ihm gut – er ging dann an die Universität und hat gerade sein Studium der Medizin beendet. Jetzt macht er seine Ausbildung zum Facharzt im St. Thomas' Hospital in London. Er ist mein Erbe.«

»Natürlich.« Daisy war begeistert.

»Ich habe ausreichend Geld beiseite gelegt, damit er seine Ausbildung abschließen und sich in eine Praxis einkaufen kann, wenn er soweit ist. Ich sehe keinen Grund, meinen Letzten Willen nur deswegen zu ändern, weil mein Geizkragen von Bruder Alistair anscheinend dann doch noch vor mir das Zeitliche segnen wird. Chandra Jagai ist ... Wo ist der Junge eigentlich?« unterbrach er sich unruhig. »Ich hab Weekes doch gesagt, daß ich ihn sprechen will.«

Daisy fürchtete, daß Belindas Besuch ihn ermüdet hatte, sosehr er sich auch darüber gefreut haben mochte. Er war schon sehr alt, mindestens achtzig, dachte sie, denn Peter Gillespie, der Sohn seiner jüngeren Schwester, war schließlich schon um die fünfzig Jahre alt. Sie wollte sich gerade von ihm verabschieden, als die Tür ein paar Zentimeter aufging und ein rundes, dunkles, ernstes Gesicht darin erschien.

»Sir? Weekes hat mir gesagt … Ach, ich bitte um Entschuldigung, du hast ja Besuch.«

Chandra Jagai sprach Englisch mit einem ganz leichten Akzent, der nach den schottischen Lowlands klang. Nur der leise Hauch eines fremdartigen Tonfalls ließ erkennen, daß dies nicht seine Muttersprache war. Ein solide gebauter Mittzwanziger war er, und in seinem dunklen Anzug, der beigen Weste, dem blendend weißen Hemd und der kastanienbraunen Krawatte sah er höchst elegant aus. Als sie Belindas traurigen Blick sah, lächelte Daisy. Sie erinnerte sich an ihre eigene Enttäuschung, als Alec sie in das Cathay-Restaurant zum Abendessen ausgeführt hatte und der chinesische Inhaber einen Frack trug und eindeutig Cockney sprach.

»Herein, herein, mein Junge, und mach die Tür zu.« McGowan blickte fragend Daisy an, die nickte. »Miss Dalrymple, Miss Fletcher, ich erlaube mir, Ihnen Dr. Jagai vorzustellen.«

Nachdem sich alle gegenseitig begrüßt hatten, sagte Daisy: »Wir möchten Sie nicht weiter stören, meine Herren. Wollen wir mal, Belinda.«

»Vielen Dank für die Geschichten, Sir«, sagte Belinda, »und das Spiel, und überhaupt.«

»Gern geschehen, junge Dame. Komm doch heute nachmittag um halb fünf noch mal zum Tee vorbei. Dann wollen wir mal sehen, ob ich nicht noch ein paar mehr Geschichten für dich habe. Sieh zu, daß du pünktlich kommst, denn ich muß regelmäßig essen. Und nimm das mit, meine Liebe.« Er klappte das Schachbrett mit den Spielsteinen darin zusammen, hakte mit zittrigen Fingern den kleinen Messinghaken in die Öse und reichte es ihr. »Jetzt gehört es dir. Ich werde nicht mehr viele Reisen unternehmen.«

»Au klasse, vielen Dank! Und gerne komme ich zum Tee. Darf ich, Miss Dalrymple?«

Da sie in dieser ungleichen Freundschaft nichts Schlimmes sehen konnte, stimmte Daisy zu – und fragte sich erst dann, was Mrs. Fletcher wohl sagen würde, wenn sie das jemals herausfand.

Belinda küßte den alten Mann auf seine faltige Wange. »Jetzt aber los, du Herumstreicherin!« sagte er strahlend. »Und zieh bloß deine Jacke aus, Chandra«, hörte Daisy ihn sagen, als sie die Tür hinter Belinda schloß. »Ich weiß doch, daß du dich schon längst an die schottische Kühle gewöhnt hast.«

»Er ist ja überhaupt kein Drache«, sagte Belinda. »Ich mag ihn, Sie nicht auch?«

»Ja, aber ich kann mir vorstellen, daß er sich gegenüber den Menschen, die er nicht mag, durchaus als Drache aufspielt.«

»Vielleicht. Was heißt mittellos?«

»Arm.«

»Mr. McGowan war arm, als er nach Indien ging, obwohl sein Zwillingsbruder reich ist? Wie unfair! Er hatte aber mehr Spaß. Er hat mir ein paar tolle Geschichten über Indien erzählt. Was sind eigentlich intellelle Verdauungsstörungen?«

»Intellelle?«

»Irgendwie so was. Er hat gesagt, zu viele Geschichten machen das.«

»Intellektuelle Verdauungsstörungen? Das bekommt man im Kopf, wenn zu viele neue Ideen auf einmal hineingestopft werden.« Insbesondere, wenn sie schwer zu schlucken waren, dachte Daisy bei sich.

Mittlerweile war ihr Abteil leer. Daisy schlug vor, eine Runde Dame zu spielen, aber Belinda konnte nicht mehr sitzen.

»Darf ich eine Weile im Gang stehen?« bettelte sie.

»Damit du zur Abwechslung die Kühe und Bäume auf der anderen Seite anschauen kannst? Ja, aber bitte streune nicht wieder herum! Oh, einen Moment mal, du hast da einen Fleck auf der Wange. Hier, ich reib ihn dir mal ab.« Daisy suchte in ihrer Handtasche nach einem Taschentuch, spuckte auf die Ecke, wie es ihre Kinderfrau früher immer gemacht hatte, und

51

wischte den Rußfleck fort. Sie kam sich sehr mütterlich vor dabei. »Jetzt ist's besser.«

Belinda umarmte sie, errötete und trat in den Gang hinaus.

Von Anne hatte Daisy in der Zwischenzeit zwei, drei Zeitschriften vorbeigebracht bekommen. Gelegentlich schaute sie von den Seiten des *Tatler* auf, um zu sehen, was ihre impulsive junge Mitreisende trieb. Ungefähr eine Viertelstunde später hörte sie Belinda sagen: »Hallo, Dr. Jagai.«

Der junge Arzt blieb neben ihr stehen, während er sich seine Jacke anzog. »Hallo. Miss Fletcher, nicht wahr?«

»Ja, aber Sie können mich Belinda nennen. Ich bin eigentlich noch nicht alt genug, um eine Miss Fletcher zu sein.«

»Ich verrate dir mal ein Geheimnis, Belinda: Ich bin erst seit so kurzem Arzt, daß ich mich immer noch umschaue, wenn mich jemand mit Doktor anspricht.«

Belinda lachte. Also hatte der ernsthafte Dr. Jagai auch Humor, dachte Daisy. Sie verzog ironisch den Mund ob ihrer eigenen Spontaneität, ganz zu schweigen von ihrer Neugier, und lud ihn zu sich ins Abteil ein.

Jetzt, wo sie ihn genau betrachten konnte, wirkte er müde. Aus ihren Zeiten im Krankenhaus während des Großen Krieges konnte sie sich noch erinnern, wie anstrengend das Leben der jungen Assistenzärzte war, die immer Bereitschaftsdienst hatten.

»Ich sollte mich eigentlich wirklich nicht in der ersten Klasse herumtreiben«, sagte er.

»Ach, das ist doch egal. Der Schaffner kommt erst nach dem Halt in York wieder vorbei. Kommen Sie doch herein und setzen Sie sich. Reisen Sie nach Edinburg?«

»Ja, Ma'am. Ich habe dort Freunde, und da ich ohnehin nach York muß, kann ich genausogut weiterfahren, um sie zu besuchen. Mr. McGowan meinte, ich solle mit diesem Zug reisen. Ich habe sozusagen bei ihm Bereitschaftsdienst, seit er von der Krankheit seines Bruders erfahren hat, und er wollte mit mir sprechen.«

»Ein gestrenger Herr!«

Jagai lächelte. »Das ist wohl wahr, aber ich kann mich nach seiner ganzen Freundlichkeit und Großzügigkeit nicht beklagen. Vor allen Dingen in dieser Angelegenheit.« Sein ernstes Gesicht leuchtete förmlich auf, und er lehnte sich begeistert vor. »Mr. McGowan hat mich eben zu sich gerufen, um mir mitzuteilen, daß er sein Testament umschreiben wird. Er will das Vermögen seines Bruders dazu verwenden, eine Klinik in Indien zu gründen.«

»Er will es nicht Ihnen vererben?«

»Ich werde als Vorstand der Stiftung und Leiter der Klinik eingesetzt. Mein schönster Traum wird wahr. Ich dachte immer, daß ich über Jahre arbeiten und sparen müßte, ehe ich mir das leisten könnte. Er wird es auf diese Weise einrichten und nicht als direkte persönliche Erbschaft, damit es seiner Familie schwerer fällt, das Testament anzufechten.«

»Wie klug von ihm!« Daisy klatschte in die Hände. »Es dürfte wahrlich schwieriger sein, einer wohltätigen Stiftung das Erbe streitig zu machen als einem Erben, der nicht zur Familie gehört.«

»Genau das hofft er auch. Er wird heute nachmittag den Rechtsanwalt seines Bruders Alistair befragen, wie er das am besten anstellt. Soweit ich verstanden habe, ist Mr. Braeburn mit der Familie auf dem Weg nach Dunston Castle.«

»Das habe ich auch gehört. Allerdings haben Sie sicherlich bedacht, daß Alistair McGowan ebenfalls sein Testament ändern kann und damit seinem Bruder zuvorkäme?«

»Ja.« Aus Jagais Gesicht verschwand das Strahlen, und er wirkte wieder erschöpft. Er zuckte mit den Achseln. »Wenn der alte Alistair seinen Bruder enterbt, dann wird es mir auch nicht schlechter gehen als vorher.«

»Ich hoffe, Sie kriegen *alles*«, sagte Belinda, die schweigend zugehört hatte.

»Das hoffe ich auch«, sagte Chandra Jagai und schenkte ihr ein müdes Lächeln, »aber schließlich hat Alistair ebenso wie Albert das Recht, mit seinem Vermögen zu tun, was er will.«

5

»Bel!« Kitty erschien in der Tür. »Es ist schon fast … Ach, hallo. Wer sind denn Sie? Sie sind doch nicht etwa der berüchtigte Chandra Jagai?«

»Also wirklich, Kitty«, rief Daisy aus.

»Auweia, Verzeihung. Ich wollte nicht unhöflich sein.« Sie betrachtete den Inder interessiert. »Aber sind Sie es denn?«

Jagai lachte. »Ich bin es. Sie sind also offensichtlich eine Nachfahrin der McGowans.«

»Ja, ich bin eine Gillespie. Kitty Gillespie. Guten Tag.« Sie schüttelte ihm die Hand. »Sie sind ja überhaupt nicht so, wie ich Sie mir vorgestellt habe.«

»Er ist Arzt, Kitty«, informierte sie Belinda.

»Ach du liebes bißchen, wirklich? Und alle haben immer gesagt …« Sie erhaschte Daisys ermahnenden Blick und unterbrach sich. »Ja, nun denn, freut mich, Sie kennenzulernen, Dr. Jagai.«

Ihr kurzfristig an den Tag gelegtes gutes Benehmen verflüchtigte sich wieder. »Aber jetzt ist Zeit zum Mittagessen, und ich wollte nur vorbeischauen und fragen, ob Bel an meinem Tisch sitzen darf. Bitte, Miss Dalrymple?«

Die Stimme des Stewards erklang im Gang. »Das Mittagessen wird jetzt serviert. Es ist angerichtet!«

»Hast du denn deine Mutter gefragt, Kitty?« fragte Daisy.

»Zuerst hat sie nein gesagt, aber dann hat Raymond ihr gesagt, daß Sie eine Honourable sind, da hat sie ihre Meinung geändert«, sagte Kitty mit der ihr eigenen entwaffnenden Ehrlichkeit.

»Na so was!« Daisy hatte noch nie verstanden, warum ihr Adelstitel immer als Garantie für Wohlanständigkeit aufgefaßt wurde. Diese Haltung war ihr ebensowenig nachvollziehbar wie Mrs. Fletchers Ablehnung ihrer Person.

»Jetzt ist sie nur froh, daß ich eine Freundin gefunden habe, die mich davon abhält, sie weiter zu nerven«, sagte Kitty.

Daisy lachte. »Bestens. Dann lauf mal, Belinda. Ich bin in einer Minute da.«

»Ich werd auch nicht viel essen«, sagte Belinda schüchtern. »Ich weiß, es ist unglaublich teuer, im Speisewagen zu essen.«

»Iß nur! Soviel du magst, Liebling. Wir wollen schließlich nicht, daß deine Großmutter mir vorwirft, ich hätte dich verhungern lassen. Bestell nur nicht gerade den Räucherlachs!«

Die Mädchen verabschiedeten sich vom Doktor und gingen fort.

»Wenn Sie ein bißchen knapp bei Kasse sind, Miss Dalrymple«, sagte der junge Inder zögerlich, »dann wäre ich gerne bereit, Ihnen …«

»Das ist sehr freundlich von Ihnen, Dr. Jagai, aber ein paar Shillings für das Mittagessen kann ich noch zusammenkratzen. Ich hatte nicht erwartet, daß Belinda mit mir reisen würde, sonst wäre ich dritter Klasse gereist und hätte mir Sandwiches mitgenommen.«

»Wie ich.« Er grinste, und in seinem dunklen Gesicht leuchteten die Zähne auf. »Und auf die freue ich mich schon.«

»Auf Wiedersehen also. Vielleicht sehen wir uns später noch einmal.«

Daisy puderte sich die Nase und setzte mit Bedauern ihren Hut wieder auf. Der Speisewagen war nun doch ein zu öffentlicher Ort, als daß man sich dort ohne Hut blicken lassen konnte. Dann machte sie sich auf den Weg.

Belinda, die Kitty gegenübersaß, studierte mit ernster Miene die Speisekarte. Der Tisch war mit weißen Servietten, silbernem Besteck, blinkenden Gläsern und einer kleinen Vase mit Frühlingsblumen eingedeckt. Peter und Jeremy Gillespie an den nächsten beiden Tischen stellten Daisy ihre jeweiligen Ehefrauen vor. Matilda tat ihr leid; ihre Schwangerschaft war schon sehr weit fortgeschritten, und ihr fleckiges Gesicht und die geröteten Augen zeugten von kürzlich vergossenen Tränen. Hinter ihnen saßen Anne und Harold Bretton, ohne Tabitha und das Baby.

Anne winkte Daisy zu und zeigte auf einen Tisch auf der anderen Seite des Ganges von dem ihren, doch Daisy schüttelte den Kopf und formte mit den Lippen eine höfliche Absage. Sie setzte sich direkt gegenüber Belinda, so daß sie ihr bei eventuellen Schwierigkeiten helfen könnte. Erleichtert lächelte Belinda sie an.

Ein Steward in einer Uniform mit Fliege brachte Daisy eine Speisekarte. Während sie sie durchblätterte, füllten sich allmählich die anderen Tische. Die Smythe-Pikes setzten sich gegenüber den Brettons.

»Verdammter Rechtsanwalt. Behauptet, wir würden scheitern mit unserem Vorhaben«, donnerte Desmond Smythe-Pike, »hätten überhaupt keine Grundlage. Schmieriger Kerl. Konnte einem ja nicht mal gerade in die Augen sehen.«

Der dünne, glatzköpfige Mann, der gerade den Gang herunterkam, wandte sich um und blickte ihn wütend an. Rechtsanwalt Braeburn, dachte Daisy. Sie hatte ihn vorhin, als sie Belinda suchte, im Abteil neben dem ihren gesehen. Er stolzierte steif wie ein beleidigter Reiher von dannen und setzte sich an den letzten leeren Tisch.

Smythe-Pike senkte nur geringfügig die Stimme. »Ich werd mal meinen eigenen Rechtsverdreher auf die Fährte setzen, wenn wir wieder in der Stadt sind.«

»Vielleicht wird das gar nicht mehr nötig sein, Sir«, bemerkte Harold. »Alistair McGowan hat sich möglicherweise schon entschlossen, sein Testament zu unseren Gunsten zu ändern.«

Peter Gillespie am Nebentisch wandte sich um und sagte kalt: »Oder zu unseren Gunsten. Ich bin schließlich nach Onkel Albert sein Erbe.«

»Bah«, schnaufte Smythe-Pike.

»Ganz ruhig, Desmond«, sagte Mrs. Smythe-Pike besänftigend. »Wir werden alle noch unsere Chance haben, Vater zu überzeugen.«

»Und Onkel Albert«, warf Anne ein.

»Ist ja schon ein bißchen geschmacklos, findest du nicht auch«, sagte Jeremy durchaus laut genug, um auch am Nachbartisch gehört zu werden, »Onkel Albert wegen Onkel

56

Alistairs Geld zu nerven, während Onkel Alistair ein Stockwerk höher im Sterben liegt.«

Daisy hörte den nächsten Teil des Streits nicht. Eine unglaublich elegante Dame in einem schwarzen Kostüm, die einen schlechterdings himmlischen kleinen schwarzen Hut trug, für den Daisys modebegeisterte Freundin Lucy einen Mord begangen hätte, machte an ihrem Tisch halt. »*Pardonnez-moi, Madame*«, sagte sie, »ist dieser Platz belegt? Darf ich mich zu Ihnen setzen?«

»Nein, bitte sehr. Ich meine«, übte sich Daisy vorsichtig in Französisch, »*ce n'est pas occupé. Asseyez-vous, Madame, je vous en prie.*«

»Vielen Dank.« Die Frau lächelte ihr zu, während sie sich setzte. Sie war perfekt geschminkt, und ihr dunkles Haar, in dem schon einige silbrige Strähnen lagen, war in weichen Wellen frisiert, die ein bißchen zu perfekt waren, um ganz natürlich zu wirken. »Das ist schon in Ordnung, Englisch ist meine Muttersprache. Nur lebe ich schon so lange in Frankreich, daß mir die Dinge immer erst auf französisch herausrutschen.«

»Wenn Sie französisches Essen gewohnt sind, dann kann ich ja nur hoffen, daß Sie eine Mahlzeit in der englischen Bahn einigermaßen genießbar finden!«

»Ich esse nur selten groß zu Mittag. Was meinen Sie, bei einem Omelett kann man ja wohl nichts falsch machen?«

»Ich will meine Hand dafür nicht ins Feuer legen, aber ich werd auch eins bestellen, dann können wir uns gemeinsam beschweren, wenn es zu schrecklich ist.«

Der Steward kam, um ihre Bestellung aufzunehmen, und Daisy teilte ihm mit, daß sie auch für Belinda zahlen würde. Beim Lunch plauderte sie mit der Dame aus Frankreich über Paris. Sie erhaschte hier und da einen Fetzen des Streits, der etwas weiter hinten wütete. Aber sie hatte den interessantesten Teil vorhin schon gehört und achtete nur noch wenig darauf.

Als sie nach dem Zahlen Belinda einsammelte und sich wieder auf den Weg zu ihrem Abteil machte, hörte sie gerade noch, wie Harold Bretton kundtat: »Nun denn, ich habe keine Angst davor, den alten Albert anzugehen. Ich spreche ihn jetzt gleich nach dem Mittagessen an.«

Augenblicklich entbrannte ein Streit darüber, wer das Recht hatte, Onkel Albert als erstes aufzusuchen. Daisy schüttelte in amüsiertem Befremden den Kopf. Noch nie in ihrem Leben war ihr eine so streitbare Familie untergekommen!

Kurz bevor der Zug in York hielt, steckte der freundliche Schaffner den Kopf zur Tür herein.

»Keine Sorge, Miss, ich hab Ihr Telegramm nicht vergessen«, sagte er zu Daisy und klopfte sich auf die Brusttasche. »Wird auf den Weg gebracht, sobald ich meine Abrechnung und mein Kreuzchen im Dienstplan gemacht hab.«

Daisy dankte ihm. Unter lautem Quietschen und Zischen rumpelte der Zug in den Bahnhof. Die Türen donnerten beim Öffnen gegen die Waggons, Gepäckträger riefen laut, Zeitungsjungen schrien die Schlagzeilen der Zeitungen heraus, während der Schaffner salutierte und von dannen trabte. Sofort fragte sich Daisy, ob ihr Telegramm auch dazu dienen würde, Mrs. Fletcher zu beruhigen.

»Belinda sicher bei mir. Anrufe später aus Edinburg.« Sie hatte nicht die erlaubten zwölf Worte für einen Shilling ausgenutzt, aber was hätte sie auch noch sagen sollen?

Aussteigen und Belinda geradewegs nach Hause bringen? Alec würde doch bestimmt nicht von ihr erwarten, daß sie die Eskapaden seiner Tochter in ihre Arbeit eingreifen ließe. Seine Mutter hingegen würde das wohl doch – es war sogar wahrscheinlich, daß sie das tat. Mrs. Fletcher mißbilligte ihre Berufstätigkeit fast genauso wie ihre aristokratische Herkunft, und schließlich wollte sie es doch Mrs. Fletcher recht machen.

Zu spät. Daisy lehnte sich seufzend zurück, als lautes Pfeifen und das Zuknallen der Türen signalisierten, daß der Flying Scotsman jetzt weiterfuhr.

Daisy zeigte Belinda durch das Fenster die Türme des Münsters von York. Dann verfielen sie beide in Schweigen und lasen in ihren ausgeliehenen Büchern und Zeitschriften. Obwohl sie ihren Lesestoff der Familie McGowan verdankte, hatte Daisy deren Streitereien gründlich satt. Sie heftete die Augen fest auf die Seiten des *Punch*, während im Gang Schritte hin und her trampelten. Es war ihr vollkommen egal, wer Albert McGowan als erstes, zweites oder als letztes sah; es tat ihr nur leid, daß der alte Mann gestört wurde. Er war zum Mittagessen nicht im Speisewagen erschienen. Hoffentlich lag es daran, daß er wohlhabend genug war, sich seine Mahlzeit bringen zu lassen, und nicht daran, daß Belinda ihn so erschöpft hatte.

Belinda langweilte sich allmählich mit Kittys Zeitschrift *School Friend*, und *Beano* und *Dandy* hatte sie auch schon ausgelesen. »Darf ich Kitty besuchen gehen?« fragte sie. »Und Tabitha, wenn sie bei ihrer Mummy ist?«

»Ja, nur zu. Geh aber bitte nirgendwo sonst hin, ohne mir das zu sagen.«

Also hatte Daisy jetzt für einige Zeit ihre Ruhe. Sie las weiter im *Punch* und blickte gelegentlich hinaus in die grüne, sanft hügelige Landschaft, die hier und dort von mit gelben Butterblumen bestandenen Wiesen unterbrochen wurde. Die Sonne schien immer noch, doch schlug sie nicht mehr so direkt auf das Fenster, und die Luft, die hereinwehte, war hier oben im Norden etwas kühler als in London. Obwohl die Heizung immer noch mit voller Kraft lief, fühlte sich Daisy in ihrem kurzärmeligen Kleid durchaus wohl.

Die Luft in Mr. McGowans Abteil dürfte mittlerweile unerträglich sein, dachte sie, als wieder Schritte vorübergingen. Die wütenden Männer, die sich in dem luftlosen Raum die Klinke in die Hand gaben, mußten doch auch Hitze abstrahlen. Vielleicht würde er seine unerwünschten Besucher bitten, ihre Jacketts auszuziehen, wie bei Dr. Jagai.

»Die sind aber alle unglaublich verärgert.« Belinda war zurückgekehrt und verlieh mit ihren Worten Daisys Gedanken Ausdruck. »Bitte, Miss Dalrymple, darf ich in die dritte Klasse gehen und schauen, ob ich Dr. Jagai dort finde?«

»Ich glaub nicht, daß das eine sehr gute Idee ist.«

»Ach, *bitte*! Der langweilt sich doch bestimmt auch. Ich nehm das Dame-Brett mit, vielleicht will er ja mit mir spielen.«

»Na, meinetwegen. Aber weck ihn nicht auf, wenn er schläft, ärger ihn nicht. Und nur ein Spiel, dann kommst du geradewegs wieder zurück.«

Belinda eilte fort, ehe Miss Dalrymple ihre Meinung ändern könnte. Granny hätte sie nie gehen lassen, aber Granny hätte auch gar nicht erst zugelassen, daß sie sich überhaupt mit einem indischen Mann unterhielt. Und außerdem hätten sie von Anfang an in der dritten Klasse gesessen. Aus dem Abteil von Mr. McGowan erscholl ein wütendes Brüllen, das nur von Mr. Smythe-Pike stammen konnte. »… keinerlei Familiensinn …«, hörte Belinda im Vorbeigehen. Diese ganzen lauten, wütenden Stimmen und geröteten, aufgebrachten Gesichter konnte sie nicht ausstehen. Daddy brüllte nie, egal wie böse er war. Er wurde statt dessen leise, und seine Augen wirkten, als würden sie einen gleich wie ein Speer durchbohren. Dann wußte man, daß er es wirklich ernst meinte, aber es machte einem wenigstens keine Angst.

Sie fand Dr. Jagai. Glücklicherweise war sein Abteil nicht voll. Er freute sich, sie zu sehen, und ließ sie im Dame-Spiel gewinnen, was unglaublich nett von ihm war. Obwohl Daddy immer sagte, sie würde es nie lernen, eine gute Spielerin zu sein, wenn sie sich keine Mühe geben mußte.

Während sie spielten, erzählte Belinda dem Doktor davon, daß sie nur deswegen als blinder Passagier auf dem Flying Scotsman mitreiste, weil sie während der Schulferien Deva nicht treffen durfte.

»Ich fürchte, deiner Großmutter würde es gar nicht gefallen, daß du jetzt mit mir sprichst«, sagte er und schaute sie traurig an.

»Vielleicht doch, denn schließlich sind Sie ja Arzt. Jedenfalls hat Miss Dalrymple mir das erlaubt, und Daddy hätte mich auch gelassen. Daddy ist Detective bei Scotland Yard, und er sagt, vor dem Gesetz sind alle gleich, Chinesen und

Hindus und Afrikaner und Indianer und überhaupt *alle* Menschen. Da haben Sie's also!«

Dr. Jagai lächelte. »Stimmt, da habe ich's.«

Belinda lächelte zurück. Sie bewegte einen Spielstein und blickte dann aus dem Fenster, während er seinen Zug machte. »Ach, schauen Sie nur!« rief sie aus. »Eine Burg.«

An einem steilen Abhang ragten jäh die Burgmauern über den Dächern eines Städtchens auf. »Durham«, sagte der Doktor. »Die höchsten Türme gehören nicht zur Burg, die sind von der Kathedrale; mit die ältesten Türme in Britannien.«

»Liebe Zeit, das ist ja einfach riesig. D-u-r-h-a-m«, buchstabierte sie den Namen, während der Zug, ohne anzuhalten, durch einen Bahnhof sauste, »aber Sie haben eben ›Durrem‹ gesagt. Das ist komisch geschrieben.«

»Bei Englisch weiß man nie, wie man etwas richtig schreibt.«

Die beiden beendeten ihr Spiel. »Ich muß jetzt gehen«, sagte Belinda bedauernd. »Miss Dalrymple hat gesagt, nur eine Runde. Vielen Dank, daß Sie mit mir gespielt haben.«

»Ich danke *dir*, Belinda. Ich hoffe, du bekommst nicht zuviel Ärger, daß du weggelaufen bist, und ich hoffe auch, daß du so etwas nie wieder machst. Sonst wirst du eines Tages noch ganz tief im Schlamassel stecken.«

»Mach ich nicht. Es war wirklich schrecklich, bis ich Miss Dalrymple gefunden habe.«

Sie ging wieder zurück in die erste Klasse. Es machte Spaß – und gleichzeitig ein bißchen angst –, zwischen den einzelnen Waggons durch die Türen zu gehen. Der Boden bewegte sich und wackelte unter den Füßen, und der Krach der Räder war so laut, daß sie sich kaum selbst denken hören konnte. Eine der Türen ließ sich besonders schwer öffnen. Sie fürchtete schon, sie würde es nie schaffen, aber genau in dem Moment kam der Schaffner vorbei.

Jetzt hatte ein anderer Mann Dienst, ein dicker mit einem roten Gesicht und einer fröhlichen Art. »Hallo, kleine Miss, du bist wohl unser blinder Passagier«, sagte er und zwinkerte ihr zu. »Deine Freundin hat mir schon deine Fahrkarte gezeigt.«

»Steht da blinder Passagier drauf?«

»Nein, aber man sieht, daß die Fahrkarte im Zug ausgestellt wurde. Der Inspector von King's Cross hat mir in York von dir erzählt. Sieh mal zu, daß du dich ordentlich benimmst, Miss.«

»Mach ich. Vielen Dank, daß Sie mir die Tür aufgemacht haben.«

Belinda ging weiter. Vor Mr. McGowans Abteil hörte sie wieder eine laute Stimme, und voller Schreck erkannte sie, daß es ihr lieber Kobold-Freund selbst war, der jetzt brüllte. Miss Dalrymple hatte ja gesagt, daß er gegenüber Menschen, die er nicht mochte, durchaus ein Drache sein könnte. Sie verstand nicht, was er sagte, aber er schien vor Wut zu kochen.

Langsam öffnete sich die Tür. Belinda senkte den Kopf und sauste weiter. Noch eine Tür, und dann saß da Gott sei Dank Miss Dalrymple, ganz gelassen, so hübsch wie immer, und lächelte sie an.

»Wie geht es Dr. Jagai?«

»Er hat mich gewinnen lassen. Er ist ja so nett. Aber ich hab gehört, wie Mr. McGowan mit jemandem ganz doll geschimpft hat. Ich möchte ihn doch nicht zum Tee besuchen.«

»Der arme Mr. McGowan hatte heute nachmittag eine Menge zu ertragen. Es wäre ein Wunder gewesen, wenn er nicht geschimpft hätte. Du mußt schon zu ihm, du hast seine Einladung schließlich angenommen. Aber du brauchst ja nicht so lange zu bleiben.«

Belinda seufzte tief auf. »In Ordnung. Aber ich wünschte, er hätte Sie auch eingeladen. Miss Dalrymple, was bedeutet ›Evision‹?«

»›Evision‹?«

»Ja, eine ›Evision‹.«

»Du meinst wohl eine Vision, denke ich mal.«

»Ich glaub, davon habe ich schon mal gehört. Was ist das denn?«

»Das ist lateinisch und bedeutet im übertragenen Sinne etwas, was man sich für die Zukunft vorstellt. Ich war aber in der Schule nie sehr gut in Latein. Warum fragst du?«

»Das hat Mr. McGowan gerufen.«

»Wie merkwürdig!«

»Und etwas über eine Miss … Miss Bäuchlich. Wissen Sie, wer das ist?«

»Vielleicht noch eine Verwandte, eine, die wir vielleicht noch nicht kennengelernt haben«, antwortete Miss Dalrymple lachend. »Aber vielleicht hast du dich ja auch verhört. ›Bäuchlings‹ heißt, sich auf den Bauch legen.«

»Jedenfalls klang er so schlecht gelaunt, als hätte er wirklich Bauchschmerzen und wollte das tun«, gab Belinda zu.

»Mach dir keine Sorgen. Dich betrifft das ganz bestimmt nicht.«

Belinda hoffte das ebenfalls.

Sie wollte auch nicht, daß Miss Dalrymple ihretwegen Bauchschmerzen bekam, also hörte sie lieber auf, ihr Löcher in den Bauch zu fragen. Sie schaute aus dem Fenster und sah jetzt eine schmuddelige, verrauchte Stadt, die häßlich aussah, aber durchaus auch interessant. Der Zug rumpelte durch einen Bahnhof, der sich auf einem Schild als Gateshead ankündigte, dann über eine Brücke, die sich hoch über einen Fluß spannte. Dann kam eine nächste Station, Newcastle-upon-Tyne, dann mehr schmuddelige Stadtlandschaft, immer weiter. Belinda nahm noch einmal das Buch auf, das Kitty ihr geliehen hatte, Pferdegeschichten. Erst vor kurzem hatte sie *Black Beauty* gelesen, und das Buch hatte sie so traurig gemacht, daß sie jetzt immer wehmütig wurde, wenn sie Geschichten von Pferden las.

Nachdem sie eine Geschichte beendet hatte, schaute sie wieder aus dem Fenster zurück. Die Sonne war mittlerweile untergegangen. Es gab kaum mehr Häuser zu sehen, nur gelegentlich ein alleinstehendes Bauernhaus und irgendwann, direkt neben den Gleisen, ein Schrankenwärterhäuschen. Gelegentlich erspähte Belinda in der Ferne einen dunklen, grauen Strich, vermutlich das Meer. Die Felder und Bäume waren hier oben im Norden immer noch sehr winterlich. Sie war wirklich weit weg von zu Hause.

»Ist dir kalt, Belinda? Mach das Fenster ein bißchen zu,

oder zieh deinen Mantel an. Bald werden wir uns noch über die Heizung freuen.«

Belinda kämpfte mit dem Fenster. Gerade als Miss Dalrymple aufstand, um ihr zu helfen, trat Mrs. Bretton mit Tabitha und dem Baby ein.

»Endlich wird es ein bißchen kühler«, sagte Mrs. Bretton und setzte sich. »Gott sei Dank. Baby Alistair ist so unruhig, weil ihm heiß ist, so daß ich ihn fast die ganze Zeit bei seiner Nanny lassen mußte.«

Baby Alistair wimmerte.

»Er scheint noch immer nicht besonders zufrieden zu sein«, sagte Miss Dalrymple.

»Die Kinderfrau glaubt, er zahnt. Ich werd ihn gleich wieder zu ihr bringen. Ich hab ihn nur geholt, weil Harold hoffte, der arme Kleine würde Onkel Albert vielleicht rühren.«

»Und?«

»Wir sind dann doch nicht zu ihm gegangen, und das, nachdem ich den ganzen Zug entlangmarschiert bin, um ihn zu holen, und nachdem Tabitha auch noch darauf bestanden hat mitzukommen!«

»Warum denn nicht?« fragte Miss Dalrymple.

»Daddy hatte plötzlich lauter Einfälle. Er meinte, ein brüllendes Baby würde Onkel Albert genauso sicher erfreuen wie die Jagdtrophäe einen Bauern, dessen Felder gerade von einer Fuchsjagd-Gesellschaft zertrampelt worden sind. Insbesondere, da Alistair ja nach Großvater benannt ist und nicht nach ihm. Er ist wirklich ein äußerst unangenehmer alter Mann. Belinda, Liebes, könntest du wieder auf Tabitha aufpassen, während ich Baby seiner Nanny zurückbringe?«

»Selbstverständlich, Mrs. Bretton.«

Schon bald tat es Belinda leid, daß sie dem zugestimmt hatte. Tabitha stellte sich an. Sie wollte sich keine Geschichten anhören oder Bilder in *School Friend* anschauen oder ihre Puppe ausziehen und wieder anziehen oder irgend etwas von den Dingen tun, mit denen Belinda sie vorhin unterhalten hatte. Als Miss Dalrymple sagte, es sei jetzt an der Zeit,

Mr. McGowan zum Tee zu besuchen, freute sich Belinda richtig.

»Kämm dir nur vorher die Haare, Liebling. Eine deiner Schleifen geht gerade auf. Hier hast du einen Kamm. Ich paß dann schon auf Tabitha auf, bis Mrs. Bretton wieder da ist.«

Miss Dalrymple sah so aus, als hoffte sie, das möge bald sein! »Also, ab geht die Post, und hoffentlich gibt es was Ordentliches zum Tee.«

Da Belinda sich an das Gebrülle erinnern konnte, hielt sie es für besser, bei Mr. McGowan an die Tür zu klopfen. Keine Antwort – aber vielleicht hatte er auch bei dem Zuglärm nichts gehört, und schließlich war sie ja eingeladen worden. Sie öffnete die Tür.

Er hatte sich hingelegt. Belinda sah den gelblich-fleckigen Schädel mit den wenigen Haarsträhnen darauf. Sein Gesicht hatte er zur Rückenlehne des Sitzes gewandt, so daß sie nicht sicher war, ob er wirklich schlief. Er hatte doch gesagt, sie solle pünktlich sein, weil er immer zur selben Zeit essen mußte. Vielleicht wollte er, daß sie ihn weckte, oder sollte sie einfach nur dasitzen, bis jemand den Tee servierte?

Sie trat in das Abteil und schloß sorgsam hinter sich die Tür. Etwas bewegte sich auf dem Fußboden, eine Feder, und sie bückte sich nach ihr. Während sie überlegte, was jetzt zu tun war, begutachtete sie sie. Es war eine durchaus hübsche Feder, gebogen und weiß und braun gefleckt, und sie steckte sie in die Tasche, um sie später Tabitha zu zeigen.

Mr. McGowan hatte sich nicht bewegt. Sein Arm hing vom Sitz herunter, was schrecklich unbequem aussah. Granny wachte immer mit einem steifen Hals auf, wenn sie in einer so verrenkten Stellung im Sessel einschlief. Belinda beschloß, daß sie es Mr. McGowan etwas bequemer machen würde – wenn er davon aufwachte, daß sie seinen Arm bewegte, würde sie das erklären können, da wäre er bestimmt nicht ärgerlich.

Sie nahm seine Hand. Sie war kalt und feucht. Sein Arm schien sehr schwer zu sein, wenn man bedachte, wie dünn er war. Sie legte ihn ihm über den Brustkorb, damit er nicht wieder herunterfiel.

Er wachte nicht auf, bewegte sich noch nicht einmal. Er mußte ja wirklich tief und fest schlafen. Sie beugte sich vor und blickte in sein Gesicht.

Seine hellen Augen waren weit aufgerissen und starrten sie an.

Aber sie wußte, daß er sie nicht sah.

6

Auf Belindas leichenblassem Gesicht waren die Sommersprossen deutlich zu erkennen.

»Was ist denn, Liebling?« fragte Daisy und streckte die Hand aus. »Stimmt was nicht?«

»Mr. McGowan ...«, brachte das Mädchens mit bebender Stimme hervor.

»Geht es ihm nicht gut?«

»Ich glaube, er ist tot.« Mit einem trockenen Schluchzen warf sich Belinda in Daisys schützende Arme. Sie zitterte am ganzen Körper. »Seine Augen sind offen, aber ... ich hab ihn angefaßt. Ich habe seinen Arm bewegt, damit er es bequemer hat, weil ich doch nicht wußte ... Mir ist übel.«

Daisy strich ihr über das Haar. »Mußt du speien?« fragte sie. Ein sachlicher Ton, so schien ihr, dürfte unter diesen Umständen am nützlichsten sein.

»N-nein, ich glaube nicht.«

»Ich hab schon mal gespeit«, tat Tabitha mit eher unangebrachtem Stolz kund. »Da hab ich zu viele Süßigkeiten gegessen.«

»Mir ist kalt«, sagte Belinda.

»Dann laß uns mal deinen Mantel anziehen.« Daisy nahm ihn vom Haken und half Belinda in den Ärmel. »Er war ein sehr alter Mann, weißt du, Liebling. Du hast dich fürchterlich erschreckt, aber es kommt eigentlich nicht sehr überraschend.

Ach, Anne, Gott sei Dank bist du wieder da. Belinda hat Mr. McGowan tot aufgefunden, oder jedenfalls sehr krank. Könntest du …«

»Tot?« kreischte Anne und schlug entsetzt die Hände vor das Gesicht. Tabitha fing prompt zu weinen an.

»Um Himmels willen, jetzt reiß dich zusammen! Es kann ja auch bloß ein Schlaganfall sein. Ich muß sofort nachsehen. Könntest du bitte auf Belinda aufpassen – sie hat einen schlimmen Schock erlitten – und dafür sorgen, daß jemand Dr. Jagai holt?«

»Diesen Kerl?«

»Ich geh schon selber«, sagte Belinda und warf Anne einen verächtlichen Blick zu. Daisy betrachtete sie mißtrauisch: konnte sie sich so rasch schon erholt haben? »Ehrlich, Miss Dalrymple, mir geht es jetzt gut, und ich weiß, wo er ist. Das dauert keine Minute.«

»Gott segne dich, Liebling. Sag es bitte niemandem, Anne«, fügte Daisy knapp hinzu. »Nicht bevor ich herausgefunden habe, was geschehen ist.«

Als sie an der offenen Tür von Mr. McGowans Abteil ankamen, wandte Belinda den Kopf ab, ging aber ohne zu zögern weiter. Daisy stählte sich innerlich und trat ein.

Albert McGowan schien eindeutig tot zu sein. Sein Brustkorb bewegte sich nicht. Rücklings auf dem Sitz ausgestreckt, den Kopf zur Tür gewandt, wirkte sein Leichnam leblos und schlapp, wie eine unbewohnte Hülle. Seine Füße in den schwarzen Seidenstrümpfen schauten unter der karierten Reisedecke hervor, die ihn bis zur Taille bedeckte. Daisy bückte sich, um ihm ins Gesicht zu sehen. Die offenen Augen blickten sie wütend an.

Diese blicklose Maske aus Angst und Wut ließ sie zusammenzucken. Als sie die Hand ausstreckte, um seinen Puls zu fühlen, erschien ein schwarz gekleideter kleiner Mann mit einem Teetablett in Händen in der Tür.

»Was'n hier los?« wollte er wissen. »Hoppla, Miss. Was'n hier passiert?«

»Sind Sie sein Diener?«

»Weekes heiß ich.«

»Ich fürchte, Mr. McGowan ist im Schlaf gestorben.« Trotz der scheußlichen Augen schien es ihr richtig, etwas Beruhigendes zu sagen.

»Im Schlaf? Das ist verdammt noch mal aber nicht sehr wahrscheinlich, wenn ich das mal so sagen darf, Miss. Er hätte sich nie so flach hingelegt ohne sein Kissen. Das würde ja nur die Katastrophe herbeibeschwören, bei seiner Dyspepsie.«

»Sind Sie sicher?«

»So sicher, wie ich hier stehe, verdammich.« Der Gentleman eines Gentleman besann sich dann wieder, wer er war. »Ja, Miss, ich bin mir durchaus sicher. Ich hab doch selbst für ihn das Kissen aus dem Netz geholt nach dem Mittagessen, damit er seinen Nachmittagsschlaf halten kann.«

Daisy schaute sich im Abteil um. »Und wo ist das Kissen jetzt?«

»Das würd ich auch gerne wissen, Miss. Und er hätte sich auch nie mit dem Kopf zur Tür hingelegt. Sehen Sie da den Klappschemel unter dem Fenster? Ich hab mit meinen eigenen beiden Händen seine Medizin und das Glas Wasser draufgestellt. Wismut ist das, für seinen Magen. Er hatte das immer in Reichweite.«

Auf dem Boden neben dem Schemel war eine kleine Pfütze. Daisy ging hin, um sich das Glas anzuschauen. Die Hände verschränkte sie hinter dem Rücken, um der Versuchung zu widerstehen, es zu berühren. Fingerabdrücke auf einem Glas hatten in diesem schrecklichen Mord in der Albert Hall eine wesentliche Rolle gespielt.

Das Glas war leer. Sie runzelte die Stirn.

Die Furchen auf ihrer Stirn wurden noch tiefer, als sie die kühle Brise aus dem offenen Fenster spürte, die in ihrem Haar spielte.

»Er hatte doch Angst vor Zugluft«, stellte sie fest.

»Gott verdammich aber auch«, keuchte Weekes, »der Master hätte nie und nimmer das Fenster da geöffnet!«

»Das würde ich auch so sehen.«

»Wenn Sie mich fragen, Miss, dann stinkt hier was.«

»Und zwar zum Himmel.« Der Entschluß war leicht gefaßt. Daisy gab der jahrelangen Versuchung nach, streckte die Hand aus und zog einmal heftig an der Notbremse.

Bremsen kreischten auf. Der Flying Scotsman ruckelte und schüttelte sich und wurde immer langsamer.

Während der Zug unter einem heftigen, stoßenden Zusammenprallen der Wagenkupplungen anhielt, betrat Dr. Jagai das Abteil.

»Also ist der arme alte Kerl von uns gegangen«, sagte er traurig und griff nach dem knochigen Handgelenk. »Kein Puls. Na ja, in seinem Alter stand das auch zu erwarten. Irgendwann ist das Herz eben müde.«

Als er sich vorbeugte, um die starrenden Augen seines Wohltäters zu schließen, sagte Daisy scharf: »Nicht!« Sie tauschte einen Blick mit dem Burschen, der nickte. »Weekes und ich haben leider den Verdacht, daß hier ein Verbrechen geschehen ist. Nichts darf angerührt werden, bis die Polizei eingetroffen ist.«

»Polizei!«

»Wo ist denn das Kissen von meinem Herrn, Sir, frage ich Sie? Sie wissen so gut wie ich, daß er sich niemals so flach hingelegt hätte. Nicht bei seinem kranken Magen.«

»Stimmt.« Dr. Jagai runzelte die Stirn. »Aber warum sollte ihm denn irgend jemand sein Kissen wegnehmen?«

»Der einzige Grund, der mir einfällt«, sagte Daisy vorsichtig, »ist, daß man ihn damit erstickt hat und daß der Mörder dann vor lauter Panik die Mordwaffe beseitigt hat. Ist das möglich?«

Der Arzt runzelte noch heftiger die Stirn, während er das Gesicht des toten Mannes anschaute. »Ich weiß nicht. Ich bin kein Gerichtsmediziner. Seine Lippen sind blau verfärbt, was auf einen Erstickungstod hinweisen kann. Aber das könnte genausogut an einem schlichten Herzversagen liegen. In einer Autopsie wird man den Unterschied erkennen können. Es wird bestimmt eine Autopsie durchgeführt, wenn auch nur der geringste Verdacht auf Mord besteht.«

»Mord?« blökte jemand im Gang. Der stämmige Schaffner war jetzt nicht mehr ganz so rot im Gesicht und auch nicht mehr ganz so fröhlich.

Ein anderer Bahnbeamter stieß ihn mit dem Ellbogen beiseite. »In Ordnung, also bitte, was ist denn hier jetzt los? Ich bin der Hauptschaffner. Wer hat meinen Zug zum Halten gebracht?«

»Ich war das.« Daisy drückte sich an Jagai und Weekes vorbei.

»Ist Ihnen klar, Madam«, fragte der kräftige Hauptschaffner und schaute sie streng von oben herab an, »daß es nach den Eisenbahngesetzen ein strafbares Vergehen ist, ohne angemessenen Grund die Notbremse zu ziehen?«

»Ich habe aber einen angemessenen Grund.«

Daisy richtete sich auf und wünschte, sie wäre so groß gewachsen wie Lucy und besäße außerdem deren einschüchternde Hochnäsigkeit. »Ein Mensch ist hier gestorben. Und ich habe Grund zu der Annahme, daß es sich um einen Mordfall handelt.«

»Mord!« Daisy hörte das entsetzte Murmeln im Gang, der mittlerweile von neugierigen Mitreisenden angefüllt war. Sie wünschte, sie hätte das etwas leiser gesagt.

»Mord, Madam?« Der große Mann blickte skeptisch über ihren Kopf ins Abteil hinein. »Ich seh aber gar kein Blut.«

»Aus mehreren Gründen, die ich gerne der Polizei mitteile«, sagte sie jetzt leiser, »fürchtet der Leibdiener von Mr. McGowan, daß sein Herr erstickt worden ist. Dr. Jagai – er ist Arzt – ist mit uns einer Meinung, daß dies durchaus möglich ist. Ich weiß zufällig, daß es eine ganze Reihe von Menschen in diesem Zug gibt, die vom Tod Mr. McGowans profitieren könnten.«

Kaum waren die Worte ausgesprochen, da erkannte Daisy entsetzt ihren Wahrheitsgehalt. Deswegen hatte sie eben Weekes' Beunruhigung ja auch so ernst genommen. In ihrem Hinterkopf hatte das Wissen gelauert, daß sich insbesondere für die Gillespies, aber auch für die Smythe-Pikes und die Brettons die Hoffnungen auf Wohlstand durch das Erbe von Alistair McGowan mit dem Tod seines Bruders schlagartig vergrößert hatten.

Sie mußte blaß geworden sein, denn der Hauptschaffner fragte besorgt: »Geht es Ihnen auch gut, Madam?«

Sie nickte. »Was werden Sie jetzt tun?«

»Nun, Madam«, sagte er resigniert, »wenn Sie behaupten, daß es ein Mord ist, dann hab ich wohl keine andere Wahl, als die Schnüffler zu holen. Da der alte Herr in England gestorben ist, werden wir wohl in Berwick halten müssen, scheint mir, bevor wir die Grenze überqueren. Na ja, der Fahrplan ist ja sowieso schon völlig am Ar... – im Eimer.« Er seufzte märtyrerhaft auf.

»Lassen Sie nicht zu, daß irgend jemand aus dem Zug steigt. Und es darf niemand etwas hier drin berühren.«

»Stimmt, Madam. Sie sollten sich mal lieber woanders in diesem Waggon einen Platz suchen, und diese Herrschaften bitte auch. Ich schließ jetzt dieses Abteil ab und auch alle Zugtüren.«

Er wandte sich zum Gang. »In Ordnung, also bitte, meine Damen und Herren! Hier gibt es doch nichts zu sehen. Wenn Sie jetzt bitte alle auf Ihre Plätze zurückkehren wollen, *wenn* ich darum bitten darf.«

Daisy bat Dr. Jagai und Weekes zu sich ins Abteil. Beide waren sehr niedergeschlagen, und Daisy freute es immerhin, daß der arme Albert McGowan wenigstens zwei Menschen hatte, die wirklich um ihn trauerten.

Anne war Gott sei Dank wieder gegangen. Belinda saß in einer Ecke zusammengekauert. Ihr Gesicht war leichenblaß, und sie wirkte völlig verschreckt. Die Kaltblütigkeit, die sie vorhin an den Tag gelegt hatte, als sie den Arzt holte, war verflogen.

»Die haben gesagt, es war Mord.« Sie blickte Daisy flehend an. »Die werden doch nicht glauben, daß ich ihn umgebracht habe, oder?«

»Aber natürlich nicht, Liebling.« Daisy setzte sich neben sie und legte den Arm um die schmalen Schultern des Kindes. »Weißt du was? Ich wette, die müssen Scotland Yard herbeirufen, weil nicht sicher ist, in welcher Grafschaft der arme Mr. McGowan gestorben ist. Und dein Daddy – Belindas Vater ist nämlich ein Detective, Dr. Jagai – wird sicherlich die Untersuchung leiten, wo er doch schon in Northumberland ist.«

Belinda seufzte zitternd. »Das hoffe ich wirklich.«

Sie schien beruhigt, sah aber immer noch schrecklich blaß aus – was unter den gegebenen Umständen auch nicht verwunderlich war. Daisy versuchte, sie abzulenken. Glücklicherweise hatte der Flying Scotsman an einer interessanten Stelle gehalten, nahe an der Küste. Es gab dort Sanddünen zu sehen, und dann den Strand, der von Wasserkanälen durchschnitten wurde, und dahinter einen langgestreckten, niedrigen, steinigen Hügel.

»Schau doch mal die Insel da drüben«, sagte sie und zeigte an Belinda vorbei durch das Fenster. »Oder vielleicht ist es auch keine Insel, was meinst du? Der Strand reicht jedenfalls bis ganz dort hin.«

»Das ist Lindisfarne.« Dr. Jagai warf Daisy einen verständnisvollen Blick zu. »Es wird auch Holy Island genannt. Bei Ebbe kann man auf einem erhöhten Weg hinüberfahren.«

»Waren Sie schon mal da?« fragte Belinda eher höflich als interessiert.

»Nein, aber ich hab davon gelesen. Ich weiß immer gerne über die Orte Bescheid, an denen ich vorbeifahre. Es gibt eine Ruine hier, die wohl den Besuch lohnt. Es ist ein Kloster, das neunhundert Jahre alt ist und auf ein noch älteres gebaut wurde, das von den Dänen zerstört worden ist. Der heilige Cuthbert ist dort beerdigt worden, und als die Dänen angegriffen haben, sind die Mönche von der Insel geflohen und haben seinen Sarg mit…« Der Doktor setzte sich auf, als Belinda zusammenzuckte. »Schau doch nur, lauter Möwen. Die dürften ja viel Erfolg beim Fischen haben, wenn die Flut über das Seichtwasser kommt.«

»Miss Dalrymple, treffen Züge manchmal auch Vögel?«

»Du liebe Zeit, möglich ist das schon, aber es passiert eher selten, denke ich. Die Lok macht einen solchen Krach, daß sie den Zug von sehr weit weg hören können.«

»Ja, das stimmt wahrscheinlich. Nur, ich hab auf dem Boden eine Feder gefunden, da… *drin*.« Belinda nahm eine kleine, gebogene Daune aus ihrer Tasche und zeigte sie Daisy.

Daisy blickte Weekes an. Dessen Blick verriet deutlich seine Vermutung: Das Kissen von Mr. McGowan. Er hob gerade an, etwas zu sagen, doch sie warf ihm einen strengen Blick zu.

»Vögel lassen überall Federn«, sagte sie Belinda. »So wie Hunde haaren. Das weißt du doch, man findet ja dauernd Federn auf dem Boden. Vermutlich hat der Wind die hereingeblasen.« Sie streckte die Hand aus, und Belinda gab ihr die Feder. »Ich heb sie für dich auf.«

Sie steckte die Feder in ihre Handtasche. Wahrscheinlich war das kein bedeutendes Beweisstück, aber man konnte ja nie wissen.

Der Zug fuhr wieder los und rumpelte langsam weiter in Richtung Norden. Belinda versank in beunruhigendes Schweigen, und Daisy machte sich langsam Sorgen. Sie hoffte inständig, daß Alec den Fall übernehmen würde. Das jedenfalls wollte sie der Polizei von Berwick vorschlagen, die Beamten bitten, sich in jedem Fall mit ihm in Verbindung zu setzen, auch wenn sie seine Hilfe nicht beanspruchten.

Chandra Jagai unterhielt sich schließlich weiter mit Belinda, stellte ihr Fragen über die Schule und ihr Zuhause, offensichtlich im Versuch, sie von Albert McGowans Tod abzulenken. Sie antwortete höflich, aber lustlos und war für nichts zu interessieren, bis er sagte: »Darf ich dich um einen Gefallen bitten? Du hast mich vorhin so haushoch beim Dame-Spiel geschlagen, jetzt möchte ich eine Revanche.«

Endlich lächelte sie ihn aus vollem Herzen an. »Ich hab doch nur gewonnen, weil Sie mich haben gewinnen lassen. Ich spiel nur mit Ihnen, wenn Sie versprechen, daß Sie das nicht noch mal tun.«

»Versprochen«, sagte er lachend, und sie setzte sich neben ihn.

Während Belinda ihre Aufmerksamkeit ganz dem Spiel widmete, segnete Daisy im stillen den freundlichen jungen Mann.

Sie ging hinüber zum Fenster, und um den Spielern noch mehr Raum zu geben, setzte sich Weekes auf den Platz neben sie. Der kleine Bursche saß stocksteif da und wirkte sehr verlegen. Sein Blick war fest auf ein vergilbtes Bild der Kathedrale von Durham an der Wand gegenüber gerichtet. Daisy beschloß, die Gelegenheit zu nutzen und ihm ein paar Fragen zu stellen.

»Waren Sie schon lange in Mr. McGowans Diensten?« fragte sie leise.

»Seit er aus Indien zurückgekommen ist, Miss, und das sind jetzt bald schon zwanzig Jahre. Es ist einfach nicht Rechtens, Miss«, brach es plötzlich aus ihm hervor. Daisy rechnete mit einer ausführlichen Erörterung der Missetat, einen älteren Herrn um die Ecke zu bringen, und so legte sie mit Blick auf Belinda mahnend den Finger auf die Lippen. Aber er fuhr fort: »Ich weiß, wo ich hingehöre. Ich sollte hier nicht sitzen bei der Herrschaft, egal, was dieser Hauptschaffner da gesagt hat.«

»Unsinn, natürlich dürfen Sie das«, beruhigte Daisy ihn. »Die Polizei wird erwarten, daß jeder, der mit Mr. McGowan zu tun hatte, in diesem Waggon bleibt. Die Verdächtigen werden ohne ihre Bediensteten nicht auskommen, also werden alle ein wenig zusammenrücken, so gut es geht.«

Weekes entspannte sich etwas und blickte dann nervös über die Schulter zum Gang. »Die Verdächtigen, Miss – wer ist das wohl, glauben Sie?«

Daisy überlegte. Nicht Weekes, sonst hätte er sie ja nicht auf die Möglichkeit eines Mordes aufmerksam gemacht. Nicht Chandra Jagai, der ein erhebliches Interesse daran gehabt hatte, daß Albert seinen Bruder Alistair überlebt hätte. Aber die ganzen Gillespies, Smythe-Pikes und Brettons hatten sowohl ein Motiv als auch eine Gelegenheit zum Mord, und selbst die Frauen dieser Familie dürften stark genug sein, um einen schwächlichen alten Mann zu überwältigen.

»Alle seine Verwandten, würde ich denken«, sagte sie, »obwohl die Polizei das natürlich entscheiden muß. Wie gebrechlich war er eigentlich?«

»Am Herzen fehlte ihm nichts, Miss. Dr. Jagai war nicht sein Arzt, der wird das also nicht wissen. Zu Dr. Frost in der Harley Street ist er gegangen. ›Die alte Pumpe tut's noch bestens‹, hat er immer gesagt, wenn er von einer Untersuchung da zurückgekommen ist. Was aber nicht heißen soll, daß er außergewöhnlich rüstig für sein Alter war. Obwohl, an den meisten Tagen ist er schon zu Fuß in den Club gegangen, mit einem Spazierstock und ziemlich langsam allerdings. ›Langsam, aber stetig‹, hat er immer gesagt.«

»Wie stand es um seine Arme?« fragte Daisy. Seine Arme wären in einem Kampf gegen einen Angreifer wichtiger gewesen als seine Beine, dachte sie.

»Er hatte Rheuma in den Händen und in letzter Zeit ein kleines Zittern. Kam mit dem Regenschirm nicht mehr zurecht. Das hat ihn gestört, aber das schlimmste für ihn war die Dyspepsie. Darunter hat er wirklich fürchterlich gelitten. Er hätte sich nie im Leben flach auf den Rücken gelegt, Miss, und niemals so, daß er an seine Tabletten nicht herankommt.«

»Das will ich wohl glauben. Sie haben gerne für ihn gearbeitet, vermute ich, sonst wären Sie ja nicht so lange bei ihm geblieben.«

»Er war sehr eigensinnig. Ich will nicht behaupten, daß er sich nicht aufgeregt hat, wenn die Dinge nicht ganz genau seinen Wünschen entsprochen haben oder wenn man etwas anders gemacht hat, als er das wollte. Aber er hat es nie an einem ausgelassen, wenn etwas war, woran man keine Schuld hatte – zum Beispiel, wenn ein Hemd in der Wäscherei verlorenging, das ist manchmal passiert. Er wußte, was er wollte. Und er war bereit, dafür zu zahlen. Man hätte sich keinen großzügigeren Herrn wünschen können.«

»Großzügig?« fragte Daisy erstaunt.

»Großzügig, ja, lassen Sie sich nichts anderes erzählen. Ich werd nie wieder eine Stellung finden, die so gut bezahlt ist«, fuhr Weekes mit Bedauern und einer Spur Bitterkeit fort. »Nur konnte er seine Familie nicht leiden, die ihn in all den Jahren hat links liegenlassen. Und dann haben sich alle auf ihn gestürzt, als sie gehört haben, daß er doch zu Geld gekommen ist. Sie haben recht, Miss, einer von denen war's.«

Aber wer? Daisy war überrascht, daß keiner von der Familie vorbeigeschaut hatte, seitdem Albert McGowans Tod bekannt geworden war. Wußten sie, daß sie alle unter Verdacht standen? Rückte die Familie jetzt enger zusammen, oder warfen sie sich gerade gegenseitig wilde Anschuldigungen an den Kopf?

Für Daisy war es an der Zeit, die Gedanken zu ordnen, damit sie der Polizei von Berwick die Lage erklären könnte – und zwar auf eine Weise, daß man Alec zu Hilfe rufen würde.

7

Der Flying Scotsman machte einen kurzen außerfahrplanmäßigen Halt im Bahnhof von Tweedmouth.

Belinda verlor das Interesse am Dame-Spiel. »Es tut mir leid, ich kann mich einfach nicht konzentrieren«, sagte sie unglücklich.

»Das ist schon in Ordnung«, versicherte ihr Dr. Jagai mit sanfter Stimme; Daisy war überzeugt, daß ihm allein schon aufgrund dieser Stimme die Patienten in Scharen zulaufen würden, wenn er erst einmal eine eigene Praxis hätte.

»Aber Sie haben noch gar nicht Ihre Revanche gehabt, obwohl Sie natürlich um Längen gewinnen.«

»Vielleicht haben wir später noch einmal Gelegenheit zu spielen. Ich helf dir jetzt, die Spielsteine zusammenzupacken. Wir wollen ja nicht, daß du einen verlierst.«

Durch die offene Tür ihres Abteils und das Fenster im Gang gegenüber sah Daisy den Hauptschaffner und den Bahnhofsvorsteher in einer offensichtlich ernsten Unterredung. Ohne Zweifel erklärte er ihm gerade, wie es zum Durcheinander im

Fahrplan der *London North Eastern Railroad* gekommen war. Sollte er nur halbwegs vernunftbegabt sein, würde er auch bitten, daß man die Polizei von Berwick anriefe.

Sollte sie das vielleicht gleich vorschlagen? Ehe sie sich dazu entschlossen hatte, kam der Hauptschaffner zurück, blies in seine Trillerpfeife, schwenkte sein Fähnchen und sprang wieder auf.

Langsam setzte sich der Zug wieder in Bewegung. Er holperte über die Schwellen, bog im Schneckentempo um eine Kurve und rumpelte über die Royal Border Bridge, die die Eisenbahngesellschaft hoch über der Mündung des Tweed gebaut hatte. Etwas weiter flußabwärts stand die alte Steinbrücke mit ihren vielen niedrigen Bögen. Hinter der Eindeichung des Flusses zogen sich die mit rotem Schiefer gedeckten, fast rosafarbenen Ziegelsteinhäuser von Berwick den Hügel hinauf. Über allem ragte ein großer Uhrenturm.

»Was für eine hübsche Stadt«, sagte Daisy. »Schau doch mal, Belinda, wäre es nicht schön, einen Spaziergang entlang der Mauer am Fluß zu machen?«

Belinda glitt neben sie. »Was geschieht denn jetzt?« fragte sie sorgenvoll.

Daisy nahm ihre kalte kleine Hand. »Nichts allzu Schreckliches, Liebling. Vermutlich werden die Polizisten dich ganz genau fragen, was du gesehen hast. Aber ich bin ja bei dir.« Sollten die doch bloß versuchen, sie daran zu hindern!

»Ich wünschte, Daddy wäre hier.«

»Ich werd mein Bestes tun, ihn hierher zu holen, versprochen.«

»Und wenn er ganz schrecklich beschäftigt ist?«

»Egal, wie beschäftigt er ist, er wird herkommen, sobald er erfährt, daß du hier bist. Da bin ich mir ganz sicher.«

»Ja, ich glaube auch.« Belinda zögerte. »Miss Dalrymple, können Rechtsanwälte Menschen ins Gefängnis werfen lassen?«

»Rechtsanwälte sind ein Teil des juristischen Systems, genau wie Polizisten«, erklärte ihr Daisy beruhigend. »Aber mach dir keine Sorgen, wir werden Mr. McGowans Rechtsanwalt schon nicht brauchen. Selbst wenn dein Daddy nicht kommen sollte, wird die Polizei von Berwick … Ach, da sind wir ja schon.«

Belinda las das Schild im Bahnhof. »Ber-wick-on-Tweed. Aber man spricht das doch wirklich *Berrick* aus, nicht wahr?«

»Es ist genau wie bei Durham, weißt du noch?« fragte Dr. Jagai.

»Die Rechtschreibung im Englischen ist wirklich fürchterlich verwirrend«, stimmte Daisy zu. Sie hielt inne, als schwere Schritte im Gang zu hören waren. »Das wird wohl die Polizei sein, vermute ich.«

Der schwerfällige Hauptschaffner erschien im Türrahmen. »Das ist die Dame, die meinen Zug aufgehalten hat, Superintendent, Sir«, sagte er dem Polizeibeamten in blauer Uniform neben ihm, »und das da drüben sind der Diener vom verstorbenen Herrn und der ausländische Arzt.«

Der Polizeibeamte nickte ihm dankend zu. Trotz der Uniform sah er eher wie ein wohlhabender Bauer aus, stämmig, mit wettergegerbtem Gesicht, sportlich und kräftig. Daisy konnte sich vorstellen, wie er sich auf ein Schwinggatter lehnte, einen schlammigen Stiefel auf die unterste Sprosse gesetzt, und seine schlauen, porzellanblauen Augen auf einen preisgekrönten Stier richtete – doch jetzt traf sein Blick sie.

»Superintendent Halliday, Leiter der Polizei von Berwick, Ma'am. Sie behaupten also, daß der Tod des alten Herrn kein natürlicher war?«

»Ganz genau, Mr. Halliday. Ich erläutere Ihnen gerne meine Gründe dafür, obwohl …«

»Bitte um Entschuldigung, Superintendent, Sir«, unterbrach sie der Hauptschaffner, »aber ich habe hier einen Zug voller Passagiere, die eigentlich erwarten, demnächst in Edinburg anzukommen. Was die Eisenbahngesellschaft dazu zu sagen hat, will ich mir lieber gar nicht erst vorstellen.«

»Dann stellen Sie es sich eben nicht vor«, sagte Halliday unwirsch. »Sie müssen doch einsehen, daß ich Sie nicht weiterfahren lassen kann, ehe ich nicht weiß, was hier vorgefallen ist.«

»Es ist ja nicht so, als wär das irgendein normaler Zug. Das hier ist der Flying Scotsman Express, immer auf die Minute genau pünktlich.«

»Nicht immer.« Der Polizist trat in das Abteil und schob dem hartnäckigen Hauptschaffner die Tür vor der Nase zu. »Was sagten Sie doch gerade, Ma'am?«

»Ich wollte eben sagen, daß Mr. Weekes meine Aufmerksamkeit auf die verdächtigen Umstände des Todesfalls gelenkt hat.«

Der Diener zuckte zusammen, als sich der forschende Blick des Superintendent auf ihn heftete. »Sprechen Sie nur weiter, Miss«, knurrte der Beamte.

»Bestens. Übrigens, mein Name ist Dalrymple, Daisy Dalrymple.« Sie beschloß, ihr Adelsprädikat einer Honourable für den Bedarfsfall im Ärmel steckenzulassen. »Wollen Sie sich nicht setzen, Mr. Halliday?«

»Vielen Dank, Miss Dalrymple, aber ich wäre Ihnen dankbar, wenn Sie sich so kurz fassen könnten, wie es geht. Die anderen Passagiere gehen sonst wirklich auf die Barrikaden.« Halliday zuckte zusammen, als sich auch schon empörtes Geschrei im Gang erhob.

Daisy erkannte Desmond Smythe-Pikes Stimme und sagte mitleidig: »Ich fürchte, das ist ausgerechnet einer der Herrschaften, die Sie ersuchen müssen, für die Dauer der Untersuchung hierzubleiben. Ich werde so schnell machen, wie es geht. Also: Mr. McGowan …«

»Der Verstorbene?«

»Ja. Er hatte ein chronisches Magenleiden. Seine Medizin stand auf dem Schemel am Fenster, und er hätte sich nicht so hingelegt, daß er nicht leicht daran herankam, und auch nicht flach auf den Rücken – in dieser Position wurde er aber gefunden. Er nahm auf Reisen immer sein eigenes Kissen mit, das aber verschwunden ist. Und das Fenster war weit aufgerissen. Mr. McGowan hat den Großteil seines Lebens in Indien verbracht. Er mochte es gerne heiß, und er hatte vor Zugluft schreckliche Angst.«

79

»Hmmm.«

»Das stimmt, Sir«, warf Weekes ängstlich ein, »jedes Wort, das die Miss sagt.«

»Und darüber hinaus«, fuhr Daisy fort, »sind nicht nur alle seine Verwandten mit ihm über Kreuz, sondern sie haben möglicherweise alle die Hoffnung, von seinem Tod zu profitieren. Und diese Verwandten sind alle in diesem Zug!«

Superintendent Halliday wirkte skeptisch. »Alle?«

»Na ja, etliche jedenfalls. Mindestens ein Dutzend, wenn man die Kinder mitzählt.«

»Dürfte ich wohl fragen, wie Sie …« Er horchte auf den zunehmenden Lärm im Gang. »Nein, das wird warten müssen. Nur noch eine Frage für's erste. Wie genau, meinen Sie, wurde er …«

Daisy unterbrach ihn. »Ich sehe keine Notwendigkeit, das vor meiner kleinen Freundin zu erörtern. Wir haben eine plausible Möglichkeit herausgefunden. Und ich bin mir sicher, Dr. Jagai und Mr. Weekes werden das bestätigen.« Die beiden nickten. »Sie können das Thema gerne andernorts mit ihnen weiter vertiefen, aber ich muß sie jetzt erst mal um Ihre Hilfe bitten.«

»Ja, Miss Dalrymple?« Halliday klang resigniert, doch schwang Amüsement und sogar ein bißchen Bewunderung mit. Er erinnerte sie an ihren Freund Tom Tring, Alecs Sergeant, und so fühlte Daisy sich nur bestärkt. »Es ist nämlich so. Wir haben keine Ahnung, ob Albert McGowan in Yorkshire, Durham oder in Northumberland gestorben ist. Ich bin mir da nicht absolut sicher, aber stellt sich da nicht die Frage der polizeilichen Zuständigkeit?«

»Schon möglich«, gab der Polizist vorsichtig zu. »Und was ist Ihre Bitte?«

»Die betrifft Belinda. Sie hat einen schrecklichen Schock erlitten und möchte ihren Vater sehen. Er ist gegenwärtig in Northumberland im Einsatz, wobei ich mir nicht ganz sicher bin, wo. Ich hatte die Hoffnung, daß Sie ihn möglicherweise ausfindig machen können. Verstehen Sie, es handelt sich dabei zufälligerweise um Detective Chief Inspector Fletcher von Scotland Yard.«

Das rüttelte Halliday eindeutig auf. »Zufälligerweise, mhmm«, sagte er und warf einen gedankenschweren Blick auf Belinda. Dann stand er auf und nickte entschlossen. »In Ordnung, Miss Dalrymple, ich werd mal sehen, was ich tun kann, obwohl natürlich der Chief Constable das letzte Wort hat – wie Sie wahrscheinlich selber wissen«, fügte er trocken hinzu.

»Ja«, sagte sie und lächelte ihn an.

»Ich werde Sie alle bitten müssen, hier drinzubleiben. Dieser Waggon wird vom Zug abgekoppelt und auf ein Abstellgleis rangiert, aber wir werden in der Stadt eine Unterkunft für Sie besorgen, sobald das geht. Ach so, und einer meiner Beamten wird in ein paar Minuten hiersein, um die Namen der Passagiere aufzunehmen, die mit dem Verstorbenen Kontakt hatten. Es wird sich noch zeigen, Miss Dalrymple, ob ich Ihnen später noch für Ihre Mithilfe zu danken habe oder ...« Seine Stimme wurde bedeutungsvoll leise.

»Oder ob Sie mich für meine Einmischung verfluchen«, vollendete sie zuvorkommend seinen Satz.

Er salutierte grinsend und verschwand.

»Nun denn«, sagte Daisy mit einem Seufzen, »das ist ja wahrlich eine Erleichterung, daß er vernünftig und intelligent ist und obendrein noch Sinn für Humor hat.«

»Ich glaube, ich gönn mir jetzt einen Whiskey«, sagte Alec Fletcher, dem die Dankes- und Lobesworte des Chief Superintendent von Newcastle immer noch in den Ohren klangen. Der Mann vom Zoll war nicht minder dankbar gewesen. »Und was nehmen Sie, Tom?«

»Ich nehm das Übliche, schönen Dank auch, Chief«, dröhnte sein massiger Sergeant und ließ sich auf eine so solide gebaute dunkle Eichenbank nieder, daß sie unter seinem Gewicht nur ein wenig quietschte.

»Ein großes Bitter also. Und Ernie?«

»Ein kleines Mildes, bitte, Chief«, bat der junge Piper

bescheiden. Er nahm eine Packung Woodbines hervor, die in der Tasche seines braunen Anzugs aus Serge neben seinem Notizblock und einem endlosen Vorrat an gutgespitzten Bleistiften Wohnstatt hatte.

»Trau keinem, der nur kleine Biere trinkt«, neckte ihn Tom Tring. Ein dicker Zeigefinger zwirbelte den Walroß-Schnurrbart, der die Glatze auf seinem breiten Schädel ausglich.

»Ein kleines Bier ist für mich dasselbe wie ein großes für Sie, Sarge«, erwiderte der drahtige Detective Constable und klopfte auf der Tischplatte eine Zigarette zurecht.

»Man höre sich nur unseren Zahlenexperten an.«

Alec lachte. »Nun reden Sie mal nicht schlecht über unser mathematisches Genie. Schließlich hat Ernie die Unstimmigkeiten bei den Zahlen in den Ladungsverzeichnissen bemerkt und uns damit auf die richtige Schiene gebracht. Nur so konnten wir diesen Schmugglerring sprengen. Er hat sich ein großes Bier verdient – also werde ich mal sehen, ob es für Sie ein doppeltes Großes gibt, Tom.«

Er ging hinüber zum Tresen. Es war noch früh, und die drei Detectives waren die einzigen Kunden in der Bar für die Hotelgäste. Ein kurzes Klopfen auf die Theke holte die Wirtin selbst aus dem Zimmer nebenan hervor.

»Was kann ich für Sie tun, Mr. Fletcher?«

Über ihrem nasalen Gordie-Akzent lag ein Hauch von gebildeter Aussprache.

Alec gab seine Bestellung auf. Während das Bier in die Gläser schäumte, fuhr er fort: »Wir brechen morgen auf und nehmen den Frühzug nach London, also ... klingelt da nicht gerade Ihr Telephon?«

Sie legte den Kopf lauschend zur Seite. »Ja. Verflixt noch mal, dieses Mädchen! Ich könnte diesen Laden genausogut alleine schmeißen«, warf sie über ihre Schulter hin, während sie hinaus in den Vorraum zum hartnäckig klingelnden Telephon eilte.

Alec ging mit den Getränken für seine beiden Mitarbeiter zum Tisch zurück. Sein eigenes würde man ihm schon bringen. Die Wirtin rief: »Das Gespräch ist für Sie, Sir.«

Mit einem Seufzen ging er hinaus zum Telephon, nahm die Sprechmuschel in die eine Hand und drückte die herabhängende Hörmuschel ans Ohr. »Fletcher hier.«

»Chief Inspector«, sagte eine leicht schottisch klingende Stimme, »hier spricht Superintendent Halliday vom Polizeidistrikt Berwick-on-Tweed. Die Kollegen in Newcastle haben mir gesagt, wo ich sie erreichen kann. Ich hab hier oben ein winzig kleines Problem.«

Alec unterdrückte ein zweites Seufzen. »Sir?«

»Es geht um eine Leiche in einem Zug, und …« Ein donnerndes Krachen kam durch die Leitung, so daß die nächsten Worte unverständlich waren. »Hören Sie? Entschuldigen Sie bitte. Ich bin im Bahnhof. Draußen werden irgendwelche Teile und Waggons des Flying Scotsman herumgeschoben. Ich sagte, ich habin einem Zug eine Leiche und eine junge Dame, die behauptet, es handle sich dabei um Mord. Ihr Name ist Miss …«

»Sagen Sie es nicht«, stöhnte Alec auf. »Lassen Sie mich raten. Es ist nicht durch irgendeinen unglückseligen Zufall Miss Daisy Dalrymple?«

»Volltreffer, Chief Inspector.« Halliday klang amüsiert. »Eine alte Bekannte von Ihnen?«

»Miss Dalrymple hat eine unglaubliche Begabung dafür, über Leichen zu stolpern. Zugegeben: wenn sie sagt, es ist Mord, dann hat sie wahrscheinlich recht. Aber ich bin mir sicher, daß die Polizei von Berwick durchaus die Kompetenz hat, auch ohne Scotland Yard einen Mordfall zu untersuchen.«

»Das will ich auch hoffen, obwohl vermißtes Vieh und Autos ohne Rücklichter eher unsere Kragenweite sind. Aber es besteht einiger Zweifel darüber, in welcher Grafschaft der Tod eingetreten ist. Und, um es ganz genau auf den Punkt zu bringen – ich hoffe, Sie sitzen gerade, Fletcher? –, es scheint, daß Ihre Tochter eine wichtige Zeugin ist.«

»Meine Tochter?« Als ihm klar wurde, was Halliday gerade gesagt hatte, sank Alec in den nächsten besten Stuhl.

83

»*Belinda?*« krächzte er. »Eine Zeugin? Aber sie ist doch in London.«

»Ganz und gar nicht. Ich hatte noch keine Zeit, die genauen Umstände zu erfahren, aber anscheinend reist sie mit Miss Dalrymple.«

»Was zum Teufel …? Ich dreh Daisy noch den Hals um!«

»Aber bitte erst, nachdem wir unseren Mörder dingfest gemacht und den Fall abgeschlossen haben.«

»Geht es Belinda gut? Sie ist nicht verletzt?«

»Verletzt nicht. Aber natürlich steht sie unter Schock. Miss Dalrymple ging davon aus, Sie würden kommen wollen, ob jetzt mein Vorgesetzter Scotland Yard herbeirufen will oder nicht. In Newcastle hat man angeboten, Ihnen ein Auto zu stellen.«

»Vielen Dank, Sir. Ich bin schon auf dem Weg!« Er hängte Sprech- und Hörmuschel ein und stellte das Telephon auf den Tisch. Dann raufte er sich die Haare. »Mein Gott«, stöhnte er auf. »Wie zum Teufel soll ich denn Tom und Piper verklickern, daß Daisy es mal wieder geschafft hat, mitten in einen Mordfall zu geraten?«

8

Ein eisiger Wind pfiff über die Flußmündung des Tweed und wirbelte um den Bahnhof, der auf den Fundamenten der zerstörten Burg von Berwick errichtet worden war. An genau diesem Ort hatte Edward I. dem Geschlecht der Bruce den schottischen Thron verweigert; hier verbrachte Isabella, Gräfin von Buchan, sechs Jahre in einem Käfig im Hof, nachdem sie, der Wahl Edwards zum Trotz, Robert the Bruce zum König gekrönt hatte.

»Möglicherweise war sie auch in einem Turm untergebracht«, sagte Dr. Jagai, während sie den anderen aufgehaltenen Reisenden über den Perron nachgingen. »Da gibt es unterschiedliche Berichte.«

»Ich hoffe doch, in einem Turm«, rief Daisy aus und vergrub die Hände in den Taschen. »Da wäre es wenigstens ein bißchen wärmer gewesen.«

Belinda hatte sich bei Daisy eingehängt und fragte mit weit aufgerissenen Augen: »Ist sie gestorben?«

»Nein, nein. Erst wurde sie in ein Kloster gesteckt und dann wieder befreit. Sie war eine tapfere Frau.«

Belinda nickte ernst. »Was ist mit der Burg passiert?«

»Die Steine wurden benutzt, um den großen Eisenbahn-Viadukt von Stephenson zu bauen, und der Bahnhof hier wurde an Stelle des Schlosses errichtet.«

Kritisch betrachtete Daisy den pseudogotischen Bahnhof mit seinen vielen Brustwehren und Türmchen. Er war völlig heruntergekommen, die etwas albernen Zinnen waren schon fast gänzlich zusammengefallen, und eines der Türmchen stand nur noch zur Hälfte da. Ihr Mißfallen wurde noch größer, als der Bahnhofsvorsteher entschuldigend kundtat, daß der große Wartesaal derzeit nicht benutzt werden könne, da ein Teil seines Schornsteins – eben jene ruinöse Turmhälfte – vor kurzem durch das Dach gebrochen war.

Würden sie jetzt im Freien warten müssen, bis die Polizei eine Unterkunft in der Stadt organisiert hatte?

Allerdings war der Damen-Wartesaal zugänglich. Als Jeremy Gillespie dies hörte, führte er sofort seine Frau mit dem dicken Bauch und den ebenso dicken Augen dorthin.

»Komm mit, mein Liebes, es wird dir bessergehen, wenn du nicht dem Wind ausgesetzt bist und ein bißchen sitzen kannst«, sagte er fürsorglich.

Während er sprach, warf er Daisy einen Blick zu, als wollte er sich vergewissern, daß sie auch bemerkte, was für ein treusorgender Ehemann er in Wirklichkeit war. Sie fragte sich, ob er sie außerdem davon überzeugen wollte, daß er viel zu nett sei, um einen alten Mann seines Geldes wegen umzubringen.

Seine Mutter gesellte sich zu den beiden. »Es gibt keinen Grund, Matilda in Watte zu packen, Jeremy«, sagte sie beißend. »Schwangerschaft ist keine Krankheit. Sie muß sich einfach nur etwas zusammenreißen.«

»Wir sind alle ein bißchen durcheinander«, sagte Mrs. Smythe-Pike und stellte sich auf Matildas andere Seite. »Aber sich vor diesem schrecklichen Wind in Sicherheit zu bringen bedeutet wohl kaum, sich in Watte zu packen. Anne, Liebes, hol doch bitte auch die Kinder herein, bevor sie sich noch erkälten.«

»Komm jetzt endlich, Kitty«, herrschte die ältere Mrs. Gillespie ihre Tochter an, die offenbar lieber bei Raymond und Judith geblieben wäre.

Raymond ging es schon wieder schlecht. Die Art, wie er sich in seinen Mantel mummelte, legte nahe, daß er sich vor imaginären Schrecken ebenso schützen wollte wie vor der beißenden Kälte. Daisy wußte nicht, was die Nachricht von dem Mord in ihm ausgelöst hatte, aber der donnernde Krach der Rangierloks und der Waggons hätte sicher schon ausgereicht, ihn aus dem Lot zu bringen.

»Judith, du begleitest deine Mutter!« bellte Smythe-Pike in einem für seine Verhältnisse zurückhaltenden Ton. Sie waren überhaupt alle entschieden gedämpft.

»Aber, Daddy«, begann Judith zu protestieren. Ein wütender Blick brachte sie zum Schweigen, und so trabte sie den anderen hinterher. Raymond beobachtete, wie sie davonging, und ein Ausdruck von Verlassenheit lag auf seinem hageren Gesicht.

Daisy stand nahe genug, um zu hören, wie Smythe-Pike sich an Harold Bretton wandte und murmelte: »Schließlich haben diese Gillespies den großen Fang gemacht, nachdem der Alte jetzt gestorben ist.«

Das stimmte, aber genausogut konnten die anderen auch glauben, daß sie jetzt bessere Chancen hätten, Alistair McGowans Testament noch zu beeinflussen, nachdem Albert aus dem Weg war. Harold Bretton zum Beispiel war ein Spieler – Daisy erinnerte sich an sein Gerede davon, bei Pferderennen zu gewinnen. Und Smythe-Pike war ein cholerischer Typ.

Raymond ging sehr rasch den Bahnsteig entlang. Der Constable, der an dessen Ende postiert war, stellte sich stramm, als er ihn herannahen sah. Doch dann machte Raymond auf dem Absatz kehrt und schritt wieder zum anderen Ende des

Perrons, an den zusammengekauerten, fröstelnden Herrschaften und ihren Dienern vorbei.

Daisy und Belinda ließen sie dort stehen und begaben sich in den winzigen, überfüllten Warteraum. Drinnen erzeugte ein armseliges Kohlenfeuer mehr Rauch als Wärme. Anne ärgerte sich über Babys nasse Windel und herrschte Tabitha an, mit dem Quengeln aufzuhören. Enid Gillespie schimpfte Kitty aus, weil sie sich so vulgär benahm. Judith blickte sorgenvoll durch das schmuddelige Fenster und murmelte irgend etwas Aufsässiges vor sich hin. Mattie weinte.

Daisy wandte sich wieder zur Tür. Sollte sie sie zuziehen oder wieder hinausgehen? Hinter ihr stand die elegante Französin, mit der sie zu Mittag gegessen hatte.

Warum saß die nicht im Flying Scotsman unterwegs nach Edinburg? Wie in aller Welt war sie in dieses Irrenhaus geraten? Daisy ging zur Seite, und sie trat in den Warteraum.

»Mademoiselle.« Mit einem höflichen Nicken ging die Dame an Daisy vorbei, und ihre hohen Absätze klapperten auf dem Steinfußboden. »Nun, Amelia?« sagte sie.

Mrs. Smythe-Pike hörte auf, Matilda Gillespies Hand zu tätscheln. Sie starrte sie an, die Kinnlade klappte ihr herunter. »Geraldine?« keuchte sie auf.

»Du liebes bißchen!« Kitty wirbelte herum. »Das kann doch nicht wahr sein. Du bist die weggelaufene Tante Geraldine? Das ist ja schlicht und ergreifend absolut schrecklich großartig!«

Ausgerechnet in diesem interessanten Augenblick steckte ein Constable den Kopf durch die Tür. »Miss Dalrymple? Der Superintendent würde gerne kurz mit Ihnen und dem kleinen Mädchen sprechen.«

Er führte sie in das Büro des Stationsvorstehers, in dem Mr. Halliday am Schreibtisch saß und telephonierte. Er nickte, als Daisy und Belinda eintraten, und gab ihnen ein Zeichen, sich zu setzen. Daisy beschloß, zum Kamin hinüberzugehen, um sich die Hände am flackernden Feuer zu wärmen. Belinda, immer noch blaß und still, wich ihr nicht von der Seite.

»Ich hab die junge Dame jetzt hergeholt, Sir«, sagte der

Superintendent. »Möchten Sie gern mit ihr sprechen?…
Nein, Sir, ich hatte noch keine Gelegenheit … Ja, Sir, Detective Chief Inspector Fletcher von der Metropolitan Police. Er
bürgt für sie – ich meine damit, er sagt, wenn sie meint, daß es
ein Mord war, hat sie höchstwahrscheinlich recht … Ja, Sir, es
kann in jeder der drei Grafschaften passiert sein, fürchte ich.
Nach der gerichtsmedizinischen Untersuchung können wir
das vielleicht genauer eingrenzen … Ja, Sir, Dr. Redlow aus
Newcastle ist auf dem Weg. Unser Dr. Fraser ist nicht …
Nein, Sir, er führt sonst *nicht* Autopsien an Schafen durch,
aber … Vielen Dank, Sir.« Er lauschte noch einen Augenblick
länger, verabschiedete sich dann und legte den Hörer mit
einer solchen beherrschten Präzision auf die Gabel, daß kein
Wutausbruch seinen Ärger besser hätte ausdrücken können.

»Ihr Chief Constable?« fragte Daisy und setzte sich in
einen Sessel, ehe er sich aus Höflichkeit erheben mußte. Belinda stand neben ihr und lehnte sich an ihre Schulter. Sie
spürte, wie das Kind zitterte.

»Mein Chief Constable«, bestätigte Halliday. »Angesichts
der eher ländlichen Sorte Verbrechen, die sonst in meinem
Abschnitt verübt werden, hat der alte Bast… ähem … zugestimmt, Scotland Yard um Hilfe zu ersuchen. Dein Vater,
Miss Fletcher, ist schon auf dem Weg.«

»Ist er sehr böse?« fragte Belinda ängstlich.

»Er ist nicht gerade begeistert.« Der Polizist warf Daisy
einen amüsiert fragenden Blick zu. »Tatsächlich würde ich sogar behaupten, daß er vor Wut schäumt.«

Belinda hatte sein Amüsement nicht mitbekommen. »Werden Sie mich jetzt festnehmen?« flüsterte sie.

»Warum in aller Welt würde ich denn so etwas Dummes
tun, junge Dame?«

»Sie glauben also nicht, daß ich es getan habe?«

»Du liebe Zeit, also wirklich. Warum sollte ich?«

»Weil ich heute unartig war. Ich bin meiner Granny weggelaufen und war als blinder Passagier in dem Zug, ohne zu
bezahlen, und …«

»Aha! Nun, das ist tatsächlich sehr unartig, aber kein Grund, ein kleines Mädchen festzunehmen, jedenfalls nicht hier draußen im wilden und schafreichen Norden.« Er warf ihr einen strengen Blick zu. »Mach so etwas bloß nie wieder!«

»Oh, das werde ich nicht, ehrlich, versprochen.«

»Sehr gut. Nun, Miss Dalrymple, Sie werden ja Ihre Aussage vor dem Chief Inspector machen, wenn er ankommt. Ich hoffe wirklich sehr, daß Sie in Ihrer Annahme recht haben, sonst wird man mir diese Sache ewig nachtragen. ›Naiver Dorftrottel‹ wäre dann wohl die freundlichste Bezeichnung für mich.«

Daisy stellte sich Alecs Wut vor, falls sie ihn auf den Holzweg geführt und obendrein noch Belinda von zu Hause weggelockt haben sollte. Sie hatte durchaus begriffen, daß er mindestens genauso wütend auf sie war wie auf seine Tochter. »Glauben Sie mir, Mr. Halliday«, sagte sie, »ich hoffe genauso inständig, daß ich recht habe, wenn nicht noch inständiger.«

Mit einem nichtssagenden Nicken stand er auf. »Wir haben auch demnächst eine Unterkunft für Sie organisiert, Ma'am.«

»Vielen Dank.« Daisy erhob sich und streckte die Hand aus. Er schüttelte sie fest. »Und vielen Dank, Superintendent, für Ihre Freundlichkeit.«

»Ja«, fügte Belinda eilig hinzu, »vielen Dank, daß Sie meinen Daddy gerufen haben, Sir.« Auch sie streckte ihm die Hand entgegen, die er ernst schüttelte.

»In Zukunft läßt du solchen Unfug schön bleiben, junge Dame«, sagte er.

»Das ist aber ein netter Mann«, sagte Belinda, als sich hinter ihnen die Tür schloß. »Zuerst dachte ich, er wäre schrecklich streng, aber seine Augen zwinkern genau wie die von Sergeant Tring.«

Sie wirkte jetzt erheblich munterer. Als sie jedoch auf den Bahnsteig kamen, wurde sie wieder schweigsam und hakte sich bei Daisy ein.

Auf einer Bank saßen Smythe-Pike und Bretton, auf einer anderen Peter und Jeremy Gillespie, alle in Mäntel, Wollschals und Hüte eingemummelt. Raymond marschierte immer noch an der Bahnsteigkante auf und ab, jetzt jedoch etwas langsamer. Als er bei der Bank ankam, auf der sein Vater und Bruder saßen, stand Jeremy auf und sprach ihn an.

»Komm schon, alter Knabe, setz dich zu uns. Du mußt doch schon völlig erschöpft sein.«

Raymond wies ihn mit einer ungestümen Geste ab. »Mir geht's gut. Laß mich gefälligst in Ruhe.«

Sein Bruder zuckte mit den Achseln und setzte sich wieder.

Dr. Jagai kam zu Daisy herüber. »Ich fürchte, dieser junge Mann ist nicht gesund«, sagte er. »Wissen Sie, was ihm fehlt, Miss Dalrymple?«

»Das ist Raymond Gillespie. Er war im Großen Krieg in den Schützengräben, und seine Nerven haben sich immer noch nicht von diesem Grauen erholt.«

»Ein Schützengrabentrauma? Ich dachte mir schon so etwas. Solche Fälle kenne ich und habe einigen Opfern sogar schon ein wenig helfen können. Vielleicht sollte ich meine Dienste anbieten.«

»Das würde ich nicht tun«, sagt Daisy ehrlich. »Jedenfalls nicht so direkt. Er ist sehr sensibel, was dieses Thema angeht.«

»Ja, viele haben das Gefühl, das sei eine Schwäche, derer man sich schämen müsse. Aber ich kann doch nicht zulassen, daß er weiter leidet. Wenn ich ihn um einen Rat bitte, ist er vielleicht auch bereit, auf meinen zu hören.«

»Um einen Rat?«

»In einer Frage der Etikette.« Der Arzt grinste. »Da bin ich nun, mitten in seiner ganzen feindseligen Familie. Er ist mir altersmäßig am nächsten. Es wird ganz normal sein, daß ich ihn als bescheidener unzivilisierter Ausländer anspreche und frage, wie ich die Gunst der restlichen Familie am besten gewinnen kann, meinen Sie nicht?«

Daisy lächelte. »Das könnte funktionieren. Er wird Ihnen jedenfalls nicht gleich den Kopf abreißen, was bei den anderen ja nicht so sicher ist.«

»Abgesehen von der so charmant ihre Meinung äußernden Miss Kitty!«

»Er ist Kittys Lieblingsbruder«, sagte Belinda, »und er war nett zu mir. Ich könnte Sie vorstellen. Ich sag ihm einfach Ihren Namen und daß Sie mein Freund sind. Darf ich das, Miss Dalrymple?«

Daisy zögerte. Angesichts der außergewöhnlichen Umstände wäre es aber albern, auf strikter Beachtung der Etikette zu bestehen. Andererseits war Raymond Gillespie auch einer der Tatverdächtigen.

Trotzdem: Belinda wäre auf dem Bahnsteig gut zu sehen. Drei Polizeibeamte waren in der Nähe, und außerdem hatte der Mörder überhaupt keinen Grund, Belinda anzugreifen. Raymond neigte zugegebenermaßen zu irrationalen Ausbrüchen, aber Belinda war ja auch bei Dr. Jagai in Sicherheit.

Offensichtlich spürte sie das auch. Seit er aufgetaucht war, hatte sie aufgehört, sich an Daisy zu klammern. Froh darüber, daß das Kind seine Zuversicht zurückgewann, sagte Daisy: »In Ordnung. Wenn er hier wieder vorbeikommt. Versuch nicht, ihn aufzuhalten, wenn er weitergeht! Geh nicht zu nah an die Bahnsteigkante, und komm dann wieder geradewegs zu mir.« Liebe Zeit, dachte sie, als Mutter hatte man es aber auch nicht leicht.

Belinda und der Arzt näherten sich Raymond. Er hielt inne und zog höflich seinen Trilby-Hut. Einen Augenblick später schüttelten er und Chandra Jagai einander die Hand. Erleichtert atmete Daisy auf.

Die beiden Männer hatten eine Unterhaltung begonnen. Belinda wandte sich um und wollte zu ihr zurückkehren, doch in dem Augenblick stürzte Rechtsanwalt Braeburn auf Daisy zu.

»Ich hoffe, Sie entschuldigen, daß ich Sie anspreche, Madam«, sagte er heiser, hob den Hut nur sehr kurz und drückte ihn dann rasch wieder auf den Kopf. Er war bis zum Kinn in einen olivgrünen Schal gehüllt, doch trotzdem hing von seiner roten, überaus spitzen Nase ein Tropfen. »Der Name ist Braeburn, ich bin der Rechtsanwalt von Mr. McGowan – des älteren Mr. McGowan.«

Der Fauxpas, eine ihm unbekannte Dame anzusprechen,

schien ihm peinlicher zu sein als notwendig. Seine Augen bewegten sich dauernd unruhig hin und her, zu keinem Zeitpunkt blickte er sie direkt an. Seine Hände in den schwarzen Lederhandschuhen zuckten und spielten heftig mit dem Schildpattgriff seines Spazierstockes. Insgesamt ein ganz und gar nicht einnehmendes Exemplar von Mann.

Daisy überlegte dann aber, daß es ja auch einen Schock für einen angesehenen Rechtsanwalt sein mußte, der sich mit Wohlanständigem wie Vermögensverwaltungen und Auflassungsurkunden beschäftigte, sich plötzlich mitten in einem Mordfall wiederzufinden. »Was kann ich für Sie tun, Mr. Braeburn?« fragte sie.

»Sie scheinen hier der einzige Mensch zu sein, mit dem die Polizei spricht. Ich frage mich nur eben, ob Sie mir wohl freundlicherweise sagen könnten, wie lange wir noch in diesem schrecklichen Wind ausharren müssen?«

»Ich fürchte, das weiß ich gar nicht. Die Polizei tut ihr Bestes, um eine Unterkunft für uns alle zu finden, hat man mir gesagt.«

»Das ist doch unerhört! Ich werde bei der kleinsten Verkühlung heiser. Schon jetzt fühle ich mich sehr krank. Wahrscheinlich habe ich mir schon eine Angina zugezogen, nur weil ich so freundlich war hierzubleiben. Ich will ja gerne der Polizei alle Hilfe leisten, obwohl ich natürlich keineswegs dazu verpflichtet bin.«

»Es ist eine Bürgerpflicht, die Polizei bei ihrer Arbeit zu unterstützen«, sagte Daisy streng, aber dann hatte sie Erbarmen. »Vermutlich könnten Sie sich noch in den Damen-Wartesaal begeben, wenn Sie erklären, daß Sie krank sind. Und ich werde Dr. Jagai bitten, Ihren Hals zu untersuchen, wenn wir erst einmal untergebracht sind. Er wird Ihnen bestimmt ein wirksames Mittel verschreiben.«

»Unmöglich, unter gar keinen Umständen!« quakte der Rechtsanwalt. Daisy warf ihm einen vernichtenden Blick zu.

»Dr. Jagai ist genauso qualifiziert wie jeder andere auch, aber Sie können ja nach einem Arzt aus dem Ort schicken, wenn Ihnen das lieber ist. Der Superintendent hat vorhin einen Dr. Fraser erwähnt.«

»Ganz und gar unnötig. Ich ... ich fand schon immer, daß diese Quacksalber mehr Schaden anrichten, als sie Gutes tun. Dover's Powders, ein heißes Fußbad mit gestoßenen Senfkörnern, heiße Umschläge und einmal mit Natron gegurgelt, um die Mandelentzündung abzuwehren, das ist das einzige Rezept.«

Seine nervöse Unruhe ließ nach, und er warf ihr ein angeschlagenes Lächeln zu. »Und natürlich Friar's Balsam. Nur keine Ärzte. Ich glaube aber, ich werde Ihren Rat befolgen und Zuflucht im Wartesaal suchen. Vielen Dank, Ma'am.« Er zog den Hut, verbeugte sich leicht und entschwand mit seinem Storchenschritt, wobei er in seiner linken Hand elegant den Spazierstock schwang.

Verrückt, dachte Daisy, während sie ihm nachblickte. Aber viele Menschen stellten sich ja fürchterlich an, wenn es um Arztbesuche ging.

Sie schreckte zusammen, als jemand sie am Arm packte. »Ach, du bist das, Belinda. Hast du mich erschreckt!«

Belinda starrte Braeburn hinterher. »Was hat er gesagt?« flüsterte sie. Sie wirkte verängstigt und war völlig blaß geworden.

Daisy fragte sich, ob Jagai und Raymond so dämlich gewesen sein konnten, vor ihr den Mord zu erörtern. »Er hat mir alles mögliche über seine Halsentzündung erzählt«, sagte sie beruhigend. »Sehr langweilig. Er ist es leid, daß die Polizei uns so lange warten läßt, bis sie einen Ort gefunden hat, an dem wir übernachten können.«

»Ich wünschte mir, die würden sich beeilen.«

»Ist dir kalt, Liebling? Laß uns doch wieder in den Wartesaal gehen. Über die weggelaufene Tante Geraldine würde ich zu gern etwas erfahren.«

»Ach nein, lieber nicht.« Belinda schauderte, doch bestand sie darauf: »Mir ist eigentlich gar nicht kalt. Ich möchte lieber draußen bleiben.«

Als Daisy so über die Atmosphäre im Wartesaal nachdachte, zu der jetzt ein verärgerter und möglicherweise ansteckender Rechtsanwalt hinzuzuaddieren war, unterdrückte sie ihre Neugier und willigte ein.

Sie mußte auch nicht mehr sehr lange warten. Ein Polizeibeamter teilte bald mit, daß Fahrzeuge bereitstünden, um alle in das Raven's Nest Hotel zu bringen. Von Belinda fortgezogen, folgte Daisy dem Sergeant zum Bahnhofsvorplatz. Zwei größere Automobile, ein Char-à-banc, eine Ponykutsche und ein Motorrad mit Beiwagen standen dort.

»Liebe Zeit!« sagte Belinda. »Ich bin noch nie mit einem Motorrad gefahren.«

»Das ist meins, Miss«, sagte der Sergeant, »damit soll nun bestimmt nicht die Gesellschaft hier transportiert werden.«

»Ach so.« Belinda verzog enttäuscht das Gesicht.

»Aber ich kann mir vorstellen, daß der Superintendent auch mal fünfe gerade sein läßt, Miss. Ich kann euch schnell hinüberbringen, während der Rest sich noch sortiert.«

»Würden Sie das tun? Können wir, Miss Dalrymple? Bitte?«

»Der Sozius ist doch nur für eine Person«, wandte Daisy ein. »Oder möchtest du etwa alleine fahren?«

»Du liebe Zeit, nein!«

Er beäugte sie beide. »Da ist für Sie beide Platz, Ma'am«, sagte er und öffnete die Tür zum Sozius. »Vor ein oder zwei Wochen habe ich einen richtigen Schlägertypen mitgenommen, der öffentliches Ärgernis erregt hat. Der war ganz ruhig, wie ein kleines Lämmchen, während er bei mir drin saß. Aber kaum steckte er in seiner Zelle, hat er mit dem Bett die Tür eingeschlagen!«

»Wirklich?« sagte Belinda und rutschte auf dem Sitz an die Seite.

»Aber hallo! Und was glaubt Ihr wohl, was der Superintendent dem Richter gesagt hat, als sein Fall verhandelt wurde?«

»Nicht die leiseste Ahnung«, sagte Daisy wahrheitsgemäß.

»›Ich glaube‹, hat er gesagt, ›ich glaube, die Umgebung hat ihm nicht besonders gefallen.‹«

Der Polizeibeamte lachte glucksend, während er den Motor

anließ, und Daisy lächelte. Sie hoffte, daß die Richter den trockenen Humor des Mr. Halliday genauso zu schätzen wußten wie sein Sergeant.

Während das Motorrad die Straße entlangspotzte, erzählte ihnen der Polizist etwas über die Stadt. Sie fuhren Castlegate hinauf, an einem riesigen Brunnen aus rosafarbenem Marmor mit grünspanbedeckter Krone vorbei, und dann unter einem Bogen in einer hohen Steinmauer durch.

»Scotsgate«, erläuterte der Sergeant, »und das hier ist die Stadtmauer aus elisabethanischer Zeit. Es gibt noch einen älteren Teil aus der Zeit von König Edward, heißt es, obwohl ich nicht genau weiß, von welchem Edward eigentlich. Aber da ist auch nicht mehr viel von übrig. Die Mauer ist an manchen Stellen ganz schön gefährlich. Untersteh dich, da alleine raufzusteigen, Missy.«

»Werd ich nicht«, versprach Belinda.

Während sie die breite Marygate entlangfuhren, kamen sie an der Guildhall mit ihrem säulenbestandenen Portikus und dem hohen Uhrenturm vorbei. Am hinteren Teil des offenen Erdgeschosses, dem Butter-Market, blieben sie stehen, um einen schwer mit Pflastersteinen beladenen Lastwagen vorüberzulassen. Ihr Stadtführer zeigte ihnen einen Hügel zur linken Seite. »Siehst du da das Polizeihauptquartier, Missy? Wenn du was brauchst, dann kommst du einfach vorbei und fragst nach Sergeant Barclay. Das bin ich. Und da drüben«, er winkte in die andere Richtung, während sie die Straße weiterfuhren, »ist das King's Arms, das größte Hotel in Berwick und im Moment furchtbar voll, weil die Forellensaison gerade begonnen hat. Wir haben Glück, daß nicht gerade Wochenende ist. Wir mußten ein paar Petrijünger vom Raven's Nest dahin umquartieren, um euch alle zusammen zu beherbergen.«

Daisy hätte es durchaus schöner gefunden, wenn sie getrennt von den Tatverdächtigen untergebracht worden wäre. Aber vermutlich war es einfacher für die Polizei, sie alle auf einem Fleck zu haben.

»Wird Chief Inspector Fletcher auch dort wohnen?« rief sie

über Belindas Kopf hinweg, während sie eine schmale Straße entlangfuhren, die Woolmarket hieß.

»Ja, Ma'am, und es gibt auch ein Zimmer für seine Detectives.«

»Mr. Tring kommt mit Daddy?« fragte Belinda begeistert. »Großartig!«

Am Ende des Woolmarket, auf der gegenüberliegenden Seite von Ravensdowne, stand das Raven's Nest Hotel. Es war drei Stockwerke hoch, im georgianischen Stil gebaut und hatte zwei nebeneinander liegende Türen zur Straße; es handelte sich also offenbar um zwei Häuser, die zu einem verbunden worden waren. Rechts führte eine schmale Steintreppe zwischen dem Hotel und dem nächsten Gebäude hinauf.

»Das ist der Weg rauf auf die Stadtmauern«, erklärte Sergeant Barclay. »Aber nicht vergessen, keine abenteuerlichen Alleingänge!« Er fuhr vor dem Hotel vor und brachte sie hinein.

Mit einem Seufzen machte sich Daisy klar, daß sie das gefürchtete Telephonat mit Mrs. Fletcher jetzt wohl nicht mehr aufschieben konnte.

Der Polizeifahrer von Newcastle schaltete in einen niedrigeren Gang, um die schmale Brücke zu überqueren. »Wir sind fast da, Sir«, sagte er.

Mit einem Seufzen machte sich Alec klar, daß er die gefürchtete Offenbarung jetzt wohl nicht mehr aufschieben konnte. »Tom«, sagte er mit leiser Stimme, in der Hoffnung, der Fahrer und Piper auf dem Beifahrersitz könnten ihn nicht hören, »es gibt außer der Tatsache, daß wir in der Nähe waren, noch einen anderen Grund, warum wir hergerufen worden sind.«

»Ach ja?« fragte der Sergeant. Sein nachdenklicher Ton machte deutlich, daß ihm durchaus bewußt war, daß Informationen zurückgehalten worden waren.

»Die mit so beachtlich viel Gemeinsinn ausgestattete Bürgerin, oder anders: die sich einmischende, alles besser wissende Dame, die darauf besteht, daß der Todesfall ein Mord ist, heißt Miss Daisy Dalrymple.«

Die niedrig im Westen stehende Abendsonne leuchtete auf das hocherfreute Grinsen, das auf Trings breitem Gesicht erschien. »Ach!« sagte er amüsiert.

Alec runzelte die Stirn. »Und das ist noch nicht das Schlimmste. Keine Ahnung, wie sie das geschafft hat, aber meine Tochter hat sie auch noch in die Sache hineingezogen.«

»Miss Belinda?« Tom wurde plötzlich ganz wach. »Sie ist mit Miss Dalrymple gereist, Chief?«

»Ja, weiß der Teufel, wie sie in den Zug gekommen ist. Mit der jungen Dame habe ich noch ein Hühnchen zu rupfen.«

»Mit beiden, würde ich sagen. Aber jetzt verärgern Sie mal Miss Dalrymple nicht, Chief. Wenn Sie mich fragen, ist das erste, was wir in dieser Angelegenheit aufnehmen müssen, ihre Zeugenaussage!«

9

»Daddy!« Belinda rannte quer durch den kleinen Raum geradewegs in Alecs Arme.

»Schätzchen!« Über ihre Schulter hinweg blickte er Daisy so streng an, daß sich seine dunklen Augenbrauen fast auf der Nasenwurzel trafen. Aus seinen grauen Augen, die Übeltäter geradezu durchbohren konnten, sprühte die blanke Wut. Er sah aus, als würde er gleich explodieren. Daisy zog eilig die Tür zum kleinen Privatwohnzimmer des Hoteleigentümers hinter sich zu.

»Jetzt ist ja alles wieder gut, wo du da bist«, schluchzte Belinda.

»Mich interessiert jetzt aber doch, wie du hier gelandet bist, Bel«, sagte er streng. »Ich erwarte eine Erklärung, Miss Dalrymple.«

»Ich glaube, das erklärt Belinda am besten selber«, erwiderte Daisy mit einer einigermaßen überzeugenden Aura kühler Gelassenheit. Sie setzte sich auf ein scheußliches, mit scharlachrotem Plüsch bezogenes Sofa. Gott sei Dank waren die Schlafzimmer und die Gemeinschaftsräume einigermaßen anständig eingerichtet, nur die Heizung ließ einiges zu wünschen übrig.

Unter Alecs strengem Blick allerdings wurde einem durchaus warm. Daisy öffnete den obersten Knopf ihrer langen Strickjacke mit Zopfmuster.

»Ich möchte wissen, wie – und warum – Sie meine Tochter überredet haben, mit Ihnen ihr Zuhause zu verlassen«, herrschte er sie an.

»Daddy, das hat sie doch nicht. Es ist alles meine Schuld. Ich werde nie wieder ausreißen, versprochen.«

»Ausreißen! Was soll denn das heißen?« Er hielt Belinda etwas von sich fort und musterte eingehend ihr Gesicht. Seine Tochter hingegen zeigte plötzlich ein starkes Interesse an seiner Krawatte vom Royal Flying Corps. »Komm schon, Bel, raus mit der Sprache.«

Und heraus kam die ganze Geschichte: Die indische Schulkameradin, mit der sie sich nicht treffen durfte; sein Aufenthalt im Norden, der mit Daisys Nachricht einherging, daß sie mit dem Flying Scotsman verreisen würde; die Bahnsteigkarte und ihre Reise als blinder Passagier im Zug; und schließlich, daß Daisy ihre Fahrkarte bezahlt hatte, damit der Schaffner sie nicht festnahm. »Du wirst das Miss Dalrymple doch zurückbezahlen, oder, Daddy? Weil, sie hat mir nämlich auch das Mittagessen bezahlt.«

»Selbstverständlich, Schätzchen.« Alec warf Daisy einen eindeutig verlegenen Blick zu. In einer ungewöhnlichen Geste der Ratlosigkeit fuhr er sich mit der Hand durch die dunklen, kurz geschnittenen Haare. »Also wirklich, Belinda, etwas Dümmeres hätte dir nicht einfallen können.«

»Ich hab doch schon *gesagt*, daß ich es nicht wieder tue.«

»Ich glaube nicht, daß so etwas noch mal vorkommt«, sagte Daisy. »Jede weitere Bestrafung wäre überflüssig – sie hat einen scheußlichen Schock erlitten.«

»Ach so, ja. Davon solltest du mir mal erzählen, Bel.«

»Es war *schrecklich*, Daddy.« Belinda schauderte und verbarg ihr Gesicht an Alecs Schulter.

»Ich glaube, es wäre vielleicht besser, wenn ich Ihnen das erst mal erzähle«, schlug Daisy vor, »damit Sie ihr gezielt Fragen stellen können, anstatt sie unnötig weiter zu belasten.«

Alecs verwirrtes Gesicht brachte sie fast zum Lächeln. Daß *sie* seine Tochter vor *ihm* beschützte, war wohl das letzte, was er erwartet hätte, als er nach Berwick geeilt war.

Er biß sich auf die Unterlippe. »Vielleicht ist das das Beste. Abmarsch also, mein Schätzchen. Wir sprechen uns dann später wieder.«

Belinda wirkte bestürzt. »Ich möchte aber bei dir und Miss Dalrymple bleiben, Daddy.«

»Das ist jetzt aber nur für Erwachsene, Bel.«

»Geh doch wieder in den Salon, Liebling, zu Dr. Jagai.«

Das Gesicht des kleinen Mädchens hellte sich auf. »Au ja, das mach ich.« Sie küßte ihren Vater und ging.

»Dr. Jagai?« fragte Alec.

»Auf den komme ich gleich noch zu sprechen. Sie wissen doch, daß ich meine Beweise immer in der richtigen Reihenfolge darlegen möchte, sonst gerate ich ganz durcheinander.«

»Beweise darlegen! Daisy, wie zum Teufel schaffen Sie es eigentlich immer, in solche Angelegenheiten hineinzugeraten?«

»Um Himmels willen, jetzt fangen Sie nicht an, mit mir zu schimpfen. Ich habe gerade eine entsetzlich unangenehme – um nicht zu sagen unfreundliche – Viertelstunde am Telephon mit Mrs. Fletcher erlebt.«

»Mutter! Du lieber Gott, ich hab ganz vergessen … die ist sicherlich vor Sorge halb wahnsinnig geworden.«

»Ich hab ihr aus York ein Telegramm geschickt und angerufen, sobald wir uns hier im Hotel eingerichtet hatten. Belinda hat mit ihr gesprochen und sich entschuldigt. Aber natürlich gibt sie mir die Schuld für Belindas Fehltritt.« Daisy bemerkte, wie Alec errötete – also hatte auch er voreilig denselben Schluß gezogen. »Ich konnte ihr ja schlecht sagen, daß es der Aufruhr wegen Deva war, der Belinda hat weglaufen lassen.«

»Nein, es tut mir leid.« Er wirkte erschöpft und mutlos. »Ich sollte wohl auch einmal anrufen, obwohl ich wirklich keine Zeit für lange Erklärungen habe. Mutter gibt sich große Mühe, aber in manchen Dingen ist sie etwas altmodisch. Sie ist eben nicht mehr die Jüngste. Wenn nur …« Er unterbrach sich.

»Wenn nur Ihre Frau nicht gestorben wäre?« fragte Daisy sanft. Sie würde ihm zu gern von Michael erzählen, aber dies war jetzt nicht der Augenblick für Gefühlsduselei. »Tatsächlich ist die Haltung Ihrer Mutter gar nicht so altmodisch, fürchte ich. Sie hätten mal hören sollen, was manche meiner Mitreisenden über Chandra Jagai zu sagen hatten. Aber ich fange mal lieber von vorne an.«

Er rang sich ein Lächeln ab. »Ja, natürlich. Wir sollten lieber flott machen, wenn ich heute abend noch mit allen sprechen will. Halliday hat es tatsächlich geschafft, alle Beteiligten zum Bleiben zu überreden. Er muß ihnen den Ernst der Lage mit einigem Nachdruck deutlich gemacht haben – was wiederum für Ihre Überzeugungskraft spricht.«

»Er ist schwer in Ordnung. Hat er Ihnen schon den Tatort gezeigt?«

»Das hat er versucht. Aber ich hatte es viel zu eilig, Belinda zu sehen. Wahrscheinlich ist das auch gar nicht so schlimm. Sie werden durchaus in der Lage sein, mir eine Vorstellung dessen zu geben, was geschehen ist, vermute ich. Ich hole nur mal Tring und Piper herein. Die müssen das auch hören, und ich werd Ernie bitten, Protokoll zu führen.« Er ging hinaus.

Eine offizielle Befragung war das also. Daisy ließ noch einmal die Ereignisse Revue passieren und schauderte. Sie knöpfte sich die Jacke zu und klappte die hochgeschlagenen Ärmel wieder über die Hände. Zu einem Teil fröstelte ihr von innen, doch war das Zimmer wie der ganze Rest des Hotels entschieden kühl – was kaum überraschte, da die Heizkörper alle lauwarm waren. Als sie sich vorher beim Eigentümer des Hotels, Mr. Briggs, beschwert hatte, war seine eher beiläufige Erklärung gewesen, daß das Heißwassersystem nach dem Winter immer mit Ruß verstopft war. Die sonst im April im

Raven's Nest logierenden Hotelgäste waren kernige Angler, die sich nie beklagten.

»Aber ich beklage mich jetzt«, hatte Daisy gesagt.

Mr. Briggs könnte natürlich das Heißwassersystem ganz abstellen und es reinigen lassen, sobald es ausreichend abgekühlt war, oder er konnte die Dinge so bleiben lassen, wie sie waren. Wie lange hatte Miss Dalrymple denn vor zu bleiben?

Miss Dalrymple hatte besiegt den Rückzug in den Salon angetreten, wo immerhin ein Kohlenfeuer die Hälfte des Zimmers wärmte. Es war ihr Balsam für die Seele, als sie hörte, wie Desmond Smythe-Pikes Poltern einige Augenblicke später genauso ruppig abgefertigt wurde.

Sie mochte Smythe-Pike nicht, doch durfte sie nicht zulassen, daß ihre Zuneigung oder Abneigung beeinflußte, was sie Alec erzählte. Hätte der gichtkranke Gutsbesitzer den alten Albert McGowan umbringen können?

Alec kehrte mit Detective Sergeant Tring und Detective Constable Piper im Schlepptau zurück. Trotz seiner Leibesfülle war Toms Gang katzenweich, und Daisy bemerkte, daß Ernie Piper mittlerweile nicht mehr wie ein typischer Streifenpolizist herumtrampelte. Der Sergeant trug heute seinen etwas weniger schrecklichen Anzug: die leuchtend blauen und grünen Karos waren keine so große Beleidigung für ästhetisch anspruchsvolle Augen wie sein Lieblingsanzug in den Farben Gelb und Beige. Er zwinkerte Daisy zu, und seine kleinen Augen blitzten.

»N'Abend, Miss Dalrymple. Schön, Sie wiederzusehen. Was haben Sie denn heute für uns?«

»N'Abend«, sagte Piper mit einem Lächeln, als er seinen Notizblock und zwei seiner allzeit bereiten Bleistifte hervorholte.

Tring zündete die Gasleuchten an, und Daisy begann ihren Bericht.

»Es fing alles mit Anne Bretton an – ich bin mit ihr zur Schule gegangen. Sie hatte mich in King's Cross Station entdeckt und suchte mich dann im Zug auf.« Daisy sah, wie Alec die Augen gen Himmel verdrehte, und erriet seine Gedanken. Sie war versucht, ihm zu sagen, daß sie keineswegs beabsichtige, Anne unter ihre Fittiche zu nehmen, aber das wiederum sollte Piper nicht aufschreiben. »Sie hat mir erzählt, daß sie mit all ihren Verwandten auf dem Weg nach Schottland ist, auf Befehl ihres sterbenden Großvaters. Er … »

»Sein Name bitte, Daisy – Miss Dalrymple.«

»Alistair McGowan, Laird von Dunston Castle. Anne und ihr Mann haben ihr jüngeres Kind nach ihm benannt. Das soll ihn davon überzeugen, sein Testament zu ihren Gunsten zu ändern. Er hat nämlich das ganze Familienvermögen samt Schloß seinem Bruder vermacht. Seine Tochter hat er mit keinem Penny bedacht – das ist Annes Mutter, Amelia Smythe-Pike. Möchten Sie seine Gründe dafür erfahren, Chief, oder nützen ihnen solche Gerüchte nichts?«

»Solche Informationen könnten uns Hinweise auf das Motiv geben. Außerdem ist das hier keine formelle Beweisaufnahme, wir machen uns nur Notizen, um eine Arbeitsgrundlage zu haben. Ich werde die Details des Testaments von seinem Rechtsanwalt erbitten.«

»Also dann. Zunächst einmal hält Alistair McGowan die Erbfolge in der männlichen Linie für das alleinseligmachende Prinzip. Er hatte zwei Töchter, und Amelia Smythe-Pike hatte auch zwei Töchter, so daß das Baby sein erster direkter männlicher Nachkömmling ist. In der Zeit davor war sein nächster männlicher Verwandter sein Zwillingsbruder Albert, das Mordopfer von heute.«

»Der alles erben sollte«, sagte Alec. »Also hatten Amelia Smythe-Pike und Anne Bretton und ihre jeweiligen Männer die allerbesten Motive, sich Albert McGowans zu entledigen.«

»Warten Sie, es ist noch viel komplizierter. Jetzt, wo Albert zuerst gestorben ist, geht alles an den Sohn ihrer Schwester, Peter Gillespie. Nicht nur ist er ein männlicher Nachfahre – schrecklich ungerecht, nicht wahr –, sondern seine Mutter hat einen Schotten geheiratet, und er ist in Schottland geboren, im Stammland seiner Familie. Alistair hat nämlich ein weiteres Vorurteil: gegenüber den Engländern. Amelia Smythe-Pike hat einen Engländer geheiratet, ihre Töchter sind in England geboren, und Annes Mann ist Engländer.«

»Also haben die Gillespies von Alberts Tod profitiert?«

»Es sei denn, die anderen überzeugen Alistair noch im letzten Moment, sein Testament zu ändern. Und seit Albert aus dem Weg ist, stehen ihre Chancen in dieser Hinsicht besser.«

»Hmmm.« Alec überlegte. »Möglich, aber kein sehr gutes Motiv.«

»Das dachte ich auch, bis ich mir Harold Brettons und Desmond Smythe-Pikes Charaktere vor Augen geführt habe, ganz zu schweigen von Peter Gillespies.«

»Halt! Von deren Charaktereigenschaften müssen Sie mir später erzählen. Aber Ihrer Vorliebe für eine chronologische Reihenfolge zum Trotz sollten Sie mir jetzt mal berichten, was an Albert McGowans Tod Ihren Verdacht erregt hat.«

»Glauben Sie etwa, daß ich mich doch geirrt habe?« fragte Daisy empört zurück. Ein Schnaufen von Detective Constable Piper klang verdächtig wie ein unterdrücktes Kichern. Er beugte den Kopf tief über sein Notizbuch.

»Das ist schließlich immer möglich«, wurde sie von Alec belehrt. »Auch ich habe mich schon gelegentlich geirrt. Ein- oder zweimal.«

»Oho! Dann hören Sie sich mal das an: Albert McGowan hat viele Jahre in Indien verbracht und mochte es daher gerne warm. Er fürchtete den Luftzug wie den Tod. Obwohl die Bahn schrecklich überheizt war, hielt er das Fenster geschlossen und bestand darauf, daß jeder, der sein Abteil betrat, augenblicklich die Tür schloß. Als er aber gefunden wurde, stand das Fenster weit offen.«

»Da er nicht hinausgeworfen worden ist, ist mir nicht ganz klar …«

»Warten Sie! Er litt schrecklich unter seiner Dyspepsie und nahm Wismut dagegen. Sein Diener Weekes hatte seine Medizin und ein Glas auf einen Klapphocker am Fenster gestellt, aber als er gefunden wurde, lag er mit dem Kopf zur Tür, die

103

Medizin außerhalb seiner Reichweite. Das Glas war leer, stand aber aufrecht, und auf dem Fußboden war eine Pfütze.«

»Er hat es im Todeskampf mit dem Fuß umgestoßen … Und sind Sie sich eigentlich sicher, daß Belinda es nicht vielleicht wieder richtig hingestellt hat? Sie ist ein so ordentliches Kind.«

»Ich hab sie nicht danach gefragt, aber selbst das ordentlichste Kind wird nicht unbedingt als erstes ein umgefallenes Glas aufrichten, wenn es mit einer Leiche konfrontiert ist!«

»Stimmt. Fingerabdrücke, Tom, wenn Halliday das noch nicht veranlaßt hat.«

»Geht in Ordnung, Chief«, grummelte der Sergeant. »Es kann aber genausogut sein, daß McGowan seine Medizin eingenommen und das Wasser verschüttet hat, bevor er sich hinlegte.«

»Richtig«, gab Daisy zu. »Allerdings stimmen der Diener und Dr. Jagai darin überein, daß er sich niemals flach auf den Rücken gelegt hätte, also so, wie er gefunden wurde – der Hinweis von Weekes hat mich sofort Verdacht schöpfen lassen. Er hatte außerdem sein eigenes Kissen, das Weekes für ihn aus dem Netz heruntergenommen hatte. Nicht nur benutzte er es nicht – was noch nicht verdächtig ist, er hätte ja einen Anfall erleiden können oder so etwas und war dann zu schwach, um es sich unter die Schultern zu legen –, sondern es fehlt.«

»Es fehlt?« Alec war plötzlich hellwach.

»Und Belinda hat das hier auf dem Boden gefunden.« Daisy holte triumphierend die geborgene Feder hervor. »Ich glaube, der Mörder hat den armen alten Mann erstickt und ist dann in Panik geraten, hat das Mordwerkzeug aus dem Fenster geworfen, dabei das Kissen zerrissen und das Glas umgestoßen.«

»Das kann natürlich Panik gewesen sein, oder er hatte vielleicht einen guten Grund. Tom, ich möchte, daß die Gleise nach dem Kissen abgesucht werden, egal, wieviel Männer dazu nötig sind. Hoffen wir, daß der Diener irgendeine Vorstellung davon hat, wo der Zug sich befand, als er das Kissen zum letzten Mal gesehen hat. Und ich finde, wir sollten uns jetzt mal das Abteil ansehen, ehe wir den Rest hören. Piper,

Sie kommen mit. Tom, stoßen Sie bitte zu uns, sobald Sie die Suche veranlaßt haben.«

»Geht in Ordnung, Chief.«

»Tut mir leid, Daisy. Ich bin so bald wie möglich wieder zurück.«

Damit sausten die drei Männer von dannen und hinterließen eine Daisy, die sehr zufrieden mit sich selbst war, gleichzeitig aber auch ein wenig frustriert. Sie ging los, um Belinda zu suchen.

Im Salon belegten Mr. und Mrs. Smythe-Pike, Anne und Harold Bretton sowie die mysteriöse Geraldine eine Gruppe von Sesseln am Kamin. Smythe-Pike hatte ein Bein auf einen Schemel gelegt. Alle hatten sich zum Dinner umgezogen, und die Damen trugen schwarze Winterkleider mit langen Ärmeln und hohen Kragen, darüber eine warme Stola. Das Frühlingswetter weiter südlich hatte sie nicht unvorbereitet gelassen für den kühlen Norden, insbesondere, so vermutete Daisy, für das Schloß des Geizkragens. Die schwarzen Kleider, die ohne Zweifel eingepackt worden waren für den Fall, daß Alistair noch während ihrer Reise starb, dienten nun statt dessen als Trauerkleidung für Onkel Albert.

Kein Anzeichen von Belinda oder von Chandra Jagai. Anne sah Daisy und winkte ihr leicht zu.

»Daisy, kannst *du* uns vielleicht erzählen, was hier vor sich geht?« fragte sie und kam mit ihrem Mann herüber.

»Ich hab keine Ahnung. Hast du Belinda gesehen?«

»Nein. Vielleicht ist sie auf ihr Zimmer gegangen. Mutter sagt, Mattie hütet mit einer Wärmflasche das Bett. Es geht ihr fürchterlich schlecht. Mir ging es während meiner Schwangerschaften immer prächtig.«

»Sie ist schlechter Stimmung, würde ich sagen«, warf Bretton ein.

»Ich bin mir sicher, sie weiß etwas.« Er nickte bedeutungsschwer.

»Arme Mattie«, sagte Daisy mit eher erzwungenem Mitleid. »Bitte entschuldigt mich, ich muß Belinda finden.«

Sie ging hinüber zu den Smythe-Pikes. Keiner von beiden hatte das Kind gesehen. Auch im Schlafzimmer, das sie miteinander teilten, war sie nicht. Daisy machte sich langsam Sorgen. Wo steckte sie nur?

Nachdem man sie aus der Unterredung entlassen hatte, wanderte Belinda unglücklich zurück in den Salon. Sie mochte Dr. Jagai, aber jetzt brauchte sie ihren Daddy – oder wenigstens Miss Dalrymple.

Als sie Kitty und Judith und Ray sah, die sich mit dem Doktor unterhielten, freute sie sich. Bei ihren Freunden wäre sie jedenfalls in Sicherheit. Sie gesellte sich zu ihnen.

»Bel, hast du noch Süßigkeiten übrig?« begrüßte sie Kitty. »Meine sind alle alle. Anscheinend dauert es noch ewig, bis man hier das Abendessen serviert. Die hatten wohl nicht so viele Gäste erwartet.«

»Sind oben in meinem Zimmer. Ich hol sie gleich.«

»Dann bring am besten auch Mantel und Hut mit. Wir wollen raus und uns die Stadtmauern und die Befestigungsanlagen anschauen. Beeil dich, wir haben alle schon unsere Sachen heruntergebracht.«

»Ich weiß nicht, ob ich das darf«, sagte Belinda zweifelnd. »Sergeant Barclay hat gesagt, die Mauern sind gefährlich.«

»Jetzt sei doch nicht so kindisch.«

»Sei du nicht so unhöflich, Kit«, ermahnte sie ihr Bruder. »Belinda muß nicht mitkommen, wenn sie meint, daß sie das nicht darf.«

»Außerdem will mich mein Vater gleich noch sprechen.«

»Na, aufgeschoben ist ja nicht aufgehoben«, sagte Kitty. »Ich merke mir einfach die schönsten Stellen und zeig sie dir morgen früh. Also dann, wir ziehen mal los.«

Niemand sonst saß im Salon. Niemand kam, um die Gasleuchten anzuzünden. Es war traurig und verlassen hier und machte ihr auch ein bißchen angst. Schritte im Gang draußen ließen sie zusammenzucken.

Daddy würde sich vielleicht noch ewig mit Miss Dalrymple

unterhalten. Die hatte ihr gesagt, sie sollte zu Dr. Jagai gehen. Und Dr. Jagai war jetzt draußen auf der Stadtmauer. Sergeant Barclay hatte gesagt, sie sollte nicht *allein* auf Abenteuersuche gehen, aber wenn die anderen dabei waren, war es etwas anderes.

Belinda raste hinauf und holte ihren Hut, den Mantel und die Handschuhe.

Sie ging zur Eingangstür hinaus und um das Haus herum zur Treppe, auf die Sergeant Barclay sie vorhin hingewiesen hatte. Es waren nur ein paar Stufen, dann führte ein Pfad zwischen steinernen Mauern hinauf. Bald kam sie an einem Tor vorüber, das linker Hand in den Garten des Raven's Nest Hotel führte.

Liebe Zeit! dachte sie. Wenn die anderen da entlang gegangen waren, hatten sie ja einen Riesenvorsprung. Sie eilte weiter.

Die Sonne war untergegangen, aber der Wind hatte die Wolken fortgeblasen. Es war immer noch recht hell draußen, der Himmel war von klarem Blau. In den Fenstern des großen Hauses hinter dem Hotel wurden Lampen angezündet. Ihr freundliches Leuchten ermutigte Belinda. Als der Pfad wieder eben wurde und nach links um die Vorderseite des Hauses herumschwang, hielt sie noch einmal inne, um es sich anzuschauen. Auf den Pfosten des Tores kauerten steinerne Löwen mit langen Mähnen und vielen großen Zähnen. Sie blickten über Belindas Kopf hinweg, und sie wandte sich um, um herauszufinden, was sie eigentlich anstarrten.

Etwas weiter vor ihr traf der Pfad auf einen anderen Weg, der auf einer steilen, grasbewachsenen Anhöhe verlief, die weiß und gelb von Margeriten und Löwenzahn leuchtete. Die Anhöhe erstreckte sich in einer langen Kurve, es war wohl die Stadtmauer, vermutete Belinda, obwohl sie sie sich ganz anders vorgestellt hatte. Ein Abzweig ihres Pfads führte hinab zu einem kleinen Tunnel unter der Mauer. Sie nahm den anderen Weg und sah hinter der Mauer das Meer aufleuchten. Links und rechts standen dicht an der Mauer hohe, rechteckige grasbewachsene Erhebungen, die über die Anhöhe ragten. Nirgendwo waren ihre Freunde zu entdecken.

Über ihr kreischten die Möwen. Es klang sehr einsam.

Als sie auf den Weg auf der Stadtmauer kam, blieb Belinda noch einmal stehen. In der Nähe war eine Treppe, die hinunter zum Tunnel führte. Auf der anderen Seite des Wegs neigte sich die Grasfläche kurz steil hinab und fiel dann absolut gerade hinunter. Der Boden unten war schrecklich weit weg. Es sah wirklich gefährlich aus. Vielleicht sollte sie zurück ins Hotel gehen.

Dann hörte sie rechts von ihr Kittys durchdringende Stimme und sah vor dem dunkler werdenden Himmel oben auf dem Hügel ihre Silhouette. Die hätte sie also eingeholt. Vorsichtig ging Belinda den Pfad entlang.

Als sie sich dem Hügel näherte, sah sie, daß er eigentlich aus einer ganzen Reihe von Erhebungen und Anhöhen bestand und von dem Wall abführte, auf dem sie sich befand. Das waren wohl die Befestigungsanlagen, fielen ihr Kittys Worte wieder ein. Der untere Teil bestand aus einer glatten Steinmauer, die bis zu ihr hinaufreichte, fast so hoch wie ein dreistöckiges Haus.

Direkt neben und unter ihr war eine Art offener Raum oder Hof, von Mauern umgeben. Eine Wand hatte vergitterte Fenster. Ein Gefängnis, dachte sie und hielt inne, um es zu betrachten. Vielleicht hatte es einmal ein Dach gehabt.

Es war zu dunkel, um viel erkennen zu können. Belinda schaute konzentriert hin und trat auf das Gras neben dem Pfad. Sie achtete darauf, nicht über den schmalen flachen Streifen hinauszutreten und auf den Abhang zu geraten. Es wäre ein scheußlicher lebensgefährlicher Sturz, und sie hatte keine Lust, da unten in der Dunkelheit zu sitzen, jetzt, wo es langsam Nacht wurde.

Das Tageslicht wird immer schwächer, dachte sie. Vielleicht sollte sie doch nicht versuchen, die anderen einzuholen. Sie wandte sich nach der Stadt um.

Dicht hinter ihr dräute eine unförmige Gestalt, dunkel, drohend, die Arme ausgebreitet, als wolle sie sie in den Abgrund scheuchen. Schweigend bewegte sie sich nach vorne.

Belinda tauchte unter einem der Arme durch und rannte schreiend fort.

Ihr Herz trommelte ihr in der Brust, schlug dumpf. Ihre Schuhe hämmerten auf den Pfad. Folgte er ihr? Sie konnte nichts hören.

Sie riskierte einen Blick zurück. Ihre Füße folgten dem Blick und glitten dann unter ihr weg. Plötzlich rutschte sie hilflos hinunter.

10

Daisy stand im Eingang und fragte sich, wo ein kleines Mädchen sich wohl in einem Hotel verstecken würde – und vor allem, warum. Sollte sie an alle Türen der Zimmer klopfen, die Angestellten des Hotels befragen oder sofort Alec holen lassen?

Bevor sie sich entschließen konnte, näherten sich Schritte und aufgeregte Stimmen vom Eingangsbereich des Hotels. Kitty Gillespie erschien in Hut und Mantel, mit rosigen Wangen und windzerzauster Frisur. Hinter ihr erschien Raymond.

»Komm schon«, rief Kitty. »Hier ist sie, Bel.«

Einen Augenblick später sprang Belinda in Daisys Arme und blickte aus einem von Schlamm und Tränen verschmierten Gesicht zu ihr auf; eine lange Schramme zog sich über eine Wange. »Ich dachte, ich müßte sterben«, weinte sie.

»Sterben?« keuchte Daisy auf. »Was ist denn geschehen, Liebling? Was in aller Welt hast du denn angestellt?«

Kitty und Raymond platzten gleichzeitig mit Erklärungsversuchen los. Dr. Jagais eher ruhige Stimme übertönte sie beide: »Ich würde es für das Beste halten, Miss Dalrymple, wenn wir uns an einen ungestörten Ort zurückziehen könnten.«

»Ohne Zweifel«, sagte Judith Smythe-Pike mit gelangweilter Stimme, doch lag in dem Blick, den sie dem Doktor zuwarf, große Zustimmung.

Den Arm um Belindas schmale Schultern gelegt, führte

109

Daisy sie in den Raum, der eigentlich für die Befragungen der Polizei reserviert war. Judith hob beim Anblick des scharlachroten Plüschsofas die penibel gezupften Augenbrauen. Als einzige hatte sie saubere Kleider. Belindas Mantel war wie ihr Gesicht mit Schlamm verschmiert, im schwarzen Baumwollstrumpf hatte sie eine Laufmasche, ein Zopf war ohne Schleife, und der andere löste sich auf. Der Doktor, Kitty und Raymond wirkten fast genauso abgerissen.

»Dr. Jagai«, sagte Daisy fest, als das Geschwisterpaar schon wieder anfing, durcheinander zu plappern, »würden Sie bitte übernehmen.«

Ray grinste und legte Kitty die Hand auf den Mund.

»Wir hatten beschlossen«, fing Chandra Jagai an, »also wir vier Großen, noch vor der Dunkelheit die elisabethanischen Stadtbefestigungsanlagen zu besichtigen. Belinda erschien, kurz bevor wir losgingen, wollte uns aber nicht begleiten, weil sie dachte, daß ihr Vater sie demnächst rufen würde. Also sind wir einfach losgegangen und haben uns die Festung angeschaut, die als King's Mount bekannt ist, soweit ich weiß. Wir waren schon eine ganze Weile dort gewesen – vielleicht eine Viertelstunde, ich bin mir aber nicht sicher –, als wir Schreie hörten. Natürlich sind wir sofort losgerannt.«

»Die sind losgerannt«, warf Judith trocken ein. »Ich bin rasch gegangen.«

»Es braucht eben mehr als nur ein paar Schreie, um Judith aus der Fassung zu bringen«, sagte Raymond und warf ihr einen Blick voller Zuneigung zu. »Wir haben Belinda dann in einem Dornbusch am Fuß der Stadtmauer gefunden, auf der Seite zur Stadt hin.«

»Was wirklich ein Riesenglück war!« rief Kitty aus. »Auf der Seite fällt nur ein etwas steiler Abhang herab, aber nicht sehr weit. Die andere Seite ist ein gigantisch hohes Kliff.«

»Ungefähr zehn Meter«, schränkte Dr. Jagai diese Übertreibung ein. »Auf jeden Fall sicherlich hoch genug, daß man sich bei einem Sturz ernste Verletzungen zuziehen würde.«

»Ich dachte, ich wäre auf die steile Seite geraten.« Belindas

Stimme zitterte. »Als ich gemerkt habe, daß ich ausgerutscht bin, dachte ich, ich muß sterben.«

Daisy umarmte sie und blickte sie dabei streng an. »Du wußtest doch aber, daß es da oben gefährlich ist. Hat dir der Sergeant nicht gesagt, du sollst da nicht alleine hingehen?«

»Ich war ja nicht wirklich allein. Ich hatte nur nicht gemerkt, wie weit vor mir die anderen waren. Und ich war doch so vorsichtig, ehrlich, bis ... bis ...« Belinda schluchzte auf.

»Soll ich Miss Dalrymple erzählen, was du uns eben gesagt hast?« fragte Dr. Jagai sanft. Belinda nickte, also fuhr er fort: »Jemand hat sie erschreckt. In der Dämmerung hatte sie den Eindruck, daß er versuchte, sie in den Abgrund zu stoßen, also zum Meer hin. Sie lief vor ihm fort, und dabei ist sie ausgeglitten.«

»Er wollte mich *wirklich* schubsen!«

»Hat er dich berührt, Belinda?« fragte Daisy.

»Nein, aber er war direkt hinter mir und hatte die Arme ausgestreckt.«

»Du sagtest, du hättest relativ nah am Abgrund gestanden«, sagte Raymond. »Vielleicht wollte er dich in Sicherheit bringen.«

Belinda schüttelte störrisch den Kopf.

»Hast du sein Gesicht gesehen? Hat er etwas gesagt? Würdest du ihn wiedererkennen?«

»Nein, es war nur ein großes schwarzes Etwas.«

»Sie wird ihn wohl vor dem Hintergrund des hellen Himmels im Westen gesehen haben«, erklärte Judith. »Sein Gesicht wird nicht zu erkennen gewesen sein, und es dämmerte ja auch schon.«

»Hat ihn denn von Ihnen sonst niemand gesehen? Noch nicht einmal von hinten, als er in der Ferne verschwunden ist?«

»Es hat einige Augenblicke gedauert, bis wir den Pfad überhaupt gesehen haben«, sagte der Doktor.

»Sie waren also außer Sichtweite?«

»Die Bastion hat so große Hügel.« Kittys Hände formten eine Pyramide. »Ich war auf der gegenüberliegenden Seite, als Bel zu schreien anfing.«

»Miss Smythe-Pike und ich haben auf einer Bank gesessen«, sagte Dr. Jagai, »und über die Flußmündung zum Pier, zum Leuchtturm und auf das Meer geschaut.«

Judith nickte. »Wir haben uns einfach unterhalten.«

»Kitty hat sich absolut dämlich angestellt«, sagte Raymond und blickte seine Schwester mit gerunzelter Stirn an, »sauste dauernd diese rutschigen Abhänge rauf und runter. Und ich durfte ihr hinterherlaufen, damit sie sich nicht den Hals bricht. Irgend jemand muß doch hinterher die Stücke wieder aufsammeln.«

»Wenn sich also dieser Mann beeilt hat«, sagte Dr. Jagai zu Daisy, »nehmen wir mal an, aus Angst, daß man ihm Belindas Schrecken vorwirft, dann hätte er die Stufen hinab zum Tunnel erreichen können, der unter der Stadtmauer durchführt, bevor wir erschienen sind. Wir hätten nicht bemerkt, wie er weggeht, als wir unten bei ihr waren und sie aus dem Dornbusch herausholten.« Er begutachtete seine zerkratzten Hände. »Wobei wir uns keine ernsten Verletzungen zugezogen haben.«

»Ich weiß gar nicht, wie ich Ihnen allen danken soll, daß Sie ihr gleich zu Hilfe geeilt sind«, sagte Daisy. Ihr Dank kam von Herzen.

Alle murmelten peinlich berührt irgendwelche einigermaßen passenden Worte. »Ich glaube, Belinda könnte jetzt gut ein heißes Bad vertragen«, sagte der Doktor pragmatisch.

»Glücklicherweise«, sagte Judith gedehnt, »sind wenigstens die Badezimmer hier nicht vom zentralen Boiler abhängig, sondern haben einen Durchlauferhitzer. Und wir beide, Kitty, sollten mal lieber raufgehen und uns zum Abendessen umziehen.«

»Das müßte ich wohl auch.« Raymond ging ihnen hinterher, wandte sich dann aber noch einmal um. »Sie speisen doch mit uns, oder, Doktor?«

»Vielen Dank, aber ich habe keine Abendgarderobe mitgebracht.«

»Ach, was soll's, dann laß ich doch einfach mein Sonntagslätzchen im Schrank. Nehmen wir vorher noch einen Drink?«

Die beiden jungen Männer gingen gemeinsam hinaus.

»Ein Bad ist wirklich eine ausgezeichnete Idee«, sagte Daisy, »und dann ein kleines Abendessen im Bett, würde ich sagen. Sicherlich kann eines der Zimmermädchen deine Sachen bis morgen früh in Ordnung bringen.«

»Ich hab kein Nachthemd mitgebracht«, sagte Belinda leise, »und auch keine Zahnbürste.«

»Dann wirst du einfach deine Zähne mit dem Finger putzen müssen – die Zahnpasta bekommst du von mir – und in deiner Unterwäsche schlafen müssen, Liebling. Mach dir keine Sorgen, das kriegen wir schon hin.«

»Ich bin wirklich froh, daß ich bei Ihnen im Zimmer schlafe.« Sie rieb sich die Augen und wirkte zusehends müde. »Daddy!«

Alec, gefolgt von Tring und Piper, war gerade eingetreten. Er erwehrte sich seiner schmuddeligen Tochter. »Was in aller Welt ist passiert, Bel? Wo hast du dich denn herumgetrieben?«

»Oben auf der Stadtmauer, Daddy. Jemand … »

»Der Polizist an der Tür hat dich nicht aufgehalten?«

»Ich hab keinen Polizisten gesehen.«

»Vermutlich ist Miss Belinda vor uns hinausgegangen«, warf Piper ein. »Sie haben ja erst gebeten, einen Wachmann an der Eingangstür zu postieren, als wir wieder im Polizeihauptquartier waren.«

»Es gibt auch ein Gartentor«, sagte Belinda, »nur wußte ich vorhin noch nichts davon. Wir sind aber da lang zurückgekommen.«

»Ernie, sehen Sie bitte zu, daß an dem Gatter auch ein Mann steht.«

»Wer ist ›wir‹, Belinda? Jedenfalls nicht Miss Dalrymple, wenn du vor uns gegangen bist.«

»Erzähl deinem Vater die ganze Geschichte«, sagte Daisy, ließ sich noch einmal auf das rote Sofa fallen und klopfte resigniert auf den Sitz neben sich. Sie und das Sofa hatten bereits eine ordentliche Dosis Schlamm von Belinda abbekommen. Alec jedoch mußte professionell aussehen und konnte sich keinen Dreck am Anzug erlauben.

»Würden Sie ihm alles erzählen? Bitte?« Belinda schlief schon fast im Stehen, so müde war sie. Erschöpft ließ sie sich neben Daisy in die Polster fallen. Die Männer setzten sich in die Sessel.

Daisy berichtete Belindas Abenteuer, wie es ihr erzählt worden war, von der Einladung, sich den anderen anzuschließen, bis zur Rettung aus dem Gebüsch. Mitten in ihrer Erzählung kehrte Piper zurück. Als sie fertig war, lag Belinda neben ihr, schon in Morpheus' Armen.

Alec war besorgt: »Mir gefällt das nicht. Es ist durchaus möglich, daß jemand sich irgendwie von ihr bedroht fühlt. Natürlich kann es sein, daß es nur ein Fremder war, der ihr helfen wollte, wie der junge Gillespie meinte. Was ist mit ihm? Er war mit seiner Schwester unterwegs, als das alles geschah? Würde sie für ihn lügen?«

»Keine Ahnung. Aber ich erzähle Ihnen gleich mehr über die beiden, und auch über den Rest, wenn ich Belinda ins Bett gesteckt habe.«

»Nein. Ich möchte nicht, daß sie ohne einen von uns vieren alleine bleibt, ehe diese Angelegenheit nicht geklärt ist.« Alec ging hinüber zum Sofa und blickte Belinda liebevoll an. Sanft schob er sie in eine bequemere Position, legte ihr die Füße hoch und schob ihr ein Kissen unter den Kopf. Sie bewegte sich und murmelte etwas, wachte aber nicht auf.

»Außerdem«, sagte er und kehrte auf seinen Platz zurück, »hab ich dazu nicht die Zeit. Ach, übrigens, am Fenstergriff im Zugabteil hing ein weißer Faden, der hat sich wohl da verhakt.«

»Aha!«

»Und keine Fingerabdrücke, weder da noch auf dem Glas oder auf seinen Schuhen, Miss«, sagte Tom. »Alles ordentlich abgewischt.«

»Aha!« wiederholte Daisy.

»Ganz genau«, stimmte ihr Alec lächelnd zu. »Machen Sie also bitte weiter, Daisy.«

»Mit den *dramatis personae*? In Ordnung, aber bevor ich am

Ende angekommen bin, werden Sie bestimmt noch einen Familienstammbaum von mir wollen.«

»Den will ich jetzt schon, nach allem, was Sie mir vorhin erzählt haben. Könnten Sie einen malen, während Sie mir berichten?«

»Ich kann es ja versuchen.«

Piper gab ihr einen Bleistift und ein Blatt Papier aus seinem Notizbuch, während Tom Tring ihr einen kleinen Tisch hinschob.

»Vielen Dank, meine Herren. Wo war ich vorhin stehengeblieben?«

»Wir waren gerade bei der Erzählung Ihrer Schulfreundin über das Testament ihres Großvaters. Anne Bretton, hieß sie nicht so? Ich hätte gern ein Kurzprofil von jedem Tatverdächtigen, bevor wir darauf eingehen, was alle wann und wo getan haben.«

»Ich fange also lieber oben im Stammbaum an, nicht mit Anne. Das ist dann einfacher, sich herunterzuarbeiten. In der ersten Reihe stehen Alistair McGowan, Laird von Dunston Castle, der Verfasser des Testaments; sein Zwillingsbruder Albert, das Opfer sozusagen, und die unbekannte Schwester, die einen Gillespie geheiratet hat.«

»Die noch lebt?«

»Die vermutlich verstorben ist.« Daisy schrieb die Namen auf. »Unter Alistair steht seine Tochter Amelia Smythe-Pike. Freundlich, besorgt, konventionell. Natürlich will sie nur das Beste für ihre Familie. Aber ich würde sagen, sie hat sich mehr aufgeregt, weil ihr Mann einen solchen Aufruhr verursacht hat, als daß sie wirklich empört war. Sie liest ihm jeden Wunsch von den Augen ab. Ich kann sie mir nicht als Mörderin vorstellen. Außerdem ist sie eine ältere Dame. Ich bezweifle, daß sie überhaupt die Kraft zu einer Gewalttat hätte.«

»Das Opfer war aber ihr Onkel, ein viel älterer Mann bei schlechter Gesundheit.«

»Man braucht nicht viel Kraft, um einen kränklichen alten Herrn umzubringen«, stimmte Tring zu.

115

»Andererseits hatte sie keinerlei Garantie, daß ihr Vater sein Testament zu ihren Gunsten ändern würde, wenn Albert sterben sollte«, sagte Alec.

»Dasselbe gilt für ihren Ehemann Desmond, aber der speit wirklich Feuer. Ich kann mir vorstellen, daß er einfach die Fassung verloren hat, weil Albert sich weigerte, seine Entscheidung noch einmal zu überdenken. Er wollte das Familienvermögen einem fremden Menschen hinterlassen. Er ist …«

»Einen Augenblick mal, Daisy! Alberts Erbe ist kein Familienmitglied? Da sieht die Sache ja ganz anders aus!«

»Sie haben mir bisher keine Chance gegeben, Ihnen das zu erzählen«, wies Daisy ihn zurecht.

»*Mea culpa*. Ich bitte Sie untertänigst um Verzeihung!«

»Wie buchstabiert man das, Chief?« unterbrach Piper.

»›Verzeihung‹? Ach so, Sie meinen *mea culpa*. Das ist egal, Ernie, Sie müssen nicht alle banalen Bemerkungen schwarz auf weiß notieren.«

»Ich will's ja auch gar nicht in den Bericht nehmen, Chief, aber wenn ich in Kurzschrift protokolliere, dann fließt so etwas automatisch mit ein.«

»Noch mal zu Smythe-Pike«, sagte Alec ungeduldig. »Er regt sich leicht auf und hat auch einen Grund zur Aufregung gehabt.«

»Ja«, bestätigte Daisy, »und außerdem hatte er einen höchst dringlichen Bedarf an schnödem Mammon – ich meine damit Geld, Mr. Piper – jedenfalls hat mir das sein Schwiegersohn, Harold Bretton, gesagt. Der meinte, Smythe-Pike hätte am Gut seiner Familie nur Interesse, weil es da die Möglichkeit zur Fuchsjagd, zum Jagen und Fischen gibt, und daß der Laden deswegen schon den Bach runtergegangen ist. Er wird das Gut verkaufen müssen, wenn die nicht einigermaßen schnell zu einer größeren Summe Geldes kommen.«

»Na ja«, sagte Tom Tring, »aber er hatte auch keine Garantie, daß er einen einzigen Pfennig sehen würde. Und so ein Typ würde eher jemandem im Eifer des Gefechts eins über den Dez geben, als ihm ein Kissen aufs Gesicht zu drücken.«

Daisy nickte. »Darüber hinaus ist er auf Grund seiner Gicht schlecht zu Fuß. Ich weiß nicht, ob er das hinbekommen hätte. Wer auch immer das getan hat, konnte nicht sicher sein, daß nicht jeden Augenblick jemand vorbeikommt. Er oder sie mußte sich ganz schön beeilen und hatte obendrein auch noch Glück.«

»Das werde ich berücksichtigen«, sagte Alec. »Da hätten wir den also hinter uns gebracht. Wen haben Sie denn noch so auf Ihrer Liste?«

»... *son già milletre*«, zitierte Daisy die Leporello-Arie aus Mozarts *Don Giovanni*. »Es ist natürlich gemein, so etwas zu sagen, aber Anne Bretton, geborene Smythe-Pike, ist wirklich ein Jammerlappen. Sie beklagt sich, daß ihr Mann kein Interesse an den Kindern zeigt, aber selber schickt sie sie zur Kinderfrau, sobald sie auch nur das geringste bißchen Mühe machen.«

»Es gibt also mehr als ein Kind.«

»Ja, Baby, eigentlich Alistair McGowan Bretton, und die fünfjährige Tabitha. Belinda hat ganz toll auf sie aufgepaßt, und zwar ziemlich lange. Sie war gerade mit ihr beschäftigt, als sie dann loszog und Mr. McGowan tot aufgefunden hat. Anne hatte Baby seiner Kinderfrau gebracht und war bei mir, als Belinda zurückgelaufen kam.«

»Wie lang war sie fort?«

»Nicht sehr lange, und sie war sehr gefaßt, als sie zurückkam. Das ist keine Frau mit starken Nerven, die in der einen Minute jemanden umbringt und in der nächsten Tabitha ausschimpft, weil sie sich das Kleid schmutzig gemacht hat. Ich kann mir beim besten Willen nicht vorstellen, daß Anne einen Mord beschließen könnte. Sie zieht es vor, sich zu beklagen.«

Piper gab einen seiner unterdrückten Schnaufer von sich. Tring grinste geradeheraus. »Der Chief hatte eigentlich gedacht, daß Sie Mrs. Bretton unter Ihre Fittiche nehmen würden, Miss«, offenbarte ihr der Sergeant.

»Ich doch nicht! Und was Harold Bretton angeht – na ja, ich würde keine weitere Minute auf ihn verschwenden, wenn er nicht ihr Mann wäre. Ich bin überzeugt, daß er sie nur des Geldes wegen geheiratet hat, das er bei ihr vermutete. Eine Frau aus dem grundbesitzenden Adel ist für einen Möchtegern-Gesellschaftstiger immer attraktiv. Er ist durch und durch ein Charakterschwein: höflich nur, wenn es ihm nützt, und unloyal. Er spricht gegenüber Fremden schlecht von seinem Schwiegervater, ohne dafür selber bereit zu sein, sich auf den Hosenboden zu setzen und das Gut in den Griff zu bekommen.«

»Wohl wirklich ein unangenehmer Zeitgenosse«, sagte Alec trocken, »aber das macht ihn noch lange nicht zum Mörder. Und der Tod von Albert McGowan hat ihm nichts gebracht.«

»Nicht direkt, nein, aber er ist eine Spielernatur. Er hat mir gesagt, daß nur eine Erbschaft oder ein großer Gewinn im Pferderennen die Smythe-Pikeschen Besitzungen retten kann. Ich wette, er ist der erste, der darauf setzt, daß Alberts Tod sich zu seinem Vorteil entwickelt.«

»Hmmm, das ist wohl möglich. Obwohl es natürlich ein Unterschied ist, ob eine Summe Geldes auf dem Spiel steht, so groß sie auch sein mag, oder ein Todesurteil.«

Daisy blickte konzentriert auf den Familienstammbaum und fuhr entschlossen fort: »Ich kann mir nicht vorstellen, daß Sie Tabitha oder Baby auf Ihre Liste setzen wollen, also wäre Judith als nächste dran.«

»Judith Smythe-Pike, die mit Belinda draußen war?«

»Ja, Annes Schwester. Im übrigen sind Mr. und Mrs. Smythe-Pike und die Brettons aus dem Schneider, was Belindas Abenteuer angeht. Ich hab sie im Salon gesehen, als das Ganze gerade passiert sein muß. Judith ist auch aus der Sache raus. Der Doktor war bei ihr.«

»Es ist gar nicht klar, ob dieser Zwischenfall überhaupt Bedeutung hat oder mit dem Mord in Verbindung steht.«

Daisy blickte Belinda an, die tief und fest schlafend neben ihr lag, und sagte: »Glauben Sie, die ganze Angelegenheit ist ein Produkt ihrer Phantasie?«

»Allein, in der Dämmerung, an einem fremden Ort – es

wäre durchaus möglich, obwohl sie eigentlich nicht so über-
spannt ist. Eher wird sie die Absicht eines Fremden falsch ge-
deutet haben. Aber wer weiß das schon?«

»Sie hätte es mir bestimmt erzählt, wenn sie irgend etwas
gesehen hätte. Im Zug, meine ich. Wenn der Mörder hinter
ihr her war, weil er – oder sie – *glaubte*, daß Belinda irgend etwas gesehen hat, dann ist Judith jedenfalls nicht der Mörder.
Was nicht heißen soll, daß ich ihr einen Mord um Raymonds
Willen nicht zutrauen würde.«

»Das ist ihr Vetter Raymond Gillespie, wenn ich mich nicht
irre.«

»Vetter zweiten Grades. Sie sind verlobt, wenn auch noch
nicht offiziell. Und ich würde sagen, sie sind einander von
Herzen zugetan, obwohl Judith die Rolle eines kaltschnäuzi-
gen Backfischs sehr gekonnt spielt.«

»Ein flottes junges Ding ist das«, bemerkte Alec.

»Außer wenn Raymond einen seiner Anfälle hat. Er leidet
schwer unter einem Granatentrauma; aber davon erzähle ich
Ihnen später. Wenn ich das alles richtig verstanden habe, ist
Judith jedenfalls die einzige, die ihn beruhigen kann, wenn
seine Nerven mit ihm durchgehen.«

»Also würde sie alles für ihn tun. Und er zöge einen direk-
ten Vorteil aus der Sache.«

»Aus Alberts Tod? Das gilt auf jeden Fall für seinen Vater.«
Daisy verzog nachdenklich das Gesicht. »Du liebe Zeit, es
sieht wirklich schlecht für Judith aus.«

»Sie mögen sie? Es gibt noch jede Menge andere Verdächtige«, tröstete sie Alec.

»Zum Beispiel die Gillespies. Ach, fast hätte ich die geheimnisvolle Geraldine vergessen. Sie ist die jüngere Tochter
des alten Alistair, die Schwester von Amelia Smythe-Pike. Ich
weiß nur, daß sie vor Jahrzehnten weggelaufen ist, um nicht
dazu verdonnert zu werden, ihren alten Vater zu versorgen,
und jetzt ist sie plötzlich aufgetaucht und sieht unglaublich
soignée und wohlhabend aus.«

»*Suanjeh*, Miss?« fragte Piper.

»Schick. Elegant. Wir haben uns beim Lunch kennengelernt. Niemand hat sie erkannt. Sie wohnt in Frankreich, aber ich weiß ihren Nachnamen nicht.«

»Mr. Halliday hat mir eine Liste gegeben.« Sergeant Tring begutachtete ein Stück Papier. »Das ist wahrscheinlich Mme Passkwier – das buchstabiert man P-a-s-q-u-i-e-r, mein Junge«, sagte er zu Piper.

Daisy fügte den Nachnamen ihrem Stammbaum hinzu und sagte: »Geraldine Pasquier, geborene McGowan.«

»Pas-ki-eh, was, Miss?« sagte Tring. »Diese französischen Namen verhunzen unsere schöne englische Sprache.« Sein Schnurrbart zitterte vor Begeisterung über seinen eigenen kleinen Scherz.

»Schön gesagt, Sergeant«, bemerkte Piper und begutachtete düster seine Notizen.

Daisy lächelte Piper an. »Über Madame kann ich Ihnen nichts weiter erzählen, also machen wir mal mit den Gillespies weiter. Peter ist der Neffe von Alistair und Albert. Harold Bretton hat erzählt, er hätte eine sehr gut gehende Stiefelfabrik geerbt. Während des Großen Krieges mußte er sie aber aufgeben. Er war vor Gericht angeklagt, der Armee Stiefel minderer Qualität angedreht zu haben.«

»Pfui!« warf Piper mißbilligend ein.

»Knapp bei Kasse?« fragte Alec.

»Noch nicht ganz am Ende der Fahnenstange, würde ich sagen, aber mit dem Einkommen haben sie wohl derzeit kein Auskommen. Sehr wahrscheinlich leben sie über ihre Verhältnisse. Und wie Sie schon bemerkt haben werden, hat Peter Gillespie keinen großen Respekt vor Moral oder Gesetz«, sagte Daisy mit einiger Schärfe. Gillespies Verfehlung erschien ihr um so abscheulicher, seit sie seinen Sohn näher kennengelernt hatte. Hatte Raymond in den Schützengräben feststellen müssen, daß er die sich auflösenden Stiefel seines Vaters an den Füßen hatte?

»Notiert«, sagte Alec, »obwohl Sie natürlich nur Brettons Wort in dieser Angelegenheit haben. Was ist mit seiner Frau?«

»Enid Gillespie. Von der habe ich nicht sehr viel mitbekommen. Meistens schimpft sie Kitty aus. Es würde mich nicht überraschen, wenn sie auch ihren Mann häufiger zusammenstaucht.« Sie zuckte mit den Achseln. »Mehr kann ich nicht sagen. Noch weniger kann ich über ihre Schwiegertochter Matilda erzählen. Sie ist eine von den Frauen, denen eine Schwangerschaft nicht gut steht, und sie ist viel zu schwanger, um irgend jemanden umgebracht zu haben.«

»Und ihr Ehemann?«

»Jeremy, der älteste Sohn von Peter. Hält sich für einen Frauenheld und ist beleidigt, weil er seinen Lebensunterhalt selbst verdienen muß. Ich würde nicht ausschließen, daß er drastische Maßnahmen ergreift, um zu Geld zu kommen.«

»Tatsächlich? Wenn ich das richtig verstehe, ist er Raymonds Bruder.«

»Ja. Der arme Ray. Nichts würde er lieber tun als selber Geld verdienen. Er will Judith schließlich heiraten, aber wegen seiner zerrütteten Nerven kann er keine Stellung halten.«

»Braucht Geld, um das Mädchen zu heiraten, das er liebt, was?« sagte Tring. »Das sieht ja nicht gerade gut aus.«

»Wie verlaufen denn diese Anfälle?« fragte Alec.

»Er gerät ganz durcheinander und glaubt, er wäre wieder in Flandern. Und dann befällt ihn Verzweiflung darüber, daß er nicht gesund ist.«

»Er wird also nicht aggressiv?«

»Nein. Ach so, er hat …« Sie zögerte.

»Jetzt kommen Sie schon, Daisy, heraus mit der Sprache.«

»Ach, es war eigentlich nichts Besonderes. Er hielt Judith an der Hand, da sagte sie, er täte ihr weh. Er hat sofort losgelassen, und es tat ihm schrecklich leid.«

»Nehmen wir doch mal an, er hat aus irgendeinem Grund gedacht, der alte Mann wäre ein Deutscher«, sagte Alec zögerlich. »Vielleicht hat er ihn umgebracht, ohne zu wissen, was er tat.«

Daisy schwieg.

»Die Gerichte sind bei solchen Typen nachsichtig«, sagte Tring.

Nach einer bedrückenden Pause sagte Alec: »Ist das der letzte?«

»Nein, da wäre noch Kitty Gillespie. Ach, so ein Ärger, ich hab keinen Platz mehr auf der Seite. Ich quetsch sie mal hier an der Seite in den Stammbaum. Also, sie ist erst fünfzehn Jahre alt und hat einen äußerst ausgeprägten Hang, alles direkt auszusprechen, was ihr gerade in den Sinn kommt. So jemand gibt keine ordentliche Mörderin ab. Sie hätte mittlerweile jedem von der Tat erzählt, ob sie es wollte oder nicht. So, das war's, damit hätten wir die ganze Familie.«

»In Ordnung. Jetzt zum Ablauf. Wo befand sich Ihr Abteil im Verhältnis zu dem von Albert McGowan?«

»Es war das übernächste Abteil. Zwischen uns saß der Rechtsanwalt.«

»Sie konnten also alle sehen, die im Gang vorbeikamen.«

»Ehrlich gesagt hab ich in der Zeit, um die es uns gerade geht, nichts gesehen.«

»Nichts! Sie haben nicht jeden ihrer Schritte verfolgt und die genauen Zeiten aufgeschrieben?« neckte sie Alec.

»Zu dem Zeitpunkt hatte ich ihre ganzen Streitereien schon gründlich satt«, sagte Daisy, und schon die Erinnerung machte sie wieder ärgerlich. »Sie hatten sich beim Mittagessen schon gestritten, wer Albert als erstes bei den Hörnern packen sollte. Ich hörte Schritte kommen und gehen, aber ich habe mich in eine Zeitschrift vertieft, damit sie nicht reinkommen und mit mir reden.«

»Vielleicht hat Belinda gesehen, wer im Gang vorbeikam.«

»Sie war nicht die ganze Zeit bei mir. Sie hat erst Kitty besucht und dann Dr. Jagai, in der dritten Klasse.«

»Dr. Jagai!«

»Sie mag ihn, und ich fand eigentlich nicht, daß ein Besuch bei ihm irgendwie gefährlich wäre.«

»Aber ich dachte, er sei nur ein hilfsbereiter Fremder. Einfach ein Mediziner, der die Lei… den Verstorbenen untersucht hat.«

»Du liebe Zeit, nein. Albert McGowan hat uns einander vorgestellt. Chandra Jagai war sein Protegé und ist sein Erbe.«

122

»Sein Erbe! Mein Gott, Daisy, warum haben Sie mir das nicht vorher erzählt? Der hat doch das größte Motiv überhaupt.«

»Ach, Unsinn. Ganz im Gegenteil. Er hätte doch das gesamte Vermögen der Familie nur geerbt, wenn Albert seinen Bruder Alistair überlebt hätte.«

»Es sei denn, die Familie hätte Albert noch umstimmen können.«

»Keine Chance. Er verabscheute seine Familie. Er hatte sogar vor, den Rechtsanwalt zu konsultieren, wie er das Geld für Dr. Jagai in Sicherheit bringen konnte. Seine Familie sollte sein Testament nicht anfechten können.«

»Das hat Jagai Ihnen erzählt? Ist Ihnen denn nie in den Sinn gekommen, daß er vielleicht gelogen haben könnte? Das war doch eine hervorragende Gelegenheit für ihn, seinen Wohltäter über den Jordan zu bringen, wenn haufenweise andere Menschen mit einem Motiv in der Nähe sind, auf die der Verdacht genauso fallen kann. Dr. Jagai gehört ganz oben auf meine Liste.«

Entsetzt und ungläubig konnte Daisy nur noch sagen: »Erzählen Sie das nur bitte nicht Belinda.«

11

Alec ging hinüber zum Sofa und blickte auf sein kleines Mädchen. Er liebte sie so sehr, daß sich ihm förmlich das Herz zusammenzog – von ihren dünnen Beinen in den schlammverkrusteten schwarzen Strümpfen bis zum ingwerfarbenen Haar, das sie von Joan hatte. Sie lag so entspannt, so unschuldsvoll im Schlaf zusammengerollt; sie war noch zu jung, um vom Bösen in der Welt zu wissen!

Was in aller Welt hatte sie eigentlich gebissen, daß sie von ihrer Großmutter ausgebüchst und zu Daisy gelaufen war? Sie brauchte eine Mutter. Aber Daisy durfte nicht glauben, daß Alec sie nur Belindas wegen heiraten wollte …

Aber jetzt war nicht die Zeit für derartige Überlegungen. Daisy blickte fragend zu ihm hoch.

»Vielen Dank, daß Sie sich um Bel gekümmert haben.«

»Es war mir ein Vergnügen. Sie ist ein Schatz. Ich wünschte nur, wir hätten eine weniger aufregende Reise gehabt. Für sie war das alles besonders scheußlich; müssen Sie sie heute abend noch befragen?«

»Sie könnte sich jetzt noch an Dinge erinnern, die sie morgen früh vielleicht schon vergessen hat. Und sie wird ohnehin aufwachen, wenn ich sie in ihr Bett trage.« Er nahm seine Tochter in die Arme und setzte sich dann mit ihr auf dem Schoß auf das Sofa. Als sie sich bewegte und die Augen öffnete, sagte er über ihren Kopf hinweg: »Hab ich richtig gehört, daß sie mit Ihnen das Zimmer teilt?«

»Ja, Mr. Halliday hat es so eingerichtet. Ich hätte im übrigen darauf bestanden, wenn er nicht von allein darauf gekommen wäre. Sie braucht jetzt ein Bad und ein Abendessen und ihr Bett, Alec.«

»Gleich. Belinda, Schätzchen, ich brauche deine Hilfe.«

»Ich versuch's, Daddy.« Sie räkelte sich auf seinem Schoß. »Aber ich muß mich mal ordentlich hinsetzen. So kann ich ja gar nicht denken. Wird Mr. Piper aufschreiben, was ich sage?«

»Wenn du nichts dagegen hast.«

Sie saß jetzt zwischen ihm und Daisy, und er konnte ihr Gesicht nur schlecht sehen. Das war zwar nicht so gut, aber er wollte ihr auch nicht den Trost seiner Nähe verwehren. Er nahm ihre Hand.

»Was ist, wenn ich mich nicht richtig erinnere?« Sie klang angespannt, und ihre Hand war verkrampft.

»Das macht nichts, Liebling. Du sollst uns nur ein bißchen auf die Sprünge helfen, mir und Mr. Tring. Und Mr. Piper, sonst niemandem. Mach es nur, so gut du kannst.«

»In Ordnung. Möchtest du wissen, wie es war, als ich ihn gefunden habe?«

»Ja, bringen wir gleich das Schlimmste hinter uns. Ich muß nur wissen, ob du irgend etwas angefaßt oder umgestellt hast.«

»Ich hab nur seine Hand hochgelegt.« Jetzt sprach sie ganz sachlich. »Du weißt doch, wie steif Granny sich immer fühlt, wenn sie einschläft und sich verlegen hat? Na ja, Mr. Mc-Gowans Arm hing runter, und ich dachte, es wäre ihm bequemer, wenn ich ihn über seine Brust lege. Wenn er dabei aufgewacht wäre, wäre es nicht so schlimm gewesen, verstehst du, denn er hatte mich ja zum Tee eingeladen. Nur war er tot. Seine Hand fühlte sich an, als wäre sie aus Wachs.«

»Ganz kalt?«

Belinda überlegte. »Nicht eiskalt. Nur so, wie manche Menschen immer kalte Hände haben.«

»Das hätten Sie doch auch mich fragen können«, sagte Daisy mißbilligend, »oder auch den Doktor. Ich hab gleich danach den Puls gefühlt, und er hat es direkt nach mir auch noch mal getan.«

»Entschuldige, Bel. Ich werd den Arzt auch fragen. Sonst hast du nichts angefaßt?«

»Nein. Ich hab sein Gesicht angeschaut und bin dann schnell weggelaufen. Ach, aber bevor ich seinen Arm bewegt habe, hab ich eine Feder vom Fußboden aufgehoben. Nur eine kleine, gebogene Feder. Das ist doch nicht Diebstahl?«

»Nein, das ist sogar ein sehr wichtiges Beweisstück.«

»Wirklich, Daddy?« Sie strahlte ihn an. »Hab ich wirklich geholfen?«

»Hast du. Jetzt wollen wir mal sehen, ob du uns noch mehr helfen kannst. Was hast du direkt nach dem Mittagessen gemacht?«

»Wir sind zurück in unser Abteil gegangen, nicht wahr, Miss Dalrymple? Der Schaffner kam noch mal rein und hat gesagt, er schickt Ihr Telegramm an Granny, wenn wir in York ankommen. Dann waren wir in York, und wir haben die große Kirche gesehen, die heißt Münister oder so. Dann hab ich eine Zeitschrift gelesen, die Kitty mir geliehen hat.«

»Du hast nicht hinaus in den Gang geguckt?«

»Nicht, als ich gelesen habe. Aber ich hab eine Weile draußen gestanden, um zur Abwechslung mal aus dem anderen

Fenster zu schauen – ach nee, das war am Morgen. Als ich nicht mehr lesen wollte, bin ich gegangen und hab Kitty besucht. Tabitha war irgendwo anders bei ihrer Kinderfrau.«

»Wen außer Kitty hast du gesehen?«

»Ach, jede Menge Leute. Die kamen und gingen dauernd und redeten darüber, wer als erstes Mr. McGowan besuchen soll. Kitty durfte nicht, weil sie ihn nur ärgern würde. Kitty will gar nicht unhöflich sein, Daddy, sie sagt nur immer, was sie denkt, ohne erst zu überlegen.«

Daisy lächelte, und Alec erinnerte sich an ihren Kommentar über Kittys Unfähigkeit, ihre Zunge im Zaum zu halten. Ein entschiedener Nachteil für einen Mörder.

»Niemand hat erzählt, er hätte ihn schon gesprochen?«

Belinda überlegte und schüttelte den Kopf. »Hab ich nicht gehört. Mrs. Smythe-Pike meinte, es wäre am besten, wenn sein Bauch sich nach dem Mittagessen eine Weile beruhigt. Und ich glaube, daran haben sich alle gehalten. Jedenfalls war ich gar nicht so lange da. Ich hatte keine Lust mehr, dem Streit zuzuhören. Also bin ich zurück zu Miss Dalrymple gegangen und hab gefragt, ob ich Dr. Jagai besuchen kann. Er hat Dame mit mir gespielt und mir über Durham erzählt. Er ist unglaublich nett, Daddy.«

Da er Daisys drohenden Blick auf sich spürte, verschonte Alec seine Tochter mit seinem Verdacht. Dafür war immer noch Zeit, wenn sich ein Beweis gegen den Inder finden sollte. »Bist du auf dem Weg zu Dr. Jagai an Mr. McGowans Abteil vorbeigekommen?« fragte er.

»Ja, aber ich konnte nicht erkennen, ob jemand drin sitzt«, sagte Belinda rasch und blickte hinab. Er spürte, wie sich ihre kleine Hand wieder verkrampfte.

»Die Rolläden waren heruntergelassen. Er hat sie immer unten gehabt, und die Tür war doch immer zu.«

»Aber du hast etwas gehört, nicht wahr?« regte Daisy an.

»Ich hab nicht zugehört. Ich weiß nicht, was sie gesagt haben. Ich bin nur ganz schnell vorbeigegangen.«

»Aber es war jemand bei Mr. McGowan?«

»Ja. Nein! Ich weiß nicht. Ich weiß nicht, wer es war«, rief Belinda nervös.

Daisys wütender Blick erstickte Alecs nächste Frage im Keim. Statt dessen sagte er: »Nun denn, das reicht für's erste. Soll ich dich mal nach oben tragen, Belinda?«

»Nein, vielen Dank, Daddy«, sagte sie gefaßt, doch es war deutlich, wie fragil diese Fassung war. »Mir geht es gut, ehrlich. Und ich weiß doch, wie schrecklich beschäftigt du bist. 'Nacht.« Sie sprang auf, küßte ihn und eilte zur Tür.

»'Nacht, Schätzchen. Schlaf gut.«

»Gute Nacht, Miss Belinda«, ertönte Toms dröhnender Baß.

»Gut's Nächtchen, Miss«, sagte Piper.

Währenddessen sagte Daisy leise: »Ich werd sie keine Sekunde aus den Augen lassen.«

»Gott segne Sie.« Er drückte ihr von Herzen dankbar die Hand. »Ich versuch, später auf ein Wort vorbeizuschauen. Das wird noch ein langer Abend.«

Tom und Piper wünschten auch Daisy eine gute Nacht.

Während sich die Tür hinter ihr schloß, sagte Tom im Brustton der Überzeugung: »Miss Belinda hat was gehört.«

»Sie ist ganz verängstigt«, sagte Piper, »armes kleines Ding.«

Alec nickte besorgt. »Diese beiden Ereignisse heute haben miteinander zu tun, darauf würde ich Gift nehmen. Was auch immer es war, es hat sie zu sehr beeindruckt, als daß sie es vergessen würde. Morgen wird sie ruhiger sein, dann wird sie es mir bestimmt erzählen. In der Zwischenzeit haben wir aber noch reichlich zu tun. Ich werd als erstes mal den Rechtsanwalt befragen, Ernie, um Miss Dalrymples Information wegen der beiden Testamente zu überprüfen.«

»Mr. Braeburn? Geht in Ordnung, Chief.« Der junge Detective Constable eilte hinaus.

»Was glauben Sie, Tom?« fragte Alec.

Tom grinste. »Ich vermute, diesmal ist es der indische Doktor, den sie unter ihre Fittiche genommen hat.«

»Verdammt noch mal, Mensch, das mein ich doch nicht. Haben Sie denn keinen Verdacht, wer unser Übeltäter ist?«

»Nach dem, was Miss Dalrymple uns erzählt hat? Miss Kitty ist es jedenfalls nicht – und auch nicht der Arzt.«

»Ach, gehen Sie doch zum Teufel.« Alec blickte sich um, als die Tür aufging. »Was ist denn, Ernie?«

»Es scheint, daß Mr. Braeburn sich in sein Bett verzogen hat, Chief. Er hat sich in der Kälte auf dem Bahnhof eine Halsentzündung geholt. Hat sich ein Senfbad und heiße Umschläge und sonst noch was kommen lassen, sagt Mr. Briggs.«

»Tatsächlich! Nun ja, ich kann nicht darauf bestehen, daß er herunterkommt, also werde ich ihn in seinem Zimmer aufsuchen. Wollen wir mal hoffen, daß er nicht schon schläft. Ernie, Sie kommen mit. Tom, unterhalten Sie sich bitte mal mit dem Diener des Opfers, Weekes, so hieß er doch?«

»Geht in Ordnung, Chief. Wie wär's eigentlich mit einem Happen zu essen?«

»Man muß für einen guten Zweck auch mal hungern können, Sergeant.«

»Von mir aus kann Ernie gern hungern, wenn er will«, sagte Alec, »aber bestellen Sie mal ein paar Sandwiches für sich selbst und für mich, Tom, und wir nehmen dann einen Bissen, wenn Zeit dazu ist.«

»Moment mal, Chief, so war das auch wieder nicht gemeint«, protestierte Piper.

»Da lernst du mal, deinen Vorgesetzten und denen, die älter sind als du, Respekt zu zollen.«

Alec und Piper gingen hinauf. Obwohl das Hotel nicht groß war, gab es im ersten Stock viele verwinkelte Korridore und Treppen mit zwei oder drei Stufen. Um den Irrgarten komplett zu machen, schienen die Zimmernummern auf den Türen in keinem logischen Zusammenhang zu stehen. Aber Piper hatte sich schon vorsorglich nach dem Weg erkundigt und führte sie mit unfehlbarer Sicherheit ans Ziel.

»Da wären wir, Chief.«

Alec klopfte. Das antwortende Grunzen klang nach einem: »Wer ist da?«, doch beschloß er, es als ein »Herein« zu interpretieren.

Piper glitt hinter ihm ins Zimmer und schloß lautlos die Tür hinter sich.

»War ja auch Zeit.« Die beleidigte, leicht heisere Stimme kam aus dem grünen Ohrensessel, der mit dem Rücken zur Tür stand. Er war ganz nahe an den Kamin herangezogen worden, in dem ein kleines, eher funzeliges Kohlenfeuer glimmte. Nur die Spitze einer altmodischen Schlafmütze war zu sehen. »Das Wasser ist fast eiskalt«, fuhr die Stimme fort.

Alec bedeutete Piper mit einem Nicken, zu bleiben, wo er war, und sagte: »Ich fürchte, hier ist nicht das Zimmermädchen, Sir.«

Die Schlafmütze zuckte zusammen. »Was … ?«

Es war ein entsetztes Quaken, und das lange, schmale Gesicht, das um die Lehne des Sessels herum blickte, zuckte nervös. Mr. Braeburn schien fast zu befürchten, das nächste Opfer zu werden. »Wer zum Teufel sind Sie, Sir?«

»Polizei«, sagte Alec beruhigend. »Detective Chief Inspector Fletcher, Scotland Yard. Sie sind Rechtsanwalt Braeburn?« Widerwillig nickte der Anwalt und zog sich den Schal enger um den Hals. Unter dem gestrickten Tuch war das Ende einer schwarzseidenen Krawatte zu sehen, die ein wenig unpassend wirkte. Er trug einen warmen, exklusiven Morgenmantel aus brauner Wolle mit dunkelbraunem Samtkragen und ebensolcher Paspel. Grünseidene Pyjamabeine staksten unten hervor, und an den Füßen steckten Pantoffeln aus Schaffell. Das ehemals heiße Fußbad mit Senfkörnern war beiseite geschoben. In der Luft hing der Geruch von Friar's Balsam. »Was wollen Sie?« krächzte er. »Ich bin krank.«

Er wirkte auch krank, mit seinem blassen Gesicht und den dünnen, blutleeren Lippen. Hinter der goldumrandeten Brille sah man dunkle Tränensäcke.

»Es tut mir sehr leid, Sie stören zu müssen, Sir«, entschuldigte sich Alec. »Es war sehr freundlich von Ihnen, dazubleiben und die Polizei zu unterstützen. Nur kann ich mir nicht sicher sein, wie ich diese Angelegenheit angehe, bis ich nicht bestimmte Informationen über die Testamente der Gebrüder McGowan habe.«

»Ich war nie der Rechtsanwalt von Albert McGowan; allerdings wurde Alistair McGowan schon durch meine Kanzlei vertreten, ehe ich dort Partner wurde.«

»Aber Mr. Albert hat sich im Zug mit Ihnen beraten?« Alec blieb stehen, da es keinen zweiten Sessel im Zimmer gab und er sich schlecht unaufgefordert auf das Bett setzen konnte.

»Vermutlich hat Ihnen sein Diener das erzählt. Ja, Mr. Albert hat seinen Diener mit der Bitte zu mir gesandt, mich mit ihm zu besprechen, wenn ich einen Augenblick Zeit dazu hätte.«

»Und Sie haben sich dann auch mit ihm unterhalten?«

»Ja, obwohl ich durchaus deutlich gemacht habe, daß die übliche Gebühr anfallen würde, trotz der außerordentlichen Umstände.«

»Wann sind Sie zu ihm ins Abteil gegangen, Sir?«

»Da hab ich keine Ahnung, wirklich überhaupt keine Ahnung«, sagte Braeburn ungehalten. »Irgendwann, nachdem der Zug York verlassen hatte.«

»Hatte sich Mr. Albert hingelegt, als Sie ankamen? Ist Ihnen vielleicht ein Kissen aufgefallen?«

»Wirklich, Inspektor, Sie können nicht von mir erwarten, daß ich mich an solche Kleinigkeiten erinnere. Das einzige, womit ich mich auseindergesetzt habe, waren seine Fragen bezüglich einer Testamentsänderung. Das ist ja wohl auch das, was Sie interessiert, wenn ich Sie richtig verstanden habe?«

»Ja, Sir. Er hatte also tatsächlich vor, sein Testament zu ändern?«

»Es ist wohl kaum rechtens, daß ein Rechtsanwalt die Angelegenheiten seiner Mandantschaft mit Dritten erörtert. Allerdings ist es wohl unter diesen besonderen Umständen erlaubt, da Mr. Albert McGowan ja eigentlich nicht Mandant unserer Kanzlei war. Ja, er wollte sein Testament ändern, aber *nicht* zugunsten seiner Verwandten.«

»Nicht?«

130

»Ganz im Gegenteil. Er wollte es ihnen erschweren, seinen letzten Willen anzufechten.«

»Und der wäre?«

»Nach meinem Verständnis, obwohl ich sein Testament nicht kenne, wollte er alles einem jungen Arzt hinterlassen, abgesehen von einem kleinen Vermächtnis an seinen Diener. Dieser Haupterbe ist, glaube ich, Ausländer und mit ihm weder verwandt noch verschwägert. Es dürfte wohl kaum überraschen, daß die Familie ein solches Testament anfechten will. Nur ist es sehr unwahrscheinlich, daß ein Rechtsstreit für sie positiv ausgehen wird, wie ich auch schon Mr. Smythe-Pike und Mr. Gillespie mitgeteilt habe. Mr. Albert wollte trotzdem zur Sicherheit sein Testament unanfechtbar machen.«

»Wie hatte er vor – oder wie hatten Sie vor, das zu tun?«

»Auf sehr vernünftige Art und Weise.« Braeburns Tonfall belegte den bei Rechtsanwälten üblichen Unwillen, auch Laien ein Verständnis juristischer Sachverhalte zuzubilligen. »Er hatte vor, eine Stiftung einzurichten. Als Leiter wollte er die betreffende Person einsetzen, und Stiftungszweck sollte sein, eine Klinik in Indien zu gründen und zu finanzieren.«

»Bewundernswert«, sagte Alec. Seine Billigung rührte nicht aus irgendeiner juristischen Überlegung her, sie richtete sich auch nicht auf das wohltätige Vorhaben, sondern basierte auf der Erleichterung, daß Belindas Freund und Daisys Schützling wenigstens in dieser Hinsicht vom Verdacht befreit war.

»Leider«, fuhr Braeburn fort, »mußte ich ihn aber davon in Kenntnis setzen, daß die Summe, die er aus dem Vermögen seines Bruders zu erwarten hatte, mitnichten für dieses großangelegte Vorhaben ausreichen würde, das er sich vorstellte. Dunston Castle ist über die Jahre völlig heruntergekommen, der Grund und Boden besteht im wesentlichen aus Moor, und letztlich eignet es sich im Grunde nur zum Jagen und Angeln. Noch schwerer wiegt allerdings, daß Mr. Alistair in den letzten Jahren waghalsige Spekulationen an der Börse getätigt und darüber hinaus erhebliche Beträge für wohltätige Zwecke gespendet hat. Manche Menschen werden im Alter eben so.«

131

»Sie meinen, das Vermögen der Familie ist verschwunden?«
rief Alec aus.

»Es bleiben höchstens ein paar Tausend. Auch nur sehr wenige Tausend.«

»Haben Sie Mr. Gillespie davon unterrichtet?«

»Keinesfalls!«

»Ist Peter Gillespie denn nicht der Erbe von Alistair
McGowan?«

»Zu diesem Zeitpunkt war er es nicht.«

»Dann bestätigen Sie aber, daß Albert McGowans Tod ihn
zum Erben Alistairs machte?«

»In der Tat. Allerdings hielte ich es für höchst unpassend,
ihn über den Zustand des Gutes in Kenntnis zu setzen, ehe es
wirklich ihm gehört.«

»Und warum, Sir?«

»Zum ersten bezweifle ich, daß er, seine Frau und sein Sohn
Skrupel hätten, Mr. McGowan wegen der Verluste Vorwürfe zu
machen, selbst auf seinem Sterbebett. Zweitens kann es durchaus sein, daß Mr. McGowan sein Testament noch zugunsten
seiner eigenen Kinder ändert. Und Sie werden mir doch zustimmen, Inspektor, daß Mr. Peter Gillespie drittens als Täter
oder zumindest als Komplize der Hauptverdächtige ist.«

»Das mag ja alles sein, Sir.« Alec faßte in Gedanken noch
einmal alles zusammen, was er hier erfahren hatte. Daisy hatte
in bezug auf die Testamente in jedem einzelnen Punkt recht
gehabt.

Braeburn hatte überraschend bereitwillig Auskunft gegeben. Seine Stimme war zwar heiser, aber immer noch sehr
kräftig. Nach Alecs Erfahrung ließen sich Rechtsanwälte, obwohl sie eigentlich extrem verschwiegen waren, nicht mehr
bremsen, wenn sie einmal losgelegt hatten. Er wollte aber
nicht für die Verschlimmerung seines Gesundheitszustandes
verantwortlich sein.

»Nur noch eine Frage, Sir«, sagte er. »Haben Sie sonst
irgend jemanden gesehen, der in das Abteil von Albert
McGowan hineinging oder herauskam?«

»Keineswegs«, zischte der Rechtsanwalt. »Ich hatte wichtige Unterlagen dabei, die ich lesen mußte. An den Besuchern von Mr. McGowan hatte ich wahrlich kein Interesse, und ich konnte ja nicht ahnen, daß ich mir eine Befragung gefallen lassen muß.«

»Ganz recht, Sir. Vielen Dank für Ihre Mithilfe. Es ist ein Jammer, daß nicht mehr Menschen ihrer Bürgerpflicht nachkommen und der Polizei hilfreich zur Seite zu stehen.«

Braeburn lächelte schwach. »Nun denn, wir stehen ja beide auf derselben Seite des Gesetzes, nicht wahr, Inspektor? Im übrigen gehe ich davon aus, daß Sie keine Informationen weitergeben werden, die Ihnen vertraulich übermittelt worden sind.«

»Ich sehe keinen Grund, das zu tun, Sir«, versicherte ihm Alec, allerdings mit dem üblichen stillen Vorbehalt: Wenn es ihm dabei nützen könnte, einen Mörder dingfest zu machen, dann würde er sein Wissen ohne jeden Skrupel einsetzen.

Der Rechtsanwalt mußte jedenfalls kränker sein, als er wirkte, sonst hätte er sich vorher vergewissert, daß die Geheimnisse, die er preisgab, auch vertraulich behandelt würden.

Alec und Piper gingen nach unten in den Salon, wo sie Tom und einen kleinen Mann in einem korrekten schwarzen Anzug vorfanden. Als Alec eintrat, erhob sich der Diener.

»Das hier ist Mr. Weekes, Chief, der Diener des Verstorbenen. Wir haben uns bei einem Bier ein bißchen unterhalten.«

»Ich würde dann mal gehen, Sir, wenn ich nichts weiter für Sie tun kann.«

Hinter seinem Rücken nickte Tom kaum wahrnehmbar.

»Vielen Dank für Ihre Hilfe, Mr. Weekes«, sagte Alec. »Ich hoffe, der Tod Ihres Arbeitgebers hat Sie nicht allzusehr mitgenommen.«

»Es geht, Sir. Natürlich tut es mir leid, daß der arme Alte jetzt von uns gegangen ist. Hat mich sehr großzügig behandelt, hat er, wie ich schon Miss Dalrymple erzählt hab. Die ist aber auch eine wirkliche Dame! Nun denn, ich hoffe, Sie fassen den Übeltäter. Gute Nacht, Sir, und auch eine gute Nacht für Sie, Mr. Tring.«

Mit einem herablassenden Nicken in Pipers Richtung zog der Diener von dannen.

»Na, der hat dir aber gezeigt, wo du hingehörst, was, Kleiner?« bemerkte Tring.

»Ist das ein Sandwich, das ich vor mir erblicke?« fragte Alec, dem plötzlich sein rasender Hunger bewußt wurde.

»Wie denn, Sergeant, Sie haben nicht alles aufgegessen, als wir weg waren?«

»Da Mr. Weekes bereits gegessen hatte, hab ich keinen einzigen Bissen genommen. Was meinen Sie, Chief, können wir Ernie wohl ein halbes Sandwich übriglassen?«

»Wenn er zuerst zur Bar geht, schon. Sie nehmen noch einmal dasselbe, Tom?« Er reichte Piper eine Half-Crown, und der junge Mann eilte von dannen.

Während er fort war, erzählte Alec Tom, was der Rechtsanwalt zu sagen gehabt hatte. »Das riesige Familienvermögen, für das der alte Mann umgebracht worden ist, beträgt also nicht mehr als ein paar tausend Pfund«, endete er.

»Ah.« Tom überlegte. »Es hat auch schon Morde für ein paar Hundert gegeben, oder noch weniger. Jedenfalls ist anscheinend niemandem klar, daß die Reichtümer verschwunden sind. Miss Dalrymple weiß das jedenfalls nicht.«

»Nein, aber den ganzen Rest hat sie durchschaut, Chief, oder etwa nicht? Wie üblich.«

12

»Was ist eigentlich mit dem Diener ?« fragte Alec, als Piper mit zwei randvoll gefüllten Krügen in der einen Hand und einem dritten in der anderen zurückkehrte. »Miss Dalrymple hat nicht erwähnt, daß er was von Albert erbt. Vielleicht hat sie es nicht gewußt. Es mag ja nicht viel sein, aber wie Sie eben ganz richtig erwähnten, ist schon für weit weniger Geld gemordet worden.«

Tom schüttelte den Kopf. Er nahm einen großen Schluck

von seinem Bitter, wischte sich den Schaum vom Schnurrbart und streckte die Hand nach einem Sandwich aus. »Den würde ich streichen, Chief. Der war doch noch nicht einmal auf Miss Dalrymples Liste von Tatverdächtigen.«

»Das ist kein Grund, ihn nicht auf meine zu setzen.« Alec sah das Zwinkern in den Augen des Sergeant und merkte zu spät, daß er vorgeführt worden war. »In Ordnung«, sagte er resigniert. »Dann erklären Sie mal.«

»Weekes weiß von diesem Vermächtnis. Es geht nur um ein paar hundert Pfund und eine Golduhr. McGowan zahlte ihm hundertfünfzig im Jahr, natürlich mit allen sonstigen Leistungen.«

»Meine Güte«, sagte Piper, »hab ich also doch den falschen Beruf.«

»Ah, dafür hast du aber eine Zukunft, mein Junge. Weekes ist jetzt arbeitslos. Es tut ihm schon leid, daß der Alte fort ist, wobei er eher verärgert ist, als daß er trauert. Aber ich wollte noch an eine Sache erinnern: Miss Dalrymple hat doch gesagt, daß er als erster auf die verdächtigen Umstände aufmerksam gemacht hat.«

»Stimmt, das hatte ich vergessen. Den Rest von Miss Dalrymples Aussage über McGowans Krankheit und das Fenster und so weiter hat er auch bestätigt?«

»Jedes Wort, Chief.«

Alec kaute auf einem Bissen seines Schinkensandwichs, während er überlegte. »In Ordnung, der wandert meinetwegen ans Ende der Liste.«

»Wen nehmen wir uns also als nächsten vor, Chief?« fragte Piper.

»Wie geschickt von Halliday, alle an einem Ort zu versammeln, so daß wir nicht dauernd quer durch die ganze Stadt rasen müssen. Wir sollten uns wohl mal diesen indischen Arzt vornehmen. Anscheinend hat er kein Motiv, eher hatte er ein Interesse daran, daß McGowan weiterlebt, aber man weiß ja nie. Und vielleicht hat er auch ein paar medizinische Informationen für uns.«

Ganz zu schweigen von der Tatsache, daß Alec unbedingt den Menschen kennenlernen wollte, der so rasch die Zuneigung Daisys und Belindas gewonnen hatte.

Piper schluckte den letzten Bissen hinunter, trank den letzten Tropfen seines bescheidenen kleinen Bieres und zog los, den Doktor zu suchen. Als er die Tür öffnete, war Musik aus einem Radio oder Grammophon zu hören, die vom Salon der Hotelgäste den Korridor herunterwehte. »Ka-Ka-Ka-Katy« spielte gerade, ein flotter Schlager. So sah die Trauer um Albert McGowan also aus.

»Dreh das verdammte Ding leiser!« erscholl eine wütende Stimme.

Das Radio war völlig verstummt, als Piper Dr. Jagai hineinführte.

Alec war erstaunt, wie jung er war; aus irgendeinem Grund hatte er einen Mann von ungefähr vierzig Jahren erwartet, oder jedenfalls einen, der älter war als er selbst. Chandra Jagai war aber in Daisys Alter und damit um einiges jünger als Alec.

»Detective Sergeant Tring«, Alec deutete in Toms Richtung, »und ich bin Detective Chief Inspector Fletcher von Scotland Yard.«

Das runde, eher ernste Gesicht des Inders wurde von einem strahlenden Lächeln erhellt, und er streckte die Hand aus. »Guten Tag, Chief Inspector. Sie sind also Miss Belindas Vater. Ein wunderbares Mädchen.«

Er sprach perfekt Englisch. Alec schüttelte ihm die Hand. Dieser Mann war auch ihm sympathisch. »Vielen Dank, Doktor. Das finde ich auch. Setzen Sie sich doch.« Er durfte allerdings nicht zulassen, daß ein Lob seiner Tochter seine Einschätzung beeinflußte. »Wir hoffen, daß Sie uns helfen können.«

Das Lächeln schwand. Mit einem Seufzen sagte Jagai ernsthaft: »Ich wünschte nur, das könnte ich. Mr. McGowan war mir von Kindesbeinen an ein Vater, seit dem Tag, an dem meine Eltern gestorben sind. Er wird mir fehlen, und es wäre mir sehr wichtig, wenn ich dazu beitragen kann, seinen Mörder festzunehmen. Er war alt und krank, aber er hätte friedlich in seinem Bett sterben sollen.«

»Mein Beileid.« Also gab es immerhin einen Menschen, der ehrlich um Albert McGowan trauerte. Alec hielt taktvoll einen Augenblick inne und fragte dann: »Sie sind überzeugt, daß es Mord war, Sir?«

»Von einem medizinischen Standpunkt aus kann ich Ihnen das nicht endgültig bestätigen. Die Symptome könnten auch auf einen Herzinfarkt hindeuten. Ich halte allerdings einen Tod durch Ersticken für wahrscheinlicher – aber ich bin kein Gerichtsmediziner, nur ein Allgemeinarzt.«

»Machen Sie sich keine Sorgen. Ein Pathologe aus Newcastle ist auf dem Weg. Ist Ihnen zufällig die Temperatur des Leichnams aufgefallen, Dr. Jagai?«

»Sein Handgelenk war kalt. Aber er hatte ohnehin einen schwachen Kreislauf, weswegen sich seine Hände eigentlich immer etwas kalt und feucht angefühlt haben.«

»Er hatte ein schwaches Herz, tatsächlich? Und was ist mit der Dyspepsie?«

»Ich war ja nicht sein Hausarzt, aber ein Mann von achtzig Jahren hat Glück, wenn er kein schwaches Herz hat. Was die Dyspepsie angeht: darunter hat er wirklich sehr gelitten. Es hätte ihm starke Beschwerden verursacht, flach auf dem Rücken zu liegen, und ich hab nie erlebt, daß er sein Wismut nicht in Reichweite gehabt hätte. Miss Dalrymples Argumente sind sehr überzeugend.«

»Das offene Fenster eingeschlossen?«

Jagai lächelte schwach. »Er hat mich früher immer damit aufgezogen, daß mein Blut sich an die schottischen Verhältnisse angepaßt hätte, genau wie seins an das indische Klima. Er mochte es so warm, daß es dem normal gekleideten Engländer bei ihm grundsätzlich viel zu heiß wurde. Mich hat er immer aufgefordert, die Jacke auszuziehen, wenn sonst niemand zugegen war. Er hat die Kälte schon in Kauf genommen, wenn er ausging, aber Zugluft im Haus hat er für lebensbedrohlich gehalten.«

137

Keinesfalls hätte der Doktor so bereitwillig Daisys Aussagen bestätigt, wenn er am Tod des alten Mannes beteiligt gewesen wäre. Mit einiger Erleichterung beschloß Alec, daß der neue Freund seiner Tochter wahrscheinlich wirklich so nett war, wie sie ihn fand.

»Sie reisten dritter Klasse, hat man mir gesagt?« fragte er.

»Ja. Mr. McGowan hat mich mehr als großzügig unterstützt, aber ich wollte das Geld nicht für eine Fahrkarte erster Klasse verpulvern.«

»Sehr vernünftig, aber das meinte ich eigentlich nicht, Sir. Ich dachte, daß Sie damit zu weit entfernt waren, um zu sehen, wer ihn in seinem Abteil aufsuchte.«

»Leider ja. Jetzt wünschte ich natürlich, daß ich das Geld für eine Fahrkarte erster Klasse investiert und darauf bestanden hätte, bei ihm zu bleiben. Ich habe erst gemerkt, daß etwas nicht stimmte, als Belinda mich holte.«

»Das hat sie getan?« rief Alec aus. »D-Dai… Miss Dalrymple hat sie tatsächlich alleine losgeschickt, kurz nachdem sie eine Leiche entdeckt hat?«

»So wie ich es verstanden habe, hat Belinda das selbst angeboten. Zu der Zeit war sie durchaus ruhig und gefaßt, obwohl sie natürlich etwas aufgeregt war. Nach dem ersten Schock sind Kinder oft bemerkenswert widerstandsfähig. Erst später, als sie von Mord reden hörte, bekam sie Angst.«

»Daß sie selbst angegriffen werden würde.«

»Nein, überraschenderweise nicht.« Die dunkle Stirn Jagais legte sich in Falten. »Ihre erste Sorge war, daß man sie des Mordes beschuldigen könnte. Miss Dalrymple konnte sie beruhigen, und dann haben wir beide unser Bestes getan, um sie abzulenken.«

»Vielen Dank«, sagte Alec abwesend und fragte sich, wie seiner Tochter eine solch abwegige Idee in den Sinn kommen konnte.

Tom unterbrach das kurze Schweigen mit einer Frage. »Hat Mr. McGowan jemals erwähnt, daß er Angst vor irgendeinem seiner Verwandten hatte, Sir? Fühlte er sich bedroht?«

»Ganz im Gegenteil, Sergeant. Ich fürchte, er hat sie einfach nur verabscheut. Verstehen Sie, er ist ohne einen Penny nach Indien gegangen und hat es dann dort zu einem Vermögen gebracht. Sie hingegen hatten mit allen möglichen Vorteilen angefangen und endeten dann … ähm … finanziell in einer mißlichen Lage, ohne daß einer von ihnen die Energie aufgebracht hätte, etwas daran zu ändern.«

»Das entspricht ziemlich genau dem, was Weekes auch gesagt hat, Sir«, sagte Tom zu Alec.

»Einer aus der Familie scheint jedenfalls dann doch Energie aufgebracht zu haben«, sagte Alec grimmig. »Vielen Dank, Doktor. Das wäre für's erste alles, obwohl ich später vermutlich noch einmal mit Ihnen reden muß. Heute abend haben wir es etwas eilig, wenn wir nicht alle Welt bis in die Puppen wach halten wollen.«

»Ich stehe Ihnen jederzeit zur Verfügung, Mr. Fletcher. Ich hatte mir ein paar Tage vom St. Thomas' freigenommen, um Freunde in Edinburg zu besuchen, aber ich muß wohl nicht betonen, daß es mir viel wichtiger ist, Albert McGowans Mörder zur Rechenschaft gezogen zu sehen.«

Wieder schüttelten sie einander die Hände. Als Jagai sich zum Gehen wandte, sagte Alec: »Ach, übrigens, Doktor, Belinda hat Sie sehr in ihr Herz geschlossen. Sollte sie Ihnen zufälligerweise irgend etwas erzählen, das auch nur im entferntesten mit diesem Fall zu tun …«

»Dann komme ich sofort zu Ihnen.«

Wieder spielte das Radio, doch jetzt etwas leiser als vorher. Ein schwungvoller Schlager war zu hören, der unterbrochen wurde, als sich die Tür hinter Dr. Jagai schloß.

»Liebe Zeit«, sagt Piper, »wenn seine Haut nicht wär, würd man doch nie erraten, daß er ein Schwarzer ist!«

»Ein indischer Gentleman bitte, Ernie. Jedenfalls kein Mörder, würde ich sagen. Mal sehen, ob wir noch ein paar der weniger wahrscheinlichen Tatverdächtigen von der Liste streichen und etwas darüber erfahren können, was die wahrscheinlicheren gemacht haben. Als nächstes nehmen wir uns mal Mrs. Smythe-Pike vor. Sie wird uns bestimmt über ihre geheimnisvolle Schwester aufklären können, bevor wir die in die Mangel nehmen. Versuchen Sie bitte mal, die ohne ihren Heißsporn von Ehemann herzukriegen!«

Mit vom Bad rosigen Wangen saß Belinda in Unterhosen und Liberty-Hemdchen im Bett und hatte die Ärmel von Daisys roter Strickjacke bis an die Ellbogen aufgekrempelt. Ohne sonderliches Interesse begutachtete sie den Teller mit Aufschnitt, Brot, Butter und roter Bete auf dem Tablett auf ihrem Schoß.

»Ich bin aber nicht sehr hungrig.«

»Hast du etwa Süßigkeiten gegessen?« fragte Daisy, die vollkommen ausgehungert war. Auch sie hatte ein Tablett vor sich, und ihr Teller war längst leer gegessen.

»Erst nach dem Mittagessen.«

»Wir haben doch keinen Tee bekommen heute. Du mußt wirklich etwas zu dir nehmen, Liebling.«

»Ich hab etwas Brot gegessen. Mir schmeckt rote Bete nicht, wenn soviel Essig in der Soße ist.«

»Dann laß sie liegen. Ich muß schon sagen, das ist auch ziemlich albern, jemandem so etwas im Bett zu servieren, bei den Flecken, die das machen kann. Nimm doch ein bißchen Brot – es ist ganz dünn geschnitten – und ein bißchen Schinken. Soll ich's dir schneiden? Im Bett geht das so schwer.«

»Ja bitte. Ich hab meinen ganzen Kakao ausgetrunken.«

»Bravo.«

Daisy saß auf der Bettkante und schnitt den Schinken in kleine Häppchen. Belinda aß lustlos noch etwas und schob dann das Tablett fort. »Ich bin zu müde.«

»In Ordnung, Liebling. Für heute reicht das auch. Möchtest du die Jacke anbehalten, oder hast du es auch ohne sie warm genug?«

»Ich zieh sie lieber aus, und mein Leibchen auch. Die Wärmflasche genügt.«

Daisy half ihr, sich auszuziehen. Dann gab sie ihr einen Gute-Nacht-Kuß und drehte die Gaslampe über dem Bett aus.

»Sie werden doch nicht weggehen, oder?« fragte Belinda mit zittriger Stimme.

»Nein, ich bleibe hier bei dir.«

»Auch wenn ich schlafe?«

»Auch wenn du schläfst. Liebling, möchtest du mir nicht sagen, wovor du Angst hast?«

»Dem M-Mörder.«

»Aber Mörder töten niemanden ohne Grund. Und niemand hätte einen Grund, dich umzubringen, oder etwa doch?«

»N-nein.«

»Aber du glaubst, daß er einen haben könnte, nicht wahr? Sag mir doch, warum.«

»Nein, das kann ich nicht!« rief Belinda voller Panik aus. »Fragen Sie mich bitte nicht. Ich weiß nichts.«

»Ganz ruhig, mein Schatz, ganz ruhig.« Daisy nahm sie in die Arme und strich ihr einige karottenfarbene Haarsträhnen aus der Stirn, die vom Baden immer noch feucht waren. »Ich frag dich auch nicht weiter. Möchtest du jetzt schlafen?«

»Ja. Nur, könnten Sie bitte das Licht anlassen?«

»Ich drehe es ein bißchen runter, bis du eingeschlafen bist, und dann lasse ich die Lampe auf ganz niedriger Flamme an, wenn ich ins Bett gehe. Gute Nacht, Liebling, träum süß.«

Als Daisy sich wieder umwandte, nachdem sie die Gaslampe über ihrem Bett heruntergedreht hatte, war Belinda schon in einen erschöpften Schlaf gefallen. Dankbar drehte sie das Licht wieder heller. Nachdem sie die beiden Tabletts vor die Tür gestellt hatte, machte sie es sich im Sessel mit einem Buch gemütlich, das sie im Salon unten gefunden hatte. Es war ein Kriminalroman von Carolyn Wells, *The Mark of Cain*, den Daisy noch nicht gelesen hatte.

Doch jetzt las sie ihn auch nicht. Nachdem sie einen wirklichen Kriminalfall und sogar einen Mord vor der Nase hatte, konnte sie sich unmöglich auf einen fiktiven Fall konzentrieren.

Sie wünschte, sie wäre unten bei Alec und könnte seinen Unterredungen mit den Tatverdächtigen lauschen. Aber selbst wenn er sie zuließe, was an sich schon höchst unwahrscheinlich war, durfte sie Belinda nicht allein lassen. Was, wenn die Ängste des Kindes begründet waren? Daisy wagte es nicht, das Zimmer auch nur für eine Minute zu verlassen.

Noch nicht einmal, um zur Toilette zu gehen, was sie mit der Zeit immer dringlicher mußte. Alec hatte doch gesagt, er würde noch einmal vorbeischauen?

»Wenn unser Fräulein Kitty die Geschichte von Mrs. Smythe-Pike bestätigt«, sagte Alec, »dann können sie alle beide an das Ende der Liste wandern.«

»Und Mrs. Jeremy Gillespie auch«, warf Tom ein, »ohne daß wir die arme Dame beunruhigen müssen.«

»Wenn sie auch nur halb so schwanger ist, wie das klingt, können wir sie ohnehin streichen. Ich bin überrascht, daß Alistair McGowan von ihr verlangt hat, eine so weite Reise zu machen.«

»Wahrscheinlich hat er einfach nur ›alle‹ gesagt, und die Familie hatte Angst, ihn zu beleidigen …« Tom hielt inne, als sich die Tür öffnete.

»Nun geh doch bitte, Jeremy«, sagte eine klare junge Stimme, deren Besitzerin noch unsichtbar blieb. »Ich brauch dich wirklich nicht zum Händchenhalten, genausowenig wie ich Mummy oder Daddy brauche. Und wenn ich tatsächlich jemanden hier haben wollte, dann wäre das Ray. Jetzt kommen Sie schon, Detective Constable Piper!«

Detective Constable Piper kam schon und wirkte etwas entnervt, weil er von einem pummeligen Schulmädchen mit sandfarbenem Haar so herumgescheucht wurde. »Miss Gillespie, Sir.«

»Sie sind also Belindas Vater?« Kitty Gillespie stürzte sich mit ausgestreckter Hand auf Alec, und ihre haselnußbraunen Augen begutachteten ihn dabei ohne falsche Zurückhaltung. »Guten Tag, Detective Chief Inspector Fletcher. Kommen Sie wirklich vom Scotland Yard? Du liebes bißchen, das ist ja sensationell. In der Schule glaubt mir das bestimmt kein Mensch!«

Alec schüttelte ihr die Hand und gab sich größte Mühe, sein Lächeln zu verbergen. »Guten Tag, Miss Gillespie.«

»Ach, nennen Sie mich doch Kitty. ›Miss Gillespie‹ klingt so, als gäbe es Ärger in der Schule und ich müßte mal wieder zum Direktor. Ich muß schon sagen, Detective Chief Inspector Fletcher ist wirklich ein Zungenbrecher. Kann ich das irgendwie abkürzen?«

»Mr. Fletcher reicht. Das ist Detective Sergeant Tring, meine rechte Hand.«

»Guten Tag, Mr. Tring.« Kitty schüttelte auch ihm die Hand. Er strahlte sie an. »Liebes bißchen«, sagte sie noch einmal und ließ sich dann mit einem zufriedenen Seufzer auf das Sofa plumpsen. »Was möchten Sie also von mir wissen?«

»Fangen wir mal mit der Frage an, wo Sie sich in der Zeit zwischen dem Halt in York und der Notbremsung in der Nähe von Holy Island aufgehalten haben.«

»Das ist ganz einfach. Ich saß im Abteil mit Tante Amelia und Anne und Mattie fest. Gräßlich. Mummy hat mich gezwungen dazubleiben, weil sie alle Angst hatten, ich würde Großonkel Albert besuchen und ihn aufregen. Als ob die ihn nicht selbst genug aufregen würden.«

»Die drei waren die ganze Zeit über bei Ihnen?«

»Nein. Mattie wohl, aber Anne und Tante Amelia sind hinausgegangen, kurz nachdem Belinda zu Besuch kam. Onkel Desmond und Harold, dieser schreckliche Mensch, fanden, es wäre das Beste, wenn zunächst die Damen ihren Charme an Großonkel Albert walten lassen.« Das stimmte mit den Aussagen von Mrs. Bretton und Mrs. Smythe-Pike überein, wenn auch deren Formulierung weniger deutlich gewesen war. »Die waren nicht lange weg«, fuhr Kitty fort, »hat wohl nicht hingehauen. Dann kam Mummy herein und hat einen unheimlichen Aufstand gemacht, weil die beiden sich vor Daddy und Jeremy gedrängelt hatten. Da hat es Belinda gereicht, und sie ist gegangen. Ich wünschte, ich hätte das auch tun können.«

»Sie wollten Ihren Großonkel besuchen?«

»Ich wollte ihn bitten, Ray etwas Geld zu vermachen, also

meinem Bruder. Verstehen Sie«, sagte sie ernsthaft, »Daddy und Mummy und Jeremy brauchen es nicht wirklich, oder jedenfalls nicht *wirklich* wirklich, aber Ray schon. Es ist nicht seine Schuld, daß er es in keiner Arbeitsstelle aushält. Ich dachte, wenn er weiß, daß er etwas Geld bekommt, kann er Judith heiraten, und sie kann ihn versorgen, und vielleicht wird er dann auch wieder gesund. Jedenfalls wird Daddy ja jetzt alles kriegen, und dann kann er Ray einen Teil geben.«

»Und was ist mit dir, möchtest du nicht auch deinen Anteil?« fragte Alec mit wirklicher Neugier.

»Ich doch nicht. Ich werde Autorin, wie Miss Dalrymple. Ist sie nicht einfach absolut famos?«

Verzweifelt suchte Alec nach einer Antwort auf diese unschuldige Frage. Piper unterdrückte ein Kichern. Tom jedoch war der Anforderung gewachsen. »Absolut«, sagte er mit mühsam gewahrtem Ernst. Alec wagte nicht, ihn anzuschauen, denn er war sicher, daß er auf einen ausgesprochen neckenden Blick treffen würde.

»Dein Vater wird aber vielleicht nicht alles bekommen«, fuhr er eilig mit dem Gespräch fort. »Dein Großonkel Alistair kann sein Testament immer noch ändern.«

»Ich hoffe, das tut er. Ich seh nicht ein, daß wir Gillespies alles kriegen sollen, wo es doch für die ganze Familie reicht.«

»Es ist also ein sehr großes Vermögen?«

»Na ja, er hat Unmengen Geld von meinem Urgroßvater geerbt, und weil er ein Geizkragen ist, hat er nie etwas ausgegeben, also müßte es jetzt doch mehr geworden sein, mit Zinsen und dem ganzen Kram, oder etwa nicht? Tante Geraldine sagt, sie bräuchte nichts, aber es wäre ein Jammer, wenn Onkel Desmonds Kotten verkauft werden müßte. Die haben Pferde! Mensch, ich hab 'ne prachtvolle Idee. Ich werd Tante Amelia bitten, nächstes Mal Belinda einzuladen, wenn ich da wieder hinfahre, und dann können wir zusammen ausreiten. Sie würden ihr das doch erlauben, Mr. Fletcher, oder nicht?«

»Ich denk mal darüber nach«, sagte Alec diplomatisch. »Aber zurück zum Geschäftlichen. Weißt du, wer von deinen

Verwandten tatsächlich mit Albert McGowan gesprochen hat und wann das war?«

»So ziemlich alle, würd ich sagen, aber ich hab keine Ahnung, wann. Die sind dauernd gekommen und gegangen und haben irgendwas erzählt. Ich kann mich nicht erinnern, wer was wann gesagt hat, nur daß sie *alle* gesagt haben, Großonkel Albert habe nein gesagt. Ich glaub, Anne ist dann noch einmal hinausgegangen. Mattie nicht, aber Tante Amelia vielleicht, ohne daß ich sie gesehen habe. Ich wußte ja nicht, daß es einen Mord geben würde, also hab ich gelesen und nicht besonders aufgepaßt.«

Tiefes Bedauern lag in Kittys Stimme.

»Ein Jammer. Wenn dir über Nacht noch irgend etwas einfällt, kannst du mir das ja morgen erzählen. Nur noch eine Frage. Als du draußen auf der Stadtmauer warst und Belinda hast schreien hören, konntest du da irgend jemanden sehen?«

»Nein. Da war ich gerade hinter so einer Art Turm und hab mich ein bißchen vor Ray versteckt. Er hat mir dauernd gesagt, ich soll aufpassen, als wäre ich ein Kleinkind. Aber Belinda hat doch diesen Mann nicht wirklich gesehen, oder? Ich kann es ihr nicht verübeln, es war schon ziemlich gruselig da draußen, als es dunkel wurde. Da kann man sich leicht das schottische Heer oder die spanische Armada oder sonstwas vorstellen, das hinter einem herschleicht. Belinda geht es doch gut, oder? Sie war nicht beim Abendessen.«

»Miss Dalrymple hielt es für das Beste, wenn sie geradewegs ins Bett geht. Sie hat dir nicht erzählt, daß sie noch irgend etwas anderes gesehen hat, oder? Ich meine, abgesehen von dem Mann auf der Stadtmauer.«

Kitty schüttelte den Kopf. »Könnten Sie ihr das bitte mit vielen Grüßen von mir geben?« Aus einer Tasche holte sie eine fusselige dünne Lackritzschlange hervor. »Es ist meine letzte, aber Daddy meinte, ich kann mir morgen früh ein paar Berwick Cockles kaufen. Das sind Pfefferminzbonbons.«

»Vielen Dank, Kitty.« Alec wickelte die Süßigkeit gerührt in sein Taschentuch und steckte sie in die Tasche. »Das wäre dann erst mal alles. Vermutlich sehen wir uns morgen früh wieder.«

»Ich hoff's. Gute Nacht, Mr. Fletcher.« Wohlerzogen sagte sie auch Tom und Piper gute Nacht und verließ den Raum.

»Eine nette junge Dame«, sagte Piper und betrachtete aufmerksam seine stenographierten Notizen, »aber geredet hat sie ja für zwei.«

»Sie können dann anfangen, das ganze ins reine zu schreiben, Ernie«, sagte Alec. »Das mit den Berwick Cockles können Sie natürlich weglassen! Tom, ich möchte Sie bitten, im Scotland Yard anzurufen. Die sollen sich mit der Sûreté in Verbindung setzen und herausfinden, ob Mme Pasquier wirklich so wohlhabend ist, wie sie es gegenüber ihrer endlich wiedergefundenen Familie behauptet. Wie sagte noch Mrs. Smythe-Pike, daß ihr Mann heißt?«

»Schwül«, sagte Piper prompt. »Merkwürdiger Vorname für einen Mann.«

»Jules – J-U-L-E-S, Tom. Ich werd jetzt mal sehen, ob Belinda Miss Dalrymple irgend etwas Brauchbares erzählt hat.«

Er ging die Treppe hinauf und klopfte, nachdem er einen Fehlstart in einen anderen Gang unternommen hatte, bei Daisy an die Tür. Als sie öffnete, keuchte sie auf: »Gott sei Dank sind Sie endlich da.«

Völlig entsetzt wollte er fragen, was denn los sei, doch sie sauste schon an ihm vorbei, nahm mit einem einzigen Satz mehrere Stufen und verschwand um die Ecke.

Kein Höllenhund folgte ihr auf den Fersen. Alec blickte in das Zimmer. Dort war niemand, außer Belinda, die tief und fest schlief. Er ging zum Bett hinüber und beugte sich hinab. Sanft küßte er seine Tochter auf die Wange und kehrte dann verwirrt an die Tür zurück.

Das gedämpfte Rasseln einer Kette und lautes Wasserrauschen klärten ihn auf. Als Daisy zurückkehrte, lehnte er am Türpfosten und schüttelte sich vor leisem Lachen.

Verlegen und doch empört sagte sie: »Ich hab doch versprochen, sie auch nicht eine Minute allein zu lassen.«

146

»Gott segne Sie, meine Liebe.« Was würde sie eigentlich tun, wenn er sie küßte? Nein, dies war weder die Zeit noch der Ort dafür, so mitten in einem Fall und auch noch auf der Schwelle zu ihrem Schlafzimmer. »Ich wollte nur wissen, ob Belinda noch irgend etwas Wichtiges gesagt hat.«

Daisy runzelte die Stirn. Sie blickte nach links und rechts im Flur und sagte dann: »Kommen Sie herein, aber nur eine Minute.«

Er trat ein und schloß die Tür hinter sich. Der Drang, sie in die Arme zu schließen, war fast unwiderstehlich. Sie stand mit dem Rücken zur Lampe, und so leuchtete das Haar um ihr Gesicht wie ein Heiligenschein aus honigblonden Locken. Ihre blauen Augen, die in ihrer offenen Fröhlichkeit immer so anziehend wirkten, waren jetzt zwei mysteriöse Seen. Zwischen ihren Augenbrauen lagen zwei kleine Sorgenfalten – Sorge um seine Tochter. Er streckte einen Finger aus und glättete sie.

Sie lächelte. Vertiefte sich das Rosa ihrer Wangen?

»Belinda hat Angst«, sagte sie rasch, »was nach heute nur natürlich ist. Ich bin mir ganz sicher, daß sie glaubt, der Mörder hätte irgendeinen Grund, ihr nachzustellen. Aber das leugnet sie, wie sie überhaupt leugnet, daß sie irgend etwas weiß.«

»Hat sie Angst vor dem Mörder oder – Gott bewahre! – vor der Polizei? Dr. Jagai meinte, sie hätte Angst, der Tat beschuldigt zu werden.«

»Sie hat tatsächlich gefragt, ob man – ob Sie glauben könnten, daß sie es getan hat. Ich vermute, es liegt daran, daß sie diesen ganzen Unsinn angestellt hat mit dem Weglaufen und der Reise als blinder Passagier. Ich hab den Fehler gemacht, ihr zu sagen, es sei ›böse‹, seiner Großmutter wegzulaufen, anstatt eine Formulierung wie ›ungezogen‹ zu wählen. Und dann kam der Schaffner und drohte ihr im Scherz, er würde sie festnehmen, weil sie ohne Fahrkarte im Zug saß. Ich hätte darauf achten sollen, daß sie auch versteht, daß das alles nur ein Witz war.«

»Machen Sie sich keine Vorwürfe, Daisy. Sie hätten nicht erraten können, daß das alles noch wichtig würde, und wenn

147

es sie daran hindert, wieder wegzulaufen, dann ist es ja nur gut so.«

»Ich hoffe es. Aber verstehen Sie, sie hatte von vornherein Angst, Ärger zu bekommen. Immerhin würde das ihre erste Sorge erklären, daß man sie des Mordes anklagen könnte. Ich glaube aber nicht, daß diese Sache sie jetzt noch so beunruhigt. Ich hab ein ganz merkwürdiges Gefühl, Alec. Belinda hält ein wichtiges Stück vom Puzzle in der Hand. Vielleicht erkennt sie nicht, wo es hingehört. Aber wenn wir es in die Hände bekämen, dann hätten wir den Überblick, der uns fehlt.«

»Das glaube ich auch«, sagte Alec düster.

13

Da er aber Belindas Puzzlestück nicht hatte, konnte Alec jetzt nur sein Bestes tun, so viele der anderen Teile wie nur möglich einzusammeln. »Madame Pasquier«, sagte er zu Piper.

Piper kehrte zurück und berichtete, Madame Pasquier sei schon zu Bett gegangen. »Einfach völlig fertig, nachdem sie aus der Weltstadt Paris hier angereist ist.«

»Dann Mrs. Gillespie, bitte. Die Ehefrau von Mr. Peter Gillespie.«

Enid Gillespie brachte ihren Mann mit. Nicht, wie Alec zunächst annahm, weil sie das Gefühl hatte, seinen Schutz zu benötigen. Ihr Griff an seinem Arm glich eher dem eines Hundebesitzers am Halsband. Und Gillespie sträubte sich genauso dagegen wie ein Vierbeiner, der zu einem unerwünschten Bad gezerrt wird. Armer Hund – der Ausdruck traf hier genau zu. Sein schwerer Unterkiefer und sein in alle Richtungen abstehender roter Schnurrbart konnten ihn einfach nicht aggressiv wirken lassen.

Ganz anders seine Frau. Sie war klein, schlank und hoch aufgerichtet – der sprichwörtliche Hausdrachen: von den streng gewellten grauen Haaren über den dünnlippigen Mund

148

und den steifen Rücken bis hin zum scharfen Klappern ihrer Absätze auf den Fliesen im Flur.

»Sei nicht albern, Peter«, schimpfte sie, während sie beide Piper in den Salon folgten, »du machst dich nur lächerlich, wenn du alleine mit denen sprichst. Vergiß nicht, daß die Polizei uns nicht zwingen kann, irgendeine Aussage zu machen. Wir erfüllen lediglich unsere Pflicht.«

»Ja, Enid.«

Er schien ganz und gar unter ihrer Fuchtel zu stehen. Das Temperament ihrer Tochter hatte sie allerdings nicht bändigen können, dachte Alec, der sich ein Lächeln verkneifen mußte, als ihm Kittys überschäumende Art einfiel. Er stellte sich dem Ehepaar vor und forderte die beiden rasch auf, sich zu setzen, ehe Mrs. Gillespie das eigenständig zu tun beschloß. Es gab nur eins: sofort die Oberhand über sie gewinnen und dann behalten.

Am besten ginge das wohl, indem er sie einfach ignorierte. »Es muß ja eine große Erleichterung für Sie sein, Mr. Gillespie, daß Albert McGowan tot ist.«

»Ja ... Nein ... Ich meine ...«, stotterte der unglückselige Mensch.

»Sie hatten doch gebeten, *mich* zu sprechen, Chief Inspector«, unterbrach ihn seine Ehefrau.

»Das stimmt«, sagte Alec kühl, »aber da Sie es vorgezogen haben, Mr. Gillespie mitzunehmen, werden Sie wohl kaum etwas dagegen haben, wenn ich es meinerseits vorziehe, zunächst Ihrem Mann einige Fragen zu stellen. Es steht Ihnen selbstverständlich frei, jetzt zu gehen und später noch einmal wiederzukommen, wenn Sie das wünschen.«

»Natürlich bleibe ich. Mein Mann ist selbstverständlich vom viel zu frühen Tod seines Onkels erschüttert.«

»Sie sind erschüttert, Sir? Nicht erleichtert? Es muß doch eine Entlastung für Sie sein, bald ein großes Vermögen zu erben, denn Ihre Verhältnisse sind ja einigermaßen angespannt. Oder sehe ich das falsch?«

»Angespannt würde ich nicht gerade sagen«, protestierte Gillespie eher müde.

»Aber Sie können es sich nicht mehr leisten, in dem Stil zu leben, den Sie eigentlich gewohnt sind.«

»Dieser Tage ist auch alles so teuer!«

»Mein Mann kann mit Geld nicht umgehen«, zischte Enid Gillespie. »So hat er es ja auch geschafft … Geld zu verlieren«, beendete sie nach einer ungeschickten Pause den Satz. Eine entschlossene Frau, aber keine kluge.

»So hat er es geschafft, wegen Betrugs vor Gericht zu landen, wollten Sie eigentlich sagen?«

»Er ist nicht verurteilt worden!«

»Aber auch nicht freigesprochen? Nach schottischem Recht muß ein Verfahren aus Mangel an Beweisen gerade nicht eingestellt werden; vielmehr steht es dann so im Urteil.« Alec wußte sofort, daß er den Nagel auf den Kopf getroffen hatte. Peter Gillespie starrte unglücklich seine Schuhspitzen an, und der verkniffene Mund seiner Frau wurde noch schmaler. »Das ist jedenfalls kein Freispruch«, setzte Alec nach.

Also entsprach Harold Brettons Eröffnung an Daisy der Wahrheit und beruhte nicht nur auf reiner Böswilligkeit. Ob der Betrug arglistig war oder das Ergebnis wirklicher Inkompetenz, war hier auch nicht von Bedeutung. Gillespie brauchte Alistairs Vermögen, und er glaubte, daß es groß sei.

Nachdem er Enid aus der Fassung gebracht hatte, änderte Alec seine Herangehensweise. »Mr. Gillespie, um wieviel Uhr sind Sie zu Albert McGowan gegangen, um ihn zu überreden, sein Testament zu ändern?«

»Ich … um wieviel Uhr haben wir mit Onkel Albert gesprochen, Liebes?«

Sie warf ihm einen wütenden Blick zu. Alec vermutete, sie hatte leugnen wollen, den alten Mann aufgesucht zu haben. »Ich hab mir die Uhrzeit nicht gemerkt.«

»Aber es war nach Mrs. Smythe-Pike und Mrs. Bretton«, stellte Alec fest.

»*Und* nach Desmond Smythe-Pike und Harold Bretton.« Ihre Wut brach aus ihr heraus. »Die haben sich schon immer für was Besseres gehalten, weil er Gutsherr ist. Seit wir solche

Sorgen haben, sind sie einfach unerträglich geworden. Geschieht ihnen ganz recht, wenn die Klitsche verkauft werden muß.«

»Sie glauben also nicht, daß Alistair sein Testament zu ihren Gunsten ändern wird? Oder seinen Großneffen als Erben einsetzt?«

»Er wird sein Vermögen eher Geraldine vermachen«, sagte Peter Gillespie düster, »obwohl sie das Geld nicht braucht. Sie hat zwei Söhne, das sind seine Enkel.«

»Franzosen sind sie«, zischte seine Frau. »Die Schotten haben immer schon die Franzosen den Engländern vorgezogen.«

Egal, wen die Schotten wem vorzogen, überlegte Alec, es war nach wie vor nicht klar, wer der Erbe von Alistair McGowans im wesentlichen sagenumwobenem Vermögen war. Alberts Tod hatte das Erbe keinem bestimmten Familienzweig gesichert. Vor seinem Tod hatten sie noch alle gehofft, daß sein älterer Zwillingsbruder ihn enterben würde.

Damit hatte keiner von ihnen ein eindeutiges Motiv für den Mord. Wer auch immer Albert McGowans Mörder war, hatte auf eine Veränderung zu seinen Gunsten gesetzt – oder war schrecklich wütend geworden.

Harold Bretton war dem Wettspiel verfallen, hatte Daisy berichtet. Desmond Smythe-Pike verlor leicht die Beherrschung, und Raymond Gillespie war seelisch labil. Peter Gillespie war eindeutig nicht mehr der Hauptverdächtige.

»Also hatten die Smythe-Pikes und Brettons bereits Albert McGowan aufgesucht, als Sie bei ihm waren und ihn gesund und wohlbehalten vorfanden.«

»Ja«, sagte Mrs. Gillespie bedauernd, »aber ich bin mir sicher, daß einer von ihnen später noch mal zurückgegangen ist. Harold wollte sich um eine ruhige, vernünftige Unterhaltung bemühen, was in der Gegenwart seines Schwiegervaters nicht möglich war. Desmond glaubt, jemanden zu überreden bedeutet, lauter als er zu brüllen.«

»*Wissen* Sie denn, ob Mr. Bretton noch einmal zurückgegangen ist?«

»Ja …« Unter Alecs gestrengem Blick zögerte sie. »Na, ich will nicht behaupten, daß ich es genau *weiß*, aber er hat doch darüber gesprochen, oder etwa nicht, Peter?«

»Ja, o ja, er schien wild entschlossen, es noch einmal zu versuchen.«

»Was ist mit Ihren Söhnen? Wann haben die denn ihre Überredungskünste ausprobiert?«

»Überhaupt nicht«, konterte Enid Gillespie sofort, doch sagte ihr Mann im selben Augenblick: »Ach so, Ray ist auch noch vor uns hingegangen. Judith hat ihn hingeschleppt. Judith Smythe-Pike, meine ich. Ein nettes Mädchen. Sie tut ihm unheimlich gut.«

»Judith Smythe-Pike ist eine von diesen schrecklichen modernen jungen Frauen, die es ganz großartig finden, zu rauchen, zu trinken und zu fluchen. Amelia hat sie nicht im mindesten im Griff. Raymond ist Wachs in ihren Händen.«

»Sie meinen, Raymond würde jemanden umbringen, wenn Miss Smythe-Pike ihn dazu auffordern würde?« ging Alec sofort darauf ein.

»Auf gar keinen Fall«, sagte sie, doch wirkte sie eher unsicher. »Jedenfalls haben wir mit Onkel Albert gesprochen, nachdem Raymond ihn aufgesucht hat.«

»Und Jeremy?«

»Jeremy hat konstatiert, nichts würde ihn dazu bringen, seinen Großonkel anzusprechen. Er hielte das für ebenso sinnlos wie geschmacklos. Aber das liegt wohl nur daran, daß er schon immer den Weg des geringsten Widerstandes gegangen ist.« Sie warf einen verächtlichen Blick auf ihren Mann. »Ganz der Vater.«

Wenn sie erst einmal losgelegt hatte, zeigte Mrs. Gillespie ebensowenig Zurückhaltung in ihren Äußerungen wie ihre Tochter. Alec bezweifelte, daß sie überzeugend lügen könnte.

»Albert McGowan war gesund und munter, als Sie ihn vorfanden«, sagte er. »Und als Sie gegangen sind?«

Sie blickte ihn wütend an. »Gesund und munter, soweit es eben ging. Er hat seine Gesundheit mit einem übermäßig guten Leben ruiniert. Man hätte wirklich nicht gemeint, daß er überhaupt so lange leben würde!«

»Sind Sie denn sicher, daß er nicht einfach tot umgefallen ist, Chief Inspector?« erkundigte sich Peter Gillespie mit jammernder Stimme. »Er war sehr alt und nicht bei guter Gesundheit.«

»Das hat man mir berichtet«, sagte Alec knapp und fuhr fort: »Saß er eigentlich aufrecht, oder hatte er sich hingelegt, als Sie ihn besucht haben?«

»Er saß«, sagte Enid Gillespie, »und beklagte sich bitterlich, daß man ihn von seinem Nachmittagsschlaf abhielt. Wir sind nicht lange geblieben. Es war unmöglich, dem alten … Herrn Vernunft beizubringen. Diesen vermaledeiten schwarzen Erbschleicher seiner eigenen Familie vorzuziehen!«

Nicht ohne Grund, dachte Alec.

Aus dem Augenwinkel sah er, wie Tom auffallend umständlich seine Uhr hervorholte und sie betrachtete. Die Zeit verstrich, und es gab noch mehrere Tatverdächtige zu vernehmen.

»Das wär dann alles«, sagte Alec. »Für's erste. Ich werd Sie aber morgen früh noch einmal befragen müssen. Vielen Dank für Ihre Hilfe.«

»Wir helfen Ihnen ja wirklich gerne«, herrschte Mrs. Gillespie ihn an, »aber wir werden auf Dunston Castle erwartet.«

»Haben Sie denn nicht dort angerufen?«

»Wir haben ein Telegramm geschickt«, sagte Peter Gillespie. »Onkel Alistair weigert sich, ein Telephon anzuschaffen. Wir haben keine Antwort bekommen und wissen also nicht, was er von dieser Verzögerung hält.«

»Ich werde zusehen, daß Sie alle so kurz wie möglich aufgehalten werden«, sagte Alec und fügte trocken hinzu: »Und gleich lang, damit niemand einen unfairen Vorteil aus einer früheren Abreise ziehen kann. Erlauben Sie mir, Ihnen etwas verspätet mein Beileid zum Verlust Ihres Onkels auszusprechen.«

Mrs. Gillespie schnaufte auf. Immerhin besaß ihr Mann ausreichend Taktgefühl, um etwas peinlich berührt von dannen zu gehen.

153

»Judith Smythe-Pike, bitte, Ernie. Na, was meinen Sie dazu, Tom?«

»Er könnte vielleicht einen Mord begehen, wenn sie es ihm sagt, Chief. Aber ich glaub nicht, daß sie dem armen Kerl zutraut, daß er es richtig anstellt. Und daß sie sich selbst die Hände schmutzig macht, glaub ich auch nicht. Bei Raymond war sie sich aber nicht mehr so sicher.«

»Nein, das ist mir auch aufgefallen. Teuflische Sache, so eine Bombenneurose.«

Tom nickte zustimmend. »Und wo er auf der Stadtmauer war, wissen wir auch nicht genau. Wenn seine Schwester ihn gesehen hätte, dann hätte er gut behaupten können, Miss Belinda retten zu wollen.«

»Wenn der das war«, sagte Alec wütend, »dann werd ich ihn festnageln, komme, was da wolle. Ob er nun ein Schützengrabentrauma hat oder nicht.« Es gelang ihm, sich wieder zu beruhigen. »Er scheint den Großteil der Reise mit Miss Smythe-Pike verbracht zu haben. Wollen wir mal sehen, was sie dazu zu sagen hat.«

Als er Schritte im Korridor hörte, blickte er sich um. Statt des erwarteten Piper erschien ein großgewachsener dünner junger Mann in einem gut geschnittenen, aber leicht abgetragenen Anzug in der Tür.

»Wenn Sie Judith wollen«, tat er kampfeslustig kund, »dann werden Sie sich auch mit mir befassen müssen.«

»Also wirklich, Liebling, jetzt sei doch nicht so anstrengend«, ertönte eine gelangweilte Stimme hinter ihm. Miss Smythe-Pike schob den Arm durch den ihres Verlobten, und er trat ein wenig beiseite. Ihre kurzgeschnittenen Haare waren so blond, daß sie im Gaslicht fast schon silbrig wirkten. Das schwarze Abendkleid mit den langen Ärmeln und dem hohen Kragen war aufwendig bestickt und wirklich der letzte Schrei. »Ich bin mir sicher, daß der Chief Inspector nichts dagegen einzuwenden haben wird, schließlich hat er auch Onkel Peter bei Tante Enid dabeisein lassen.«

Ihr ironischer Blick traf Alecs Augen, und er erkannte, daß

sie sich sehr bewußt war, daß Peter Gillespie nicht zum Schutze seiner Frau mitgekommen war. In ihren Augen lag außerdem eine Bitte: *Ich brauche natürlich keinen Schutz,* stand darin, *aber lassen Sie ihn bitte glauben, ich bräuchte ihn.*

So ähnlich stellte Alec sich das jedenfalls vor. »Selbstverständlich, bleiben Sie doch«, sagte er zu dem jungen Mann. Lieber hätte er die beiden einzeln gesprochen. Er machte eine Geste zum roten Sofa, und die beiden setzten sich Hand in Hand. Piper trat hinter ihnen in den Raum und griff nach Notizblock und Bleistift. »Miss Smythe-Pike – und Mr. Raymond Gillespie, nicht wahr?«

»Ja.« Raymond bekam seine Manieren wieder in den Griff. »Guten Tag, Mr. Fletcher«, sagte er mit einem charmanten Lächeln. Sein Blick blieb kurz an Alecs Krawatte vom Royal Flying Corps hängen, doch kommentierte er sie nicht. Seine eigene Krawatte war in schlichtem Blau, keine Regimentsfarben. »Ich hab Ihre Tochter kennengelernt. Ein nettes Mädchen und eine dicke Freundin meiner frechen kleinen Schwester.«

»Man hat mir berichtet, ich hätte es Ihnen zu verdanken, daß Belinda aus einem Dornbusch befreit wurde.«

»Ach, daran haben Kitty und Jagai genausoviel Anteil.«

»Wie geht es Belinda, Chief Inspector?« fragte Judith Smythe-Pike. Ihre modisch erschöpfte Stimme ließ nur schwer erkennen, ob sie sich wirklich Sorgen machte oder nur aus Höflichkeit fragte. »Das arme Kind hat sich ja wirklich furchtbar erschrocken.«

»Ein paar blaue Flecken und hier und da ein Kratzer. Sie hatte Glück. Haben Sie irgendeine Vorstellung, ob sie wirklich von einem Mann bedrängt wurde – mag er nun feindselig oder nur hilfsbereit gewesen sein – oder ob das nur ihre Einbildung war?«

Die beiden blickten einander an und zuckten mit den Achseln. »Wir haben uns schon darüber unterhalten«, sagte Raymond. »Zunächst hatten wir angenommen, daß es nur in ihrer Phantasie geschehen ist oder, falls es den Mann doch gab, daß sie sein Vorgehen einfach falsch verstanden hat. Aber was ist, wenn sie im Zug etwas gesehen hat und irgend jemand sie beseitigen will?«

Unmöglich konnte er eine solche Vermutung äußern, wenn er damit zu tun hatte – es sei denn, er bluffte?

»Ich gehe davon aus, daß Mr. Fletcher diese Möglichkeit bereits bedacht hat, Liebling.« Wieder traf ihr Blick den von Alec, und er war sicher, daß sie seine Gedanken erriet. »Ich sehe aber nicht, wie wir das ohne ein Geständnis jemals herausfinden wollen. Sie möchten wahrscheinlich wissen, was wir im Zug gemacht haben, Chief Inspector. Wir waren die ganze Zeit zusammen. Ray wollte Onkel Albert nicht belämmern, aber Daddy hat mich gezwungen hinzugehen. Also hat er mich begleitet. Verstehen Sie, Daddy und Onkel Albert hatten sich gestritten, und er hoffte, ich könnte eventuell die wilde Bestie wieder zähmen.«

»Und haben Sie das?«

»Ein bißchen, aber nur, indem ich die Themen Geld und Testament vollkommen ausgespart habe.«

»Wollen Sie denn nicht Ihren Anteil am Vermögen der Familie sichern?«

»Ach, ich schon, aber Ray will das nicht. Jedenfalls weigert er sich, darum zu betteln.« Sie schenkte Raymond ein liebevolles Lächeln, in dem gleichzeitig auch ein bißchen Spott lag.

»Auch nicht um Ihrer selbst willen, Miss Smythe-Pike, damit Sie heiraten können?« Alec kam sich wie ein Charakterschwein vor, aber das mußte schließlich gesagt werden. »Wenn ich es richtig verstanden habe, ist Ihr Verlobter nicht in der Lage, seinen Lebensunterhalt zu verdienen, wegen seiner … Behinderung.«

Raymond wurde blaß.

»Aus der er niemals einen Vorteil ziehen würde«, sagte das Mädchen wütend. »Er läßt noch nicht einmal zu, daß *ich* um einen einzigen Penny bitte, egal, aus welchem Grund. Wir kommen schon irgendwie durch.«

»Beruhige dich, mein Herz.« Raymonds Stimme zitterte leicht. »Mr. Fletcher tut nur seine Arbeit.«

156

»Ich bitte um Verzeihung«, entschuldigte sich Alec. »Ich wollte Sie nicht verletzen. Aber Sie wissen selber, daß ich einen Mordfall zu untersuchen habe. Sie beide haben Albert McGowan besucht, nachdem Mr. Smythe-Pike und Mr. Bretton bei ihm gewesen waren, aber noch vor Mr. und Mrs. Gillespie?«

Miss Smythe-Pike antwortete, und der gelangweilte, gedehnte Tonfall der Ironie war schon wieder zurückgekehrt. »Ja, und was war Tante Enid wütend!«

»Können Sie das zeitlich genauer eingrenzen?«

»Das kann ich nicht. Kannst du das, Ray? Nein, ich fürchte nicht. Wir sind nicht lange geblieben. Es war entsetzlich heiß da drin, und er war nicht guter Laune und wirkte eher müde.«

»Sie haben nicht gesehen, ob er sich hinlegte, als Sie gingen?«

»Nein, obwohl er auf dem Sitz neben sich ein Kissen hatte. Also hatte er das vielleicht vor. Wir haben einen Spaziergang durch den Zug gemacht. Ray kann nicht so lange stillsitzen. Ach ja, gleich nachdem wir losgegangen sind, kam der Zug durch Durham; das dürfte Ihnen vielleicht weiterhelfen. Der Gang, in dem wir uns gerade befanden, war zufällig auf der rechten Seite des Zuges, und wir hatten eine großartige Sicht auf die Burg und die Kathedrale. Dann haben wir einen kurzen Halt gemacht, um Tabitha zu amüsieren, die kleine Tochter meiner Schwester, die bei ihrem Kindermädchen in der dritten Klasse saß.«

Alec blickte Tom an, der nickte. Er würde das morgen überprüfen. Er mußte das Kindermädchen ohnehin wegen der Zeiten befragen, zu denen Anne Bretton bei ihr gewesen war.

»Superintendent Halliday hat seine Leute angewiesen, Namen und Adressen aller Passagiere im Zug aufzuschreiben, Chief«, erinnerte ihn der Sergeant. »Notfalls können wir die immer noch herzitieren.«

»Haben Sie sonst noch mit jemandem gesprochen?« fragte Alec Miss Smythe-Pike.

»Haben wir das, Liebling?«

»Ich hab mich kurz mit dem Hauptschaffner und einem Kerl unterhalten, der seinen Hund im Abteil des Hauptschaffners besucht hat. Ein sehr schöner Setter. Das war, als du … ähm …«

»Als ich mir die Nase gepudert hab. Eine Minute oder zwei, nicht länger. Dann sind wir gemütlich zu den anderen zurückspaziert, ohne große Eile – wir haben sogar haltgemacht, als die Sehenswürdigkeiten von Newcastle im Gangfenster vorbeigezogen sind. Und als nächstes, holterdipolter, hat der Zug gebremst.«

»Du hast was vergessen, Ju. Ich bin nicht bei dir geblieben. Ich bin weitergegangen, um …«

»Um deine Nase zu pudern?« fragte sie leichthin, doch sah Alec, wie ihre Hand sich warnend fester um Raymonds schloß.

Er ignorierte die Warnung oder erkannte sie nicht als solche. »Nein, um mit Onkel Albert zu sprechen.«

»Sie haben also zwischendrin beschlossen, daß Sie vielleicht doch etwas Geld gebrauchen könnten?« fragte Alec, und alle seine Sinne waren hellwach.

»Nicht im mindesten. Mir fiel nur ein, daß ich immer schon vorgehabt hatte, ihn zu bitten, ob er nicht für Tante Julia etwas tun könne. Sie hat Onkel Alistair seit Ewigkeiten den Haushalt geführt, und er hat ihr mickrige hundert Pfund im Jahr hinterlassen. Beim ersten Mal hatte ich nichts gesagt, weil Onkel Desmond und Harold den alten Kerl so wütend gemacht haben mit ihrer Allianz. Da war ich mir sicher, daß bei ihm kein Durchkommen wäre.«

»War er dann beim zweiten Mal zugänglicher?«

»Ich weiß nicht, ob er das gewesen wäre. Ich hab es nicht herausgefunden, weil er einfach dalag, als ich die Tür aufmachte – ich dachte, er schlief. War er da etwa schon tot?«

Alec fixierte ihn mit dem berühmten Blick, unter dem Verbrecher erbleichten und Untergebene zitterten. »Wenn er da nicht schon tot war, dann ist er gestorben, kurz nachdem Sie jene Tür geöffnet haben. Sehr kurz danach.«

Raymond zitterte weder, noch wurde er bleich. Statt dessen sah er so aus, als sei ihm übel. »Ich hab ihn nicht umgebracht, diesen hilflosen alten Mann. Es war doch schon schlimm genug, das drüben auf dem Festland tun zu müssen, damit man nicht selbst umgebracht wird. Ihr hattet es ja gut, ihr Vogelmänner da oben über unseren Köpfen. Ihr habt doch nichts mitbekommen! Sie können sich nicht vorstellen …« Er barg das Gesicht in den Händen.

»Ist schon gut, Liebling.« Seine Verlobte legte ihm den Arm um die Schultern. »Hol tief Luft, genau so. Anhalten; und jetzt atme langsam aus. Fühlst du dich besser? Wir müssen wirklich Dr. Jagai bitten, daß er uns noch etwas mehr in seine Heilmethoden einweiht. Jetzt erzähl mal Mr. Fletcher, was du genau gesehen hast.«

»Nicht viel.« Er blickte mit einer selbstironischen Grimasse wieder auf. »Jedenfalls nicht genug, um Alpträume zu bekommen. Im Grunde habe ich nur seine Füße auf dem Sitz gesehen.«

»An welchem Ende der Sitzbank?«

»Am gegenüberliegenden Ende. Ich hätte sie an der Tür nicht sehen können, weil ich sie nur ein paar Zentimeter aufgemacht habe, und sie öffnete sich zum Sitz gegenüber dem, auf dem er lag. Er lag auf dem Sitz in Fahrtrichtung, Ju, weißt du noch? Er saß am Fenster, Chief Inspector, und deswegen hab ich auch in diese Richtung geschaut.«

»Hätten Sie denn gesehen, wenn irgend jemand bei ihm gewesen wäre?«

»O ja, ich glaub schon. Es sei denn, er oder sie wäre ins Gepäcknetz geklettert.«

»Ist Ihnen ein Glas aufgefallen?«

»Nein. Warum? Ist er vergiftet worden?«

Alec antwortete nicht. »Hatte er Schuhe an?«

»Schuhe?« überlegte Raymond mit gerunzelter Stirn. »Ich kann mich ehrlich gesagt nicht daran erinnern. Ich meine mich zu erinnern, daß er eine Decke auf den Beinen hatte, eine von diesen karierten Reisedecken.«

159

»Er hatte vorher eine über die Knie gelegt, als er aufrecht saß«, sagte Miss Smythe-Pike. »Vielleicht erinnerst du dich jetzt eher an unseren Besuch vorher.«

»Möglicherweise. Tut mir leid, ich bin mir wirklich nicht sicher.«

»War das Fenster auf?«

»Nein, das hätte er niemals zugelassen. Nach einem Leben in den Tropen hatte er richtiggehend dünnes Blut, der arme alte Kerl, und er hatte fürchterliche Angst vor Zugluft.«

»Liebling, bist du dir sicher, daß das Fenster geschlossen war? Oder nimmst du einfach nur an, daß es geschlossen gewesen sein muß?«

Raymond, der anscheinend etwas langsamer von Kapee als seine Verlobte war, begriff es jetzt. »Das Fenster war offen, als man ihn gefunden hat? Ist das der Grund, warum Miss Dalrymple vermutet hat, daß irgend etwas nicht stimmt? Ich könnte es jedenfalls nicht beschwören. Wenn ich jetzt darüber nachdenke, dann ist mir keine Hitzewelle aufgefallen, wie sie mir beim ersten Mal ins Gesicht geschlagen ist. Aber schließlich war der ganze Zug ja schrecklich überhitzt, und ich hab die Tür nur ein paar Zentimeter aufgemacht, wegen seiner Angst vor Zugluft.«

»Und durch diesen Spalt haben Sie seine Füße gesehen«, sagte Alec. »Was haben Sie dann als nächstes getan?«

»Ich nahm an, daß er schlief. Da Tante Julias Lage wohl kaum dringlich zu nennen ist, hatte ich keinen Grund, ihn zu stören. Ich hab die Tür schnell wieder zugemacht und bin losgezogen, um Judith zu suchen.«

»Und bei welchem Familienmitglied haben Sie sie gefunden?«

Sie zuckte zusammen. »Bei niemandem. Wir hatten in King's Cross alle miteinander vier Abteile mit Beschlag belegt, und alles zog immer von einem Abteil zum nächsten. In dem Augenblick war eines leer, also bin ich dort hineingegangen. Aber ehrlich, er war nicht länger als zwei Minuten fort, Mr. Fletcher, wenn überhaupt so lange.«

Ihre Behauptung hatte überhaupt keinen Wert, wenn man bedachte, daß sie vorhin schon einmal seinetwegen gelogen hatte. Die Frage war nur: hatte sie gelogen, weil sie wußte oder vermutete, daß er den alten Mann umgebracht hatte, oder schlicht, um ihn vor lästigen Fragen der Polizei zu schützen?

Raymond hingegen war sehr überzeugend. Alec sah drei Möglichkeiten: Entweder er sagte die Wahrheit, oder er war ein großartiger Schauspieler, oder er hatte während einem seiner Anfälle seinen Großonkel ermordet und konnte sich tatsächlich nicht daran erinnern.

Seufzend betrachtete Alec das junge Paar, das ihn ängstlich anschaute und schon wieder Händchen hielt. Er mochte sie; er wünschte den beiden im Grunde nur Gutes; aber er konnte sie wirklich nicht von seiner Liste streichen.

14

»Sieht ja wohl nicht so gut aus für den jungen Raymond, Chief«, sagte Tom ahnungsvoll.

»Nein, aber da sind auch noch ein paar andere, die wir sprechen möchten.« Alec schaute auf die Uhr. »Halb zwölf, verdammt. Ich hasse es, wenn ich die erste Befragung so kurz halten muß, aber ich will sie wirklich heute abend alle noch sehen. Und ich kann sie wohl kaum bis nach Mitternacht herumsitzen lassen.«

»Mich übrigens auch nicht, Chief.« Der Sergeant konnte ein Gähnen nicht mehr unterdrücken. Die Falten in seinem breiten Gesicht unter dem haarlosen Schädel waren vor Müdigkeit schon ganz tief geworden.

Die Woche in Newcastle war kein Sonntagsspaziergang gewesen, und der Sergeant wurde auch nicht jünger. Mrs. Tring würde nicht zögern, Alec eine ordentliche Lektion zu verpassen, wenn er ihr den Ehemann in einem schlechteren als perfekten Zustand ablieferte.

Was jedoch Alec selbst anging, war er schon von der bloßen

161

Vorstellung, daß seine Tochter in Gefahr sein könnte, dermaßen unter Strom gesetzt, daß er bereitwillig die ganze Nacht gearbeitet hätte.

»Wir haben auch nur noch drei vor uns«, sagte er.

»Sie lassen also die beiden Jungs noch ein bißchen schmoren, was? Jeremy Gillespie und Harold Bretton?«

»Einerseits. Andererseits hab ich das Gefühl, daß Smythe-Pike es krummnehmen würde, wenn wir ihn uns bis zuletzt aufheben. Wenn seine Launen so wechselhaft sind, wie man …«

Ein Brüllen aus dem Salon unterbrach ihn: »Gottverdammich, wenn ich mich für irgendeinen verdammten Kleppermantelmann auf den Weg mache, bei meinem kranken Bein. Soll er doch herkommen!«

»Anscheinend sind sie das«, bemerkte Tom grinsend.

»Wenn der Prophet nicht zum Berg kommt«, sagte Alec resigniert und stand auf, als Piper wieder erschien, »dann muß der Berg eben zum Propheten gehen. In Ordnung, Ernie, wir haben schon gehört. Wir sind auf dem Weg.«

»Er hat Gicht, Chief. Und wenn Sie mich fragen, dann hat er schon ein bißchen tiefer ins Portweinglas geguckt.«

»Ein bißchen angedudelt ist er also?«

»Voll wie eine Strandhaubitze«, sagte Piper. »Obwohl der alte Kerl es sich nicht so deutlich anmerken läßt wie die anderen beiden. Mr. Gillespie hat Whiskey gekippt, und Mr. Bretton ist auf Brandy mit Soda abonniert. Aber viel Soda nimmt er nicht.«

»Zum Teufel aber auch! Und morgen früh hat der ganze Trupp dann einen Kater. Ich kann nur hoffen, daß der Alkohol ihnen die Zunge gelöst hat. Die andern sind alle schon zu Bett gegangen?«

»Ja, Chief.«

»Immerhin etwas.« Er schob die Tür auf und trat in den Salon. »Guten Abend, meine Herren. Detective Chief Inspector Fletcher, Scotland Yard.«

»Sie sind also auch Schotte?« fragte der junge Mann mit den verquollenen Augen und dem blonden Haar, der sich in einen Sessel am Kamin gefläzt hatte. Vermutlich war das Jeremy Gillespie – tatsächlich sah er seiner Schwester Kitty ähnlicher als seinem Bruder Raymond. »Diese Kerle hier sind alle Tom… Tom… Engländer. Wir Schotten müssen doch zusammenhalten.«

»Scotland Yard, Sir. Von der Metropolitan Police.«

»Verdammte Sch-Schotten«, sagte ein anderer, der am Kaminsims lehnte. Dünnes, mit Pomade zurückgekämmtes Haar, ein wunderbar elegant geschnittener Smoking – das mußte einfach Harold Bretton sein, der Möchtegern-Salonlöwe.

Er kam einen Schritt vor und wedelte dabei mit dem Glas herum. »Was-s darf's denn sein für Sie, Schief Inschpecktor?« Sein Getränk schwappte ihm über die Hand, und er trat klugerweise den Rückzug an, um sich wieder abzustützen.

»Ich bin im Dienst, vielen Dank, Sir.« Alec hatte keine Lust auf einen Drink, aber der Aschenbecher auf dem Kaminsims, in dem viele Zigarettenkippen lagen, weckte in ihm den Wunsch, seine Pfeife anzuzünden.

»Hör auf, Unsinn zu erzählen!« Keine Frage, wer der laute Herr mit dem lilafarbenen Gesicht war, dessen Bein auf einem Schemel ruhte. Desmond Smythe-Pike sah vom Scheitel bis zur Sohle aus wie der heftig reitende, heftig trinkende Großgrundbesitzer. Am Tisch an seiner Seite lehnte neben einer fast leeren Karaffe ein Spazierstock mit Silberknauf. Zwischen dem weißen, etwas zotteligen Haarschopf und dem ebenfalls weißen, üppigen Schnurrbart waren glasige Augen zu sehen, doch war seine Aussprache von seinem Alkoholkonsum nicht beeinträchtigt. »Sie da! Wenn Sie die verdammte Frechheit haben, mich unbedingt befragen zu müssen, dann beeilen Sie sich wenigstens!«

Alec beschloß, daß er die beiden jüngeren Herren schlecht bitten könnte, woanders auf ihr Gespräch zu warten. Die würden nur irgendwohin verschwinden und da wahrscheinlich umkippen. Er lehnte sich an den Sessel gegenüber vom Grundbesitzer und sagte: »Erzählen Sie mir bitte von Ihrem Gespräch mit Albert McGowan, Sir.«

»Der Mann war ein verdammter Verräter, nicht nur, was

seine Familie angeht, sondern seine ganze Rasse«, trompetete Smythe-Pike. »Der eigene Onkel meiner Frau hinterläßt das Familienvermögen einem Eingeborenen!«

»Haben Sie ihm deswegen Vorwürfe gemacht?«

»Ich hab wohl tatsächlich etwas die Fassung verloren.« Immerhin wirkte er peinlich berührt. »Ist ja nicht ganz *comme il faut*, den alten Kerl so anzubrüllen, das weiß ich wohl. Aber es hat mich einfach auf die Palme gebracht, wie er dasaß. Hat mir ins Gesicht gesagt, er könne tun, was er wolle, mit dem, was ihm gehört. War völlig ruhig dabei.«

»Blieb aber nich' ruhig«, warf Bretton ironisch ein. »Hat schon auch au-ausgeteilt. Obwohl, lautstärk'mäßig hat mein lieber Schwiejerpapa wohl doch gesiegt.«

Alec wandte sich zu ihm. »Aber Mr. Smythe-Pike hat in der Sache nicht gewonnen, Sir. Deswegen sind Sie ja später noch einmal zurückgegangen, um es erneut zu versuchen.«

»Wer ssum Teufel hat Ihn' denn das erzählt?« Bretton richtete sich auf und starrte Jeremy Gillespie wütend an.

»Ich nich', mein Lieber. War noch nich' dran, bei den Bullen alles auszuplaudern.«

»Aber dann wirste zugeben, daß du hingegangen bist! Nach all dem fromm' Gequatsche, man soll'n kranken alten Mann nicht belas-belästigen. Hab doch gesehen, wie du aus'm Abteil gekommen bis'.«

Gillespie setzte sich aufrecht hin. »Moment mal! Deine Insin… Insinu… deine verdammten schlauen Bemerkungen kannst du dir sonstwo hinstecken. Ich binnich rausgekommen, weil ich nich' reingegangen bin, weil ich inner Tür schon gesehen hab, daß er pennt.«

»Oder dasser tot is'«, lallte Bretton aggressiv. »Hast dich wohl noch mal umgedreht, um die ge-geleistete Arbeit zu bewundern, was?«

»Der hat geschlafen! Bis du vorbeigekommen bis' und ihn übern Jordan befördert hast.«

»Euch beide sollte man mit der Peitsche traktieren«, brüllte Smythe-Pike.

»Könnten wir bitte mal wieder zu den Fakten zurückkehren«, sagte Alec scharf. »Mr. Gillespie, Sie sind also losgezogen, um mit Ihrem Großonkel zu sprechen, nachdem Ihre Eltern ihn verlassen hatten?«

»Nee, nicht sofort.« Gillespie starrte ihn an, schockiert, aber auch wieder gefaßt. »Das Mütterlein hat gesach', Onkel Albert kocht vor Wut nach dem Inter-Intermezzo mit Onk'l Desmond, also hab ich 'n bißchen gewartet, damit er sich abkühlt.«

»Wie lange?«

»Wie lange?« Er starrte mit leerem Blick in die Ferne. Alec hoffte, daß dieser Blick sich vielleicht auf die Vergangenheit richtete. Doch schon gewann der Whiskey wieder die Oberhand. »Wie lange? Wie lange was?«

»Wie lange haben Sie gewartet, ehe Sie Albert McGowan aufgesucht haben?«

Gillespie wedelte mit der Hand. »Ach so, das. 'ne Weile. ›Wenn man sich wirklich liebt‹«, sang er plötzlich los, »›stellt man keine dummen Fragen.‹«

Alec gab auf. »Was ist denn mit Ihnen, Mr. Bretton? Sind Sie gleich zu Mr. McGowan ins Abteil gegangen, nachdem Sie Mr. Gillespie an der Tür gesehen haben?«

»S'ungefähr.« Er löste sich von dem stützenden Kaminsims und ging mit unsicheren Schritten hinüber zu Alec. »Endlich, werter Freun'«, sagte er vertraulich und pustete seine Fahne in Alecs Gesicht, während er den Rücken des nächststehenden Stuhles packte, um sich abzustützen, »ei-gent-lich, verehrter Freund, was macht das denn schon? Er hat schon recht, finnich. Was für'n Sinn hass denn, so Frahn ssu stelln? Albert war'n alter Mann, ein ssehr alter Mann, und nich' bei guter Gesundheit. Wär sowieso bald 'storm. Hätt ma doch'm alt'n Bassard dabei 'n bißchen helfen könn'?«

»Haben Sie das denn?« fragte Alec durch zusammengebissene Zähne. Dieser Mann widerte ihn an.

»Ich?« Bretton glich einer erschreckten Eule. »Iich? Aber bess-stimm' nich'! Meine grösse Chance is' doch, den Geisskrag'n ssu überreden. Gro-Großvater, wissense. Großvater meiner Frau, Urgroßvater vom Kleinsten. Hab den klein'n Brüllaffen nach ihm benannt, mussoch einfach fun-funkssioniern.«

»Und warum haben Sie dann ...« Ein ohrenbetäubendes Schnarchen unterbrach Alec. Desmond Smythe-Pike war unbemerkt in den Tiefschlaf gefallen. Nachdem ihn sein eigener Krach aufgeweckt hatte, blinzelte er, sagte mit belegter Stimme: »Bett« und tastete nach seinem Spazierstock.

Resigniert machte Alec eine Geste in seine Richtung. »Tom.«

Der große Sergeant war dem großen Gutsbesitzer behilflich, als er stolpernd aus dem Raum humpelte. Alec begutachtete die anderen beiden. Jeremy Gillespie döste weiter friedlich vor sich hin, ein beseligtes Lächeln auf den Lippen.

Und, warum sollte er auch nicht fröhlich sein? Wie die Dinge derzeit standen, war sein Vater Erbe des McGowanschen Vermögens.

»Ernie, kommen Sie mit dem klar?«

»Ich glaub schon, Chief.«

Harold Bretton stand immer noch aufrecht. Mehr oder weniger. Alec wollte ihn gerade bitten, sich zu setzen und einige weitere Fragen zu beantworten, als er mit einem letzten Rest Würde quengelte: »Schaff *ich* selber!« Er tastete sich von Stuhl zu Stuhl und manövrierte sich auf diese Weise zur Tür.

Als Bretton ging, kam der Gastwirt Briggs aus der öffentlichen Bar von nebenan, die nur noch für Hotelgäste geöffnet hatte. »Wenn Sie hier fertig sind, Sir«, sagte er, »dann werd ich wohl langsam schließen?«

»Haben Sie etwa gelauscht?« fragte Alec ungehalten. Er ging zum Kamin und rieb sich die kalten Hände. Müde flackerten die Überreste eines Kohlenfeuers darin.

»Lauschen würd ich nicht sagen, Sir. Konnte aber nicht anders, als das eine oder andere Wort mitzubekommen. Aus den dreien haben Sie nicht viel herauskitzeln können, was? Der ganze Haufen war ja sternhagelvoll.«

»Haben die denn wirklich so viel getrunken?«

»Und wie. Das war nicht gespielt, glauben Sie mir. Nervös waren die, bestimmt. Man wird ja auch nicht alle Tage eines Mordes verdächtigt. War es einer von denen?«

»Ich kann den Fall wirklich nicht mit Ihnen besprechen, Mr. Briggs. Und Sie haben über das, was Sie eben mitgehört haben, Stillschweigen zu wahren. Ich bin noch nicht ganz fertig, aber wir können in Ihr Wohnzimmer gehen, wenn Sie möchten.«

»Sie können genausogut hierbleiben, Sir. Würden Sie nur die Lichter ausmachen, wenn Sie hinaufgehen?«

»Ja. Ehe Sie gehen, könnten Sie uns bitte drei Hot Toddies bringen? Und den Polizisten an der vorderen Tür und am Hinterausgang eine Tasse heißen Kakao.«

Der Wirt seufzte märtyrerhaft. »Jawoll, Sir«, sagte er und stapfte von dannen.

Tom erschien im selben Moment wie der Hot Toddy. Er ließ sich in einen Sessel am Kamin sinken und nahm einen kräftigen Schluck. »Aaah! Danke schön, Chief, genau das Richtige. Smythe-Pike hatte seine Zimmernummer vergessen. Aber unser Ernie hatte sie alle auswendig gelernt, sogar die von der Dienerschaft. Brauchte ich nur seinen Burschen zu holen.«

»Und Sie haben sich dabei gleich ein bißchen mit dem Mann unterhalten, hoffe ich.«

»Aber natürlich, Chief. Der alte Herr hat wirklich die Gicht. Er ist kräftig, aber wahrscheinlich nicht beweglich genug. Eher würde er in einem Wutanfall dem alten Herrn eins mit dem Spazierstock über den Schädel geben, als daß er ihm ein Kissen auf das Gesicht drückt. Der Diener hat Miss Smythe-Pike und Raymond Gillespie mit der Kinderfrau und den Kindern gesehen, weiß aber nicht, um wieviel Uhr das war.«

»Möglicherweise müssen wir uns wegen der Uhrzeiten noch einmal mit dem Hauptschaffner und dem Kontrolleur unterhalten«, sagte Alec. »In jedem Fall brauchen wir einen Fahrplan, und wir müssen alle fragen, ob ihnen aufgefallen ist, wann der Zug durch Durham und Newcastle gefahren ist.

Wollen wir mal hoffen, daß wir nicht auch noch die Alibis der übrigen Passagiere überprüfen müssen.«

Ernie kam zurück. Mit Hilfe seiner Notizen zu den Befragungen besprachen sie die anderen Tatverdächtigen. Alec nahm den letzten Schluck seines Toddy und beschloß dann, daß diese Arbeit ohne vernünftige Aussagen von Smythe-Pike, Bretton und Jeremy Gillespie nicht sinnvoll weitergehen konnte. Irgend etwas rumorte in ihm, jemand hatte etwas Wichtiges gesagt. Aber er konnte es nicht benennen. Wahrscheinlich würde es ihm um drei Uhr morgens einfallen.

Er war gerade soweit, alle ins Bett zu schicken, als sie die Vordertür aufgehen und den wachhabenden Constable sagen hörten: »Im Salon brennt noch Licht, Sergeant.«

Schwere Schritte ertönten im Flur, dann klopfte ein uniformierter Polizeibeamter an die offene Tür des Salons und trat ein, in den Händen ein braun eingeschlagenes Paket.

»Sergeant Middlemiss, Sir. Superintendent Halliday schickt einen Gruß, und hier ist das gesuchte Kissen. Jedenfalls sieht es so aus wie die Überreste eines Kissens. Die Polizei von Gateshead hat es direkt neben den Bahngleisen gefunden. Sieht jedenfalls nicht gerade aus wie Wäsche, die irgend jemandem von der Leine weggeweht ist.«

»Gateshead? Wenn der Mörder nur ein paar Minuten gewartet hätte, wäre das im Tyne River gelandet!«

»Jawohl, Sir.«

Während Alec, Tom und Piper sich um ihn scharten, riß Middlemiss das Päckchen auf. Ein schmuddeliger, zerrissener Kissenbezug mit den schlappen Überresten eines Kissens lag darin – gestreifter Baumwollbezug, ebenfalls zerrissen, und ein paar Daunen.

»Was ist das denn?« Alec hob den Kissenbezug unten an, so daß das schmutzige weiße Tuch zwischen ihm und Middlemiss ausgebreitet war.

Neben den schwarzen Flecken und dem allgemeinen Schmuddel, der jeden Gegenstand befallen hätte, der mehrere

Stunden in der Nähe von Bahngleisen lag, waren vier lange, bräunliche Streifen zu sehen.

»Aha!« sagte Tom. »Wenden Sie es doch mal bitte.«

Piper nahm das Kissen heraus, und Middlemiss wendete den Bezug. Alec sah eine Kennzeichnung der Wäscherei. Der Besitzer des Kissens konnte also leicht nachgewiesen werden. Auf der weißen Innenseite des Kissenbezuges waren die braunen Schlieren deutlich zu sehen. Vier waren es. Sie verliefen am oberen Teil einigermaßen parallel und gingen dann enger aufeinander zu, wobei ihre Farbe dabei schwächer wurde. Der erste und der dritte Strich begannen auf einer Höhe. Der zweite war etwas länger, der vierte kürzer und schmaler.

Alec bog die Finger seiner linken Hand zu einer Klaue und hielt seine Hand genau über die Spuren.

»Blut!« rief Piper aus.

»Der gute alte Albert hat ihn gezeichnet, Chief. Wir haben ihn.«

»Das will ich hoffen. Wenn das hier das ist, wonach es aussieht, dann hat unser Freundchen Kratzer am Leibe, die er nur mit Mühe wird wegerklären können. Dr. Redlow wird uns noch sagen, ob es das Blut eines Menschen ist. Mit etwas Glück wird er sogar die Blutgruppe bestimmen können.«

»Was ist eine Blutgruppe, Sir«? fragte Sergeant Middlemiss, der interessiert ihre Handlungen und Worte verfolgt hatte.

»Jeder Mensch hat einen von vier unterschiedlichen Typen von Blut, Sergeant. Manche Typen gibt es häufiger als andere. Das ist eine relativ neue Entdeckung, die im Großen Krieg durchaus von Nutzen war, weil dadurch Bluttransfusionen sicherer geworden sind. Wenn wir jemanden finden, der Kratzer hat und dessen Blutgruppe der auf diesem Kissenbezug entspricht, dann haben wir ein weiteres Indiz. Es wäre zwar kein zwingender Beweis, aber dennoch nützlich.«

»Aber, Chief«, knurrte Tom, »wir haben heute schon alle gesehen, mit Ausnahme von Madame Passkwieh. War kein einziges zerkratztes Gesicht dabei.«

»Wären Ihnen zerkratzte Hände auch aufgefallen? Mir wahrscheinlich nicht.«

»Raymond Gillespie und Dr. Jagai haben sich verletzt, als sie Miss Belinda aus dem Dornbusch geholt haben«, erinnerte ihn Piper. »Vielleicht war das auch der Hintergrund dieser mysteriösen Angelegenheit. Vielleicht ist Miss Belinda in den Dornbusch getrieben worden, damit der Täter eine Ausrede für die Kratzer hat.«

Alec wurde schlecht bei dem Gedanken, daß man ein solches Risiko eingehen könne für ein so wenig sicheres Ergebnis. Wie wahrscheinlich war es denn, daß ein erschrockenes Kind auch wirklich in ein Dornendickicht flüchtete, vor allem in einem unbekannten Gelände? Er konnte sich nicht sicher sein, ohne vorher auf die Stadtmauer hinaufzugehen und sich das Gelände anzuschauen, aber im Grunde schien ihm diese Spielart kaum denkbar.

Er wollte den jungen Piper jedoch nicht entmutigen, indem er ihm vor einem Fremden die Fehler in seiner Theorie nachwies. »Das ist ein guter Hinweis, Ernie«, sagte er, »aber ich glaube, wir, oder wenigstens der Doktor, können Kratzspuren von einem Dornbusch und von Fingernägeln gerade noch auseinanderhalten. Nun denn, wir werden morgen früh alle Hände überprüfen müssen, aber in der Zwischenzeit möchte ich sicher sein, daß diese Theorie überhaupt haltbar ist. Ernie, Sie sind das Opfer.«

»In Ordnung, Chief!« sagte Piper enthusiastisch.

»Sergeant Middlemiss, wenn Sie so freundlich wären: nehmen Sie bitte das Kissen und ersticken Sie ihn, während Sergeant Tring und ich Ihnen zusehen. Aber nicht so doll, bitte. Ich würde dem Assistant Commissioner nur ungern den Tod eines Detective Constable erklären müssen.«

Middlemiss legte das Kissen vorsichtig auf Pipers Gesicht. Dann drückte er zu, während Ernie herumzappelte wie ein gestrandeter Fisch. Schließlich streckte er die Hand hoch, um seinen Angreifer zu betatschen. Seine Fingernägel kratzten an den blauen Uniformärmeln entlang, dann riß er am Kissen und versuchte, es von seinem Kopf fortzuziehen.

»Das reicht!« sagte Alec.

Piper erschien mit rotem Gesicht und außer Atem. »Liebe Zeit, mußten Sie denn so realistisch sein!« keuchte er Middlemiss an. »In Ordnung, Chief?«

»Du solltest Schauspieler werden«, sagte Tom.

»Nicht schlecht, nur daß Sie mit dem Kratzen aufgehört haben, bevor Sie an seinen Händen angekommen waren.«

»Wollte doch den Sergeant nicht verletzen, Chief, sonst hätte er mich noch endgültig um die Ecke gebracht!«

Alec lächelte ihn an. »Sie haben jedenfalls bewiesen, daß unser Szenario möglich ist, sogar wahrscheinlich.« Er wandte sich an den Polizeibeamten aus Berwick. »Sergeant Middlemiss, wissen Sie, ob Dr. Redlow immer noch mit der Autopsie beschäftigt ist? Mich wundert nur, daß er noch nicht angerufen hat.«

»Ist immer noch dabei, glaube ich, Sir. Er ist erst nach dem Abendessen aus Newcastle weggefahren.«

»Würden Sie ihm dann bitte den Kissenbezug bringen. Ich ruf ihn gleich an und gebe ihm Anweisungen.«

Piper hatte sofort die richtige Telephonnummer parat. Während er mit Middlemiss hinaus in den Vorraum ging, fragte sich Alec, was eigentlich mit all den Zahlen passierte, die nicht mehr gebraucht wurden. Lauerten die dann im Kopf des jungen Mannes, Reihen von Ziffern, und warteten auf den richtigen Reiz, um dann seinem Mund zu entweichen?

Die Vorstellung zerstob, als er den Hörer vom Haken nahm und das Fräulein vom Amt um eine Verbindung bat. Diesmal würde es nichts ausmachen, wenn sie der Unterhaltung lauschte. Es war kein Mord vor Ort; seine Untersuchung würde nicht von einem geschwätzigen Telephonfräulein gestört werden können.

Es klingelte mehrere Male. »Tut mir leid, es wird nicht abgehoben«, sagte das Fräulein, aber genau in dem Moment hörte das Klingeln auf.

»Hier Dr. Fraser«, sagte eine ungeduldige Stimme. »Wer spricht?«

»Detective Chief Inspector Fletcher, Sir. Ich hatte gehofft, mit Dr. Redlow sprechen zu können.«

»Dr. Redlow kann im Moment nicht ans Telephon kommen, Chief Inspector«, sagte Fraser trocken. »Wenn Sie seine Hände sehen könnten, dann wüßten Sie auch, warum. Ich assistiere ihm gerade.«

Alec erklärte die Angelegenheit mit dem Kissenbezug. »Ich gehe also jetzt davon aus, daß es tatsächlich ein Mord war«, schloß er. »Ist Dr. Redlow mittlerweile zu irgendeinem Ergebnis gekommen?«

»Augenblick mal, Chief Inspector.« Schritte und gemurmelte Sätze; dann kehrte Fraser zurück.

»Ich hab seine Genehmigung, Ihnen mitzuteilen, daß Dr. Redlow vor Gericht beschwören würde, daß Albert McGowan an Erstickung durch einen weichen Gegenstand gestorben ist, der über seinen Mund und seine Nase gepreßt wurde.«

Alec atmete mit einem langen Seufzen aus – es war ihm gar nicht aufgefallen, daß er den Atem angehalten hatte. Nur mit halber Konzentration hörte er den medizinischen Details zu. Derlei Beweisführungen mußte er immer lesen, um sie zu verstehen. Als Dr. Fraser geendet hatte, fragte er: »Was ist mit dem Todeszeitpunkt, Sir?«

»Dr. Redlow stimmt mit meiner ursprünglichen Schätzung überein, Chief Inspector. Ich hatte ja die Leiche viel früher gesehen. McGowan ist heute nachmittag zwischen drei und vier Uhr gestorben, mit einer halben Stunde Fehlermarge in beide Richtungen. Tut mir leid, daß ich nichts Genaueres sagen kann.«

»Das ist besser als die meisten Angaben, Sir.« Aber trotzdem war es nicht im mindesten hilfreich.

»Wir setzen uns an den Kissenbezug, sobald er hier ankommt«, versprach Fraser. »Brauchen Sie die Ergebnisse noch heute nacht?«

»Morgen ganz früh genügt, Sir. Vielen Dank.« Alec legte auf. Als er gerade in den Salon zurückkehren wollte, fiel ihm plötzlich etwas ein. Er drückte noch einmal auf die Gabel, bis

172

das Telephonfräulein antwortete, und ließ sich mit dem örtlichen Polizeihauptquartier verbinden. »Hier spricht Chief Inspector Fletcher. Ist Superintendent Halliday noch da?«

»Ja, Sir. Augenblick, bitte.«

Halliday kam an den Apparat. »Mr. Fletcher?«

»Ich dachte, es würde Sie interessieren, Sir, daß Dr. Redlow einen Mord bestätigt.«

Ein lautes Seufzen war durch die Leitung zu hören. »Danke sehr, Mr. Fletcher. Dann kann ich ja in Frieden schlafen.«

Alec lachte leise und freute sich, den Mann beruhigt zu haben. Er mußte wahnsinnig besorgt gewesen sein, ob er sich nicht doch vollkommen lächerlich gemacht hatte. Im Salon überbrachte er die Nachricht Tom Tring und Ernie Piper. »Ein Mord also«, sagte er. »Albert McGowan ist erstickt worden.«

»Na, war doch klar, Chief«, sagte Piper. »Miss Dalrymple hat das gesagt, und die hat immer recht.«

15

Wo in aller Welt war sie eigentlich? Daisy lag im Bett und versuchte sich klarzumachen, warum sie so unbequem auf einer durchhängenden Matratze lag und schwaches Licht durch die geschlossenen Augen scheinen spürte. Das konnte doch unmöglich die Morgendämmerung sein! Sie war doch gerade erst eingeschlafen!

Ihre Augen widersetzten sich ihrem wenig enthusiastischen Versuch, sie zu öffnen. Was hatte sie bloß mitten in der Nacht aufgeweckt? Wo …?

Ach ja, das Raven's Nest Hotel in Berwick. Der vorangegangene Tag flutete plötzlich wieder in ihr Bewußtsein und ließ sie noch zögerlicher werden, richtig aufzuwachen. Sie drehte sich um und vergrub das Gesicht im Kissen.

»Nein!«

Das Aufschluchzen eines Kindes brachte Daisy augenblicklich in die Senkrechte. Belinda hatte einen Alptraum, so klang es; das hatte sie wohl auch eben geweckt. Daisy glitt schaudernd unter der Bettdecke hervor, warf ihren Bademantel über und ging zum anderen Bett.

Belinda lag seitlich zusammengerollt, und ihre Augenlider zitterten, obwohl sie tief und fest zu schlafen schien. »Nicht«, wimmerte sie, »bitte tun Sie's nicht. Das war doch keine Absicht.«

»Wach auf, Liebling.« Sanft schüttelte Daisy sie an der Schulter. »Es ist alles in Ordnung. Du träumst nur. Wach jetzt auf, es wird alles gut. Komm schon, Belinda, du bist in Sicherheit.«

»Nei-ei-ei-n!« Belinda riß die Augen auf und starrte Daisy angsterfüllt an.

»Es war nur ein Traum. Hab keine Angst. Du hast einen Alptraum gehabt.«

Belinda brach in Tränen aus. »Das war es nicht«, schluchzte sie, »denn dann wäre ich ja zu Hause. Es ist alles Wirklichkeit. Ich will aber nicht ins Gefängnis!«

»Liebling, kleine Mädchen steckt man nicht ins Gefängnis.« Daisy zog das vollkommen verstörte Kind in ihre Arme.

»Ich wollte doch nicht böse sein. Ich hab nicht zugehört, ehrlich nicht. Ich hab nicht gelauscht. Ich konnte gar nicht anders als mithören, weil die so laut gebrüllt haben.«

»Natürlich konntest du das nicht. Wer …?«

»Und ich hab es niemandem erzählt. Ich hab das meiste sowieso nicht verstanden.«

»Belinda, *wer* hat gebrüllt, und was hast du nicht verstanden?«

»Das kann ich Ihnen nicht sagen, sonst muß ich ins Gefängnis.«

»Wie kommst du denn auf diese Idee? Hör doch mal zu. Hör mir jetzt mal zu. *Kleine Mädchen steckt man nicht ins Gefängnis!*«

Belinda hörte auf, Daisys Brust mit ihren Tränen zu bewässern, und wand sich in ihren Armen herum, damit sie ihr ins

Gesicht sehen konnte. »Wirklich? Sind Sie sicher?« Mit einem Schluckauf entwich ihr ein letzter Schluchzer. »Ganz, ganz absolut sicher? Schwören Sie das?«

»Ganz, ganz absolut sicher, ich schwör es dir bei allem, was mir lieb und teuer ist«, sagte Daisy ernst. »Also. Als du zufällig an dem Abteil vorbeigegangen bist, wen hast du da gehört?«

»Eine Menge Leute«, wich ihr Belinda aus, »die meisten Türen waren auf, weil es doch so heiß war.«

»Wir bleiben mal für den Augenblick bei Mr. McGowans Abteil. Ich erinnere mich, daß du mir erzählt hast, er hätte gebrüllt. Wer war bei ihm?«

»Das erste Mal war es Mr. Smythe-Pike – der hat gebrüllt, nicht Mr. McGowan. Er hat nur irgendwas gesagt über keine Loyalität zur Familie. Das hab ich verstanden.« Belindas gebeugter Kopf und ihre nervös sich umschlingenden Finger machten deutlich, daß sie trotz Daisys Beruhigungen immer noch Angst hatte.

Daisy übte sich in Geduld: »Und beim zweiten Mal, was hast du da nicht verstanden? Das, was Mr. McGowan gebrüllt hat? Oder das, was derjenige geschrien hat, der bei ihm war? Wer war das denn?«

»Ich weiß nicht. Ich hab nicht gehört, daß er irgend etwas gesagt hat.«

»Bel, Liebling, du mußt mir jetzt wirklich sagen, was du tatsächlich gehört hast. Dein Daddy muß alles wissen, woran du dich erinnern kannst. Du weißt doch, daß er *nie* zulassen würde, daß du zu Schaden kommst. Mal sehen. Hast du mir nicht von irgendeinem Namen erzählt, den er erwähnt hat?«

»Miss Bäuchlich. Aber Sie haben gesagt, daß es wahrscheinlich mit auf den Bauch legen zu tun hat, wenn man zum Beispiel Bauchweh hat. Ich hab es Ihnen nicht *gesagt*, ich hab Sie *gefragt*, wer die Miss ist.«

»Das hast du wirklich.« Wenn ihr diese Unterscheidung so wichtig war, dann war Daisy durchaus bereit, mitzuspielen. »Wie wäre es, wenn du mich wegen der anderen Worte fragst, die du nicht verstanden hast?«

Belinda seufzte tief und zittrig auf. »In Ordnung. Wenn ich mich erinnern kann. Ich hab Sie schon wegen ›Evision‹ gefragt, da haben Sie gesagt, das heißt wohl ›Vision‹ und bedeutet, daß man etwas sieht.«

»Ach so, ja, das hatte ich ganz vergessen. Wie merkwürdig, ein solches Wort herauszubrüllen!«

»Und was ist mit ›Liebesgut‹?«

»›Liebesgut‹? Vielleicht ›Liebe ist gut‹? Ich weiß nicht, was das bedeuten soll. Seltsam!« Daisy war verwirrter denn je. »Was noch?«

»Ein Wort, das wie ›Umschlag‹ klingt, nur nicht ganz so. Was ein Umschlag ist, das weiß ich auch.«

»Und mich haut das alles um, inbesondere dein Umschlag! Was um alles in der Welt kann das alles bloß bedeuten?«

»Und dann war da etwas, was mich an Hühner erinnert hat. Ich kann mich nicht mehr erinnern, nur, daß ich eben an Hühner gedacht hab.«

»Hühner. Umschläge. ›Evision‹. ›Liebesgut‹. Und dann auch noch ›Miss Bäuchlich‹.«

»Sie sind sich wirklich absolut sicher? Mit dem Gefängnis?«

»Absolut. Dein Vater wird ganz genau dasselbe sagen, versprochen. Weißt du was, Liebling, ich glaube, wir sollten es ihm am besten sofort sagen. Vermutlich wird er stocksauer sein, daß wir ihn aufwecken. Aber andererseits wäre er vielleicht genauso ärgerlich, wenn wir es nicht tun.«

Daisy half Belinda die Wolljacke über ihre Unterwäsche zu ziehen. Im Korridor brannte auf niedriger Flamme ein Gaslicht. Wie Mr. Halliday freundlicherweise arrangiert hatte, befand sich Alecs Zimmer gegenüber von ihrem, ohne irgendwelche Irrwege durch das Labyrinth von Korridoren und Stufen, die bewältigt werden mußten. Daisy klopfte an der Tür gegenüber.

Keine Antwort. Sie klopfte lauter.

»Wer ist da?« ertönte Alecs schläfrige Stimme.

Ohne zu warten, öffnete Belinda die Tür und eilte hinein. Im Licht aus dem Korridor sah Daisy, wie sie auf das Bett

176

ihres Vaters hüpfte, während der sich aufsetzte. Er sah hinreißend verschlafen aus. Seine Arme schlossen sich um seine Tochter, und eulengleich blinzelte er über ihren Kopf hinweg Daisy an, die auf der Schwelle zögerte.

Plötzlich war sie verlegen und spürte, wie sie auf jene schrecklich viktorianische Art errötete, die sie so verabscheute. Schließlich stand sie gerade im Nachthemd im Schlafzimmer eines Mannes, der seinerseits in einem blauweiß gestreiften Flanell-Pyjama im Bett saß. Wenigstens waren sie vorhin beide ganz angezogen gewesen, als er zu ihr ins Zimmer gekommen war. Er konnte Gott sei Dank nicht sehen, wie sie errötete – für ihn war sie wohl nur eine Silhouette im Gegenlicht.

Aber so konnte sie auch nicht in der Tür stehenbleiben. Was war nun schlimmer, die Gaslampe anzumachen und ihm ihre roten Wangen zu offenbaren, oder im Dunkeln mit ihm zu sprechen, ohne ihre kleine Anstandsdame sehen zu können?

»Ich sollte besser das Licht anmachen«, sagte sie.

»Hier sind Streichhölzer.« Er nahm eine Schachtel vom Nachttisch und warf sie ihr zu. »Was ist denn los?«

Natürlich schaffte sie es nicht, die Streichholzschachtel aufzufangen. Im Sport war sie immer schon schlecht gewesen. Glücklicherweise verstreuten sich die Streichhölzer nicht überallhin, so daß sie sie wenigstens nicht aufsammeln mußte.

»Ich hatte einen schlechten Traum, Daddy.« Sicher in Alecs Armen, klang Belinda schon wieder schläfrig.

»Ich fand, Sie müssen das gleich sofort hören.« Daisy zündete den Leuchter über dem Kamin an und drehte das Gas gerade so hoch, daß es nicht ausging. Sie schloß die Tür und bemerkte dabei, wie ordentlich gefaltet seine Kleider auf einem Stuhl lagen. Den Blick fest auf Belindas nackte Füße gerichtet, fuhr sie fort: »Belinda hat Albert McGowan im Zug gehört. Sie hat mir erzählt, was sie gehört hat, aber ich kann nicht das geringste bißchen davon verstehen.«

»Ich habe es nicht *erzählt*. Ich hab gefragt.«

»Ich gehe davon aus, daß Sie das wirklich für bedeutsam

halten«, sagte Alec trocken, »sonst hätten Sie mich nicht mitten in der Nacht geweckt.«

Daisy schaute ihn an und sah mit Erleichterung, daß er lächelte.

»Ich bin mir nicht sicher, aber ich wollte mir nicht schon am frühen Morgen anhören müssen, ich hätte Ihnen etwas vorenthalten!«

»Das seh ich ein. Setzen Sie sich, Daisy; ich kann jetzt nicht groß den Gentleman spielen.« Er machte eine Geste zum Fußende des Bettes. »Was hast du gehört, Bel?«

»Daddy, steckt man kleine Mädchen ins Gefängnis?«

»Du liebes bißchen, nein!«

»Miss Dalrymple hat das auch gesagt.« Belinda gähnte. »Mr. McGowan hat was über die gute Liebe gebrüllt und über Hühner und über einen Umschlag und daß die Leute sehen können und nicht blind sind.« Wieder überkam sie ein Gähnen. »Ach so, und über jemanden, die Miss Bäuchlich heißt. Aber Miss Dalrymple sagt, es geht um ›bäuchlings, auf dem Bauch liegen‹.«

»Mittlerweile bin ich mir gar nicht mehr so sicher.« Daisy hatte sich auf die Bettkante gesetzt, um nicht Alecs Kleider vom Stuhl nehmen zu müssen, und führte weiter aus: »›Bäuchlings‹ hab ich zuerst gedacht, aber jetzt, wo ich den Rest gehört habe … Es war nicht ›Umschlag‹ und ›Hühner‹, was sie gehört hat, Alec, sondern etwas, das wie ›Umschlag‹ klingt, und irgend etwas, was sie mit Hühnern in Verbindung gebracht hat.«

»Und was ist mit der guten Liebe und dem ›sehen können‹? Sind Sie sicher, daß das nicht einfach Teil ihres Albtraums ist?«

»Ich bin mir sicher, was Miss Bäuchlich und die Angelegenheit mit dem ›sehen können‹ angeht – das Wort, an das sie sich erinnerte, war ›Evision‹ –, weil sie mich danach fragte, kurz nachdem sie sie gehört hatte. Beim Rest kann ich mir nicht sicher sein. Es hat nichts mit Liebe zu tun, übrigens, das war nur mein Versuch einer Erklärung von ›Liebesgut‹.«

»›Liebesgut‹! Na, morgen ergibt das alles vielleicht einen Sinn.«

»Tut mir leid, daß ich Sie umsonst geweckt habe.«

Er streckte die Hand aus, und ohne weiter nachzudenken, legte sie die ihre hinein. »Machen Sie sich nichts daraus«, sagte er. »Vorsicht ist besser als Nachsicht, oder fällt Ihnen jetzt noch ein passenderes Klischee ein?«

Bei dem elektrisierenden Glühen, das ihr durch beide Hände die Arme hinauflief, hätte Daisy sich im Moment kein passenderes Klischee einfallen lassen können, und wenn es um ihr Leben gegangen wäre. Wie gut, daß Belinda da war, sonst hätte sie sich am Ende noch vergessen und wäre zu Alec unter die Decke gehüpft. Er schaute sie so merkwürdig an, bei seinem Blick stockte ihr völlig der Atem. Sie wollte aber ihre Hand jetzt nicht wegziehen, damit er ihren Zustand nicht erriet.

»Ha-Haben Sie am Abend irgendwas Nützliches erfahren?« konnte sie immerhin noch stottern.

»Wir haben das Kissen gefunden, und auf dem Bezug sind Spuren, die wie Blut aussehen. Es scheint, als hätte McGowan seinen Mörder im Kampf gekratzt. Es sind Ihnen bei niemanden irgendwelche Schrunden oder Schrammen im Gesicht oder an den Händen aufgefallen? Abgesehen von den Kratzern vom Dornbusch bei Jagai und Raymond?«

»Nein, nichts.« Aber irgend etwas war da noch. Sie hatte ihm doch noch etwas zu sagen. Wenn sie sich nur konzentrieren könnte! Sie seufzte. »Der Geizhals von Dunston Castle ist jedenfalls für eine Menge Ärger verantwortlich.«

»Der *was*?«

»Der alte Alistair McGowan.«

»Wie haben Sie ihn genannt?«

»Der Geizhals von Dunston Castle. Warum?«

»Daran hab ich mich vorhin zu erinnern versucht«, sagte Alec aufatmend. »So hat Bretton ihn genannt, und noch jemand anderes – ich glaube, Kitty. Alistair ist als Geizkragen bekannt?«

»Wie merkwürdig, daß niemand sonst das erwähnt hat. Das war allerseits das Lieblingsthema, das nur aufgegeben wurde, als sie alle anfingen, darauf zu schimpfen, daß Albert seinen ganzen Besitz einem Inder vermacht hat. Ist es denn wichtig?«

»Vielleicht.« Alec war mal wieder vorsichtig. Damit hatte sie einen Vorwand, um ihre Hand aus seinem warmen, beunruhigenden Griff zu lösen.

»Nun, wenn Sie mir noch nicht einmal das sagen wollen«, sagte sie empört, »dann gehen wir wieder zurück ins Bett. Komm schon, Belinda. Ach, verflixt, sie schläft schon wieder tief und fest!«

»Ich trage sie. Würden Sie vorgehen und mir die Türen öffnen?«

Daisy kam seinem Wunsch nach und schlug Belindas Bettdecke zurück. Alec trug seine Tochter ins Zimmer, legte sie sanft nieder und deckte sie dann zu. Er küßte sie leicht auf die Stirn.

»Hoffentlich kann sie jetzt ruhiger schlafen«, sagte er zu Daisy gewandt. »Tut mir leid, daß sie Sie geweckt hat.«

»Tut mir leid, daß ich Sie geweckt habe.«

»Das ist alles ein Teil meiner Arbeit – als Polizist und als Vater.« Er stand einen Augenblick da und schaute sie an, dann legte er plötzlich, unerwartet seine Hände auf ihre Schultern und küßte sie auf den Mund.

Dann stürzte er aus dem Zimmer.

Daisy starrte leeren Blickes die Tür an, die sich hinter ihm schloß. Ihre Lippen brannten.

Liebe Zeit, dachte sie, was für ein *schreckliches* Glück, daß Belinda zwischen ihnen gelegen hatte. Er teilte also ihre Gefühle. Träumerisch zog sie den Bademantel aus und glitt unter die Decke. Dort war immer noch ein Rest ihrer Körperwärme. Wie wäre es nur, neben einem solchen Mann im Bett zu liegen, neben Alec, sich in die Wärme sinken zu lassen …

Streng zügelte sie ihre Phantasie. Sie mochte ja emanzipiert sein, aber ein lockerer Vogel ohne Moral war sie deswegen noch lange nicht, ermahnte sie sich. Aber sie hatte abermals erkannt, wie leicht es wäre, die wohlanständige Erziehung, die man genossen hatte, mit einem Handkuß zu verabschieden. Sie berührte ihre Lippen.

Hör auf damit!

Konzentrier dich auf etwas anderes, auf den merkwürdigen Umschlag, Miss Bäuchlich, ›Evision‹, Hühner und ›Liebesgut‹. Gute Liebe – es brannte jetzt eine Flamme in ihr, die Alecs Berührung in ihr entfacht hatte. Alec das Liebesgut.

Nein! Miss Bäuchlich. Wer war Miss Bäuchlich? Warum hatte Albert McGowan wütend diesen Namen der Person entgegengeschleudert, die bei ihm gewesen war. Und wer war diese Person überhaupt? War es ein Name, den Belinda gehört hatte, oder war es tatsächlich etwas anderes, etwas, das mehr mit ›Bauchschmerzen‹ zu tun hatte?

›Evision‹, ›Liebesgut‹, Hühner. Eine Vision liebender Hühner. Der Anblick von Federvieh. Aquila, der Adler? Michael hatte immer unheimlich gerne den Himmel betrachtet und ihr einige der Sternbilder erklärt. Michael, liebster Michael, der liebe, tote Michael, der ihr Glück wünschen würde, alles Glück dieser Welt, ein langes und fruchtbares Leben mit dem Mann, den sie so zu lieben anfing, wie sie ihn damals auch geliebt hatte.

Nein! ›Vision‹, ›Liebesgut‹, Hühner. Visionsgut, Liebestod, Gackern.

Es war hoffnungslos. Wenn das so weiterging, würde sie nie einschlafen. Vielleicht sollte sie Schafe zählen. Sie stellte sie sich vor, wie sie eines nach dem anderen über einen hölzernen Zaun hüpfen, wunderschöne Schafe, jedes mit einem schwarzen Gesicht und einem dicken, weißen Fell, das in der Sonne leuchtete – wie beruhigend, daß man sie schor und ihnen nicht das Fell rupfte wie Hühnern die Federn.

Rupfen? Plötzlich war Daisy wieder hellwach. ›Rupfen‹? Hatte Belinda das etwa gehört, hatte sie dieses Wort an Hühner denken lassen? Nachdenklich blickte Daisy zum anderen Bett, doch das kleine Mädchen schlief friedlich. Diese Frage würde bis morgen früh warten müssen.

Gut, also, nahm man einmal an, es ging um ›rupfen‹. Wenn Albert McGowan jemanden beschuldigt hatte, ihn zu rupfen oder den Versuch zu unternehmen, ihn zu rupfen, was konnten dann die anderen Worte sein? ›Miss Bäuchlich‹ war ganz offensichtlich ›mißbräuchlich‹ – die mißbräuchliche Aneignung von Geld, zum Beispiel. ›Vision‹ oder ›Evision‹, wie Belinda es zunächst genannt hatte, mußte eine ›Revision‹ sein, natürlich. ›Umschlag‹? »Umschlag, Umschlag, Umschlag«, murmelte Daisy vor sich hin. ›Umschlag‹, oder ein ›umschlagen‹. Nein, als sie vom ›Umschlag‹ sprachen, hatte ihr Belinda zugestimmt, hatte den Begriff erkannt. Und wenn man das Wort verlängerte oder veränderte? Umschlag, umschlagen, Umschlagung, Umschlagkeit, Unterschläge, Unterschlagung! Das war es, Unterschlagung!

Blieb nur noch ›Liebesgut‹. Hatte sich jemand durch eine Liebesaffäre bereichert? Es klang wie etwas, dessen Peter Gillespie fähig sein könnte. Angesichts seines bisherigen Geschäftsgebarens, aber wenn Albert McGowan darüber Bescheid wußte, dann wußte es Harold Bretton doch auch, und niemals hätte der den Mund gehalten.

Vielleicht hatte er das auch nicht. Vielleicht wußte Alec über das ganze Bescheid und hatte nur so getan, als sei er verwirrt. Andererseits hatte er ihr von den Kratzern erzählt. Aber zu ihm ins Schlafzimmer würde sie jetzt bestimmt nicht gehen, um die Sache mit ihm auszudiskutieren!

Abgesehen von dem ›Liebesgut‹ waren die Begriffe mehr oder minder auf die Unregelmäßigkeiten im Zusammenhang mit Peter Gillespies Stiefelfabrik anwendbar. Er hatte den Staat gerupft. Aber das war doch kein Geheimnis, das verschwiegen werden mußte, kein weiterer Grund für einen Mord. Tatsächlich gab es überhaupt keinen Anhaltspunkt dafür, daß der Streit, den Belinda gehört hatte, irgendwie in direktem Zusammenhang zum Mordfall stand.

Weswegen also zerbrach sich Daisy in den frühen Morgenstunden darüber den Kopf? Einerlei. Diese Hühner und das anscheinend bedeutsame Rupfen derselben hatten sie möglicherweise auf den Holzweg geführt. Also noch einmal der Versuch, Schäfchen zu zählen.

Schaf, Lamm, Widder, Frühlingslamm, Wolle, Hammel, Lamm, Frühling; Frühling, der süße Frühling läßt sein blaues Band wieder flattern durch die Lüfte … Daisy schlief ein.

16

Noch im Halbschlaf und ganz benommen versuchte Alec, die Wirklichkeit und seine Träume auseinanderzusortieren. War Daisy wirklich in der Nacht zu ihm gekommen? Hatte sie ihm ein Rätsel aufgegeben, wie bei den ritterlichen Bewährungsproben im Märchen? Mußte er das jetzt lösen, um sie zu gewinnen? Oder hatte er es schon gelöst, hatte er sie geküßt, hatte sie ihm gar sein kaltes, einsames Bett gewärmt?

Nein, nur das Rätsel stimmte, der Rest entsprang seinem Wunschdenken. Sie war gekommen, aber sie hatte Belinda dabeigehabt. Das Rätsel hatte ihm Belinda aufgegeben, und wenn er in seinen Träumen eine Lösung dafür gefunden hatte, dann hatte er sie schon vergessen. Nur ein Wort blieb haften: ›Liebesgut‹, und das auch nur, weil die Wärme von Daisys Hand in der seinen eine Flamme in ihm geweckt hatte, die seine Träume nur zum Teil hatten löschen können.

Ab in die kalte Badewanne, das war das einzige, was ihm jetzt übrigblieb.

Eine halbe Stunde später traf er im Speisesaal auf Tom und Ernie. Tom hatte schon die Hälfte einer großen Schüssel Porridge vertilgt.

»Hafer«, zitierte Alec, »ein Getreide, das in England im allgemeinen den Pferden verfüttert wird, das in Schottland aber die Menschen ernährt.«

»Porridge ist ein hervorragender Auftakt fürs Frühstück«, grunzte Tom, »jedenfalls, wenn er richtig zubereitet wird. Können Sie sich das vorstellen, Chief, in Schottland wird das mit nichts als einer Prise Salz gegessen? Lyle's Golden Syrup, der schmeckt mir zum Haferbrei, obwohl ich notfalls auch mit etwas braunem Zucker zufrieden bin. Dieser komische braune Zucker schmeckt einfach nach nichts.« Trotzdem nahm er sich noch einmal einen üppig gehäuften Teelöffel der goldgelben Kristalle.

Piper lachte. »Sie hätten hören sollen, was er eben für einen Aufstand gemacht hat, Chief. Der Kellner dachte, er wollte Sirup für seinen Toast anstelle von Marmelade. Eine Tasse Tee?« Er streckte die Hand nach der Teekanne aus.

»Nein, danke, ich bestell mir einen Kaffee.«

Der Kellner brachte Piper Speck, Eier und warmes Brot und nahm dann Alecs Bestellung auf. »Nein, kein Porridge, vielen Dank, und auch kein Fried Bread.« Er war zehn Jahre älter als Daisy und damit zehn Jahre näher an einem Prozeß zunehmender Leibesfülle, der mit den mittleren Jahren einherging. Er sollte mal darauf achten, was er aß. Und vielleicht wieder Morgengymnastik treiben?

Nur mit Mühe konnte er sich darauf besinnen, was heute eigentlich anstand. »Ist einem von euch beiden über Nacht irgendeine großartige Idee gekommen?«

Ernie Piper sah Tom fragend an.

»Mach schon, Kleiner.« Der Sergeant fuhr fort, sich durch seinen siruplosen Haferbrei zu pflügen.

»Es ist nicht viel, Chief, hat vielleicht auch nichts mit dem Mord zu tun, nur scheint es mir ein bißchen merkwürdig. Uns ist nur aufgefallen, daß Miss Kitty und Mr. Bretton beide gesagt haben, daß Alistair McGowan ein Geizkragen ist. Und wenn das stimmt, wieso verpulvert er dann sein Geld mit Börsenspekulationen und verschenkt den Rest für wohltätige Zwecke?«

»Genau die Frage ist mir heute nacht auch durch den Kopf gegangen«, sagte Alec. »Mir sind drei mögliche Antworten eingefallen. Erstens: Braeburn meint, manche Menschen werden im Alter etwas seltsam und tun vollkommen unerwartete Dinge. Zweitens: Kitty hat das Ganze vielleicht mißverstanden und Bretton seinen Geiz übertrieben.« Allerdings hatte Daisy gesagt, auch die anderen hätten ihn Geizhals genannt. Das konnte er Tom und Ernie allerdings nicht sagen, ohne ihren mitternächtlichen Besuch bei ihm zu verraten.

184

»Wir können ja noch die anderen fragen, ob das so stimmt«, bemerkte Tom und wischte sich nach dem letzten Löffel Porridge den Schnurrbart. »Und drittens, Chief?«

»Drittens kann es sein, daß es tatsächlich nicht mit rechten Dingen zugeht. Vielleicht hat jemand die Unterschrift des alten Herrn auf Schecks beziehungsweise auf Anweisungen an seinen Aktienmakler oder an Braeburn gefälscht.«

»Peter Gillespie«, sagte Tom. »Betrug ist doch auch sein Metier.«

»Mr. Bretton«, sagte Ernie. »Unterschriften fälschen ist doch auch eine Art Glücksspiel.«

»Gillespie scheint mir wahrscheinlicher zu sein«, sagte Alec. »Er hat erwartet zu erben und hätte die Angelegenheit … *Bonjour, Madame.*«

Die drei Detectives erhoben sich, als Madame Pasquier den Speisesaal betrat und auf ihren Tisch zuschritt. Sie war höchst elegant in einem schwarzen Kostüm mit weißer Seidenbluse und einer Kamee aus Sardonyx an einer Goldkette gekleidet. Trotz der frühen Stunde war sie makellos geschminkt.

»*Bonjour*, Chief Inspector, meine Herren«, erwiderte sie mit einem Lächeln. »Darf ich mich zu Ihnen setzen? Vermutlich möchten Sie ja ohnehin mit mir sprechen. Verzeihen Sie, gestern abend konnte ich vor Müdigkeit einfach nicht mehr warten.«

Piper sprang galant auf, um ihr den Stuhl zurechtzurücken. »Ist wohl auch eine lange Reise aus Paris, Gnädigste«, begab er sich auf das Glatteis eleganter Konversation.

»Das ist wahr. Aber ich will Sie nicht beim Frühstück stören«, sagte sie, als der Kellner wieder mit Tellern voller Essen für Tom und Alec sowie einem Ständer mit Toast und einer Kanne Kaffee erschien. »Ach du liebes bißchen.« Angeekelt beäugte sie den Bacon und das Rührei. »An das, was der Engländer so Frühstück nennt, bin ich ja nun gar nicht gewöhnt. Sie werden wohl keine Croissants haben oder irgendeine Form warmer Brötchen?«

»Nur Toast, Madame, abgesehen vom Porridge und …«

»Porridge! Das muß dreißig Jahre hersein, als ich zum letzten Mal Haferbrei gegessen habe. Das nehm ich mal, aus Respekt vor den alten Zeiten, aber bitte eine *kleine* Portion.«

»Wir haben allerdings keinen Sirup, Madam«, sagte der Kellner argwöhnisch.

»Sirup? *Mon Dieu*, welch Sakrileg! Salz und Milch, mehr brauche ich nicht.«

»Wie eine wahre Schottin gesprochen«, sagte Alec grinsend, »aber Sie sind zu französisch, um Tee zum Frühstück zu trinken, vermute ich. Darf ich Ihnen eine Tasse Kaffee einschenken?«

»Essen Sie nur, essen Sie! Und während Sie essen, erzähl ich mal ein bißchen über mich. Sie haben ohne Zweifel schon gehört, daß ich kurz nach der Heirat meiner Schwester Amelia von zu Hause fortgelaufen bin. Ich hatte in Frankreich viele Freunde, da ich ein französisches Mädchenpensionat besucht hatte. Zu meinem großen Glück traf ich schon bald *mon cher Jules* und heiratete ihn. Zu dieser Gelegenheit schrieb ich meinem Vater. Die einzige Antwort war ein Brief von meiner Cousine Julia Gillespie. Sie hatte die undankbare Aufgabe übernommen, Papa so zu versorgen, wie er es sich wünschte – wofür ja eigentlich ich auserkoren war. Papa weigerte sich, Kontakt zu mir zu halten, doch schrieb ich Julia regelmäßig zu Weihnachten.«

»Miss Gillespie hat Sie vermutlich auch von der Krankheit Ihres Vater in Kenntnis gesetzt«, sagte Alec. »Ich hab mich schon gewundert, warum Sie gerade in diesem Augenblick aufgetaucht sind.«

»Ja, Julia hat mir geschrieben, um mir von dem bevorstehenden Familientreffen zu berichten.« Madame Pasquier seufzte. »Vielleicht war es nach so vielen Jahren auch albern, aber als Tochter verspürte ich das Verlangen, Papa ein letztes Mal zu sehen, um ihm von seinen Enkeln zu erzählen. Denken Sie nicht, daß wir auf das Familienvermögen spekulieren. Jules ist ein wohlhabender *homme d'affaires*, die Firma hat den Krieg überstanden, und unsere beiden Söhne machen im Familienunternehmen auch schon Karriere.«

186

»Das überprüfen wir noch, Madam«, sagte Tom. Anscheinend war er dem unzweifelhaften Charme der Dame noch nicht verfallen.

Alec produzierte wie üblich gleich das Gegengift zu dieser Drohung: »Eine reine Routinesache.«

»Aber selbstverständlich. Allerdings«, fuhr sie mit einem leicht maliziösen Lächeln fort, »glaube ich, daß ich ohne weitere Schwierigkeiten Ihren Verdacht entkräften kann. Als der Flying Scotsman Berwick erreichte, hatte ich mich meiner Familie noch nicht offenbart. Ich hätte leicht als völlig Fremde durchgehen können. Statt dessen habe ich meine Verbindung mit dem armen Onkel Albert der Polizei vor Ort offengelegt. Da können Sie Superintendent Halliday oder seinen netten Sergeant fragen.«

»Geht in Ordnung. Darf ich erfahren, warum Sie es vorgezogen haben, sich der Polizei zu erkennen zu geben, nicht aber vorher Ihrer Familie?«

Ihr Achselzucken war äußerst damenhaft und auf französische Weise ausdrucksvoll. »Sie dürfen. Ob ich Ihre Frage beantworten kann, ist eine andere Sache. Vielleicht wollte ich mir zunächst eine Möglichkeit lassen, doch noch in letzter Sekunde wieder auszubüxen. Aber die Polizei wollte ich lieber nicht anlügen. Ich bin zu Anstand erzogen worden, Chief Inspector. Und obwohl es aus der Distanz durchaus einfach scheint, sich von der eigenen Familie zu lösen, mochte ich sie angesichts der aktuellen Schwierigkeiten nicht im Stich lassen.«

Alec nickte. »Und es handelte sich ja um Schwierigkeiten, Madame. Haben Sie im Zug irgend etwas gesehen oder gehört, das uns möglicherweise dabei helfen könnte, den Mörder Ihres Onkels zu finden?«

»Nichts. Ich hatte Glück, ein Abteil für mich alleine zu haben. Die Tür hatte ich fest geschlossen und die Rolläden runtergezogen. Da bin ich dann geblieben und nur zum Mittagessen in den Speisewagen gegangen, wo ich mit der reizenden Miss Dalrymple an einem Tisch saß. Ohne Zweifel wird sie besser als ich wissen, ob die Ereignisse dort für Sie von Interesse sein könnten.«

Ihre leuchtenden, wachen Augen fixierten Alecs Gesicht, und er spürte, wie ihm langsam die Hitze in die Wangen stieg. »Nur noch eine Frage«, sagte er hastig. »Ihr Vater ist mir beschrieben worden als ... ähm ... eher sparsam. Würden Sie dem zustimmen?«

»Sparsam?« lachte sie auf. »Papa war schon immer ein widerlicher Pfennigfuchser. Wenn er seinen Töchtern den Aufenthalt in einem Mädchenpensionat bezahlt hat, dann nur, um uns möglichst schnell loszuwerden. Erst als Amelia geheiratet hat und fortging, ist ihm klargeworden, daß er seine kostenlose Haushälterin verlieren würde, wenn auch ich einen Ehemann fände.«

»Also haben Sie sich französisch verabschiedet.«

»Genau. Es tut mir auch überhaupt nicht leid, daß ich fortgelaufen bin, nur bedaure ich, daß die arme Julia die Last meiner Fahnenflucht zu tragen hatte. Jules und ich wollen sie zu uns nach Paris holen, sobald Papa das Zeitliche gesegnet hat. Wir schulden ihr doch ein bißchen Fröhlichkeit, *hein*? Ach, da ist ja mein Porridge.« Sie starrte den grau-braunen Pamps angewidert an. »*Quelle horreur!* Ich glaub, ich halt mich doch an Toast und Kaffee. Aber bitte, Chief Inspector, lassen Sie sich durch mein Geschwätz nicht von Ihren Geschäften abhalten.«

Alec und Tom hatten ihr Frühstück verspeist, während sie sprach. Sie verabschiedeten sich daher förmlich, dankten ihr für die Zusammenarbeit und begaben sich in das Wohnzimmer des Wirts. Alec holte Pfeife und Tabak hervor, während Piper sich eine Woodbine anzündete.

Tom, der eine seltene gute Zigarre dem schnellebigen Genuß von Zigaretten vorzog, sagte gedankenverloren: »Die ist doch mehr Französin als Schottin, wenn Sie mich fragen, Chief. Haben Sie was dagegen, wenn ich eben mal Sergeant Barclay anrufe?«

»Nur zu, und fragen Sie doch auch gleich nach, ob es irgendeine Nachricht von Dr. Renfrew gibt. Wenn wir richtig geraten haben, dann müssen wir vielleicht wirklich nur diese Kratzer finden.« Er zündete ein Streichholz an, und Tom ging auf leisen Sohlen von dannen.

Alec zog gerade konzentriert an seiner Pfeife, als Daisy an der Tür klopfte und den Salon betrat, dicht gefolgt von Belinda.

»Guten …« pfff »… Morgen«, sagte er, den Stiel seiner Pfeife zwischen den Zähnen.

»Guten Morgen, Daddy. Guten Morgen, Mr. Piper. Es hat überhaupt gar keinen Sinn, mit Daddy reden zu wollen, wenn er gerade seine Pfeife anzündet, Miss Dalrymple. Gehen wir erst mal frühstücken. Ich *sterbe* schon vor Hunger.«

Daisy schmunzelte. »Das ist schon in Ordnung, dann kann er mich wenigstens nicht unterbrechen. Vielleicht möchte Mr. Piper mit dir in den Speisesaal gehen und dir helfen, dein Frühstück zu bestellen.«

Sie blickte zu Ernie Piper, bemüht, Alecs Augen auszuweichen. Inständig hoffte sie, daß er ihren Wunsch begriff, Belinda zu schonen, und nicht etwa glaubte, sie wolle ihn allein erwischen.

»Würden Sie das bitte tun, Ernie?«

»Klar doch, Chief«, sagte Piper heiter. »Komm schon, Miss Belinda.«

»Dafür dürfen Sie auch was von meinem Toast abhaben«, versprach sie und steckte ihre Hand in seine. Die beiden gingen hinaus.

Daisy ging hinüber zum Kamin, um sich dort die Hände zu wärmen – das Hotel war an diesem Morgen auch nicht wärmer geworden –, und sagte entschuldigend über die Schulter: »Es geht ihr heute morgen so gut, da wollte ich vor ihr nicht über den Mordfall sprechen. Haben Sie sich schon Gedanken darüber gemacht, was sie gehört hat?«

»Ehrlich gesagt hab ich die Worte schon wieder vergessen, alle außer ›Liebesgut‹«, verkündete er paffend. »Ich fürchte, irgend etwas hat mich abgelenkt. Verflixt, die geht schon wieder aus.«

Sie blickte ihn mißtrauisch an. Er stocherte in seinem Pfeifenkopf herum, das Gesicht in duftenden blauen Rauchwolken verborgen. Meinte er, daß *sie* ihn abgelenkt hatte? Erinnerte er sich überhaupt daran, daß er sie geküßt hatte? »Sie halten das nicht für wichtig?« fragte sie.

»Ich weiß nicht, für wie wichtig oder unwichtig ich das halten soll, weil ich keine Ahnung habe, was sie tatsächlich gehört hat.«

»Dafür hab ich eine Ahnung. Alec, jetzt legen Sie doch bitte dieses vermaledeite Ding weg und hören Sie mir zu. Es ist natürlich alles nur geraten, aber wenn ich recht habe, dann paßt alles irgendwie zusammen. Alles außer dem Liebesgut.«

»Und es ist ja auch wirklich keine besondere Liebestat, wenn ich mich hier so abkämpfe. Setzen Sie sich, Daisy, und erzählen Sie mir davon. Ich kann sehr wohl zuhören und gleichzeitig meine Pfeife anzünden, glauben Sie Bel kein Wort.«

Daisy setzte sich auf das rote Plüschsofa. Alec tat einen Schritt auf sie zu, warf einen Blick auf den nächstgelegenen Sessel und setzte sich dann mit entschlossener Miene zu ihr auf das Sofa. Sie zwang sich, nicht zu lächeln. Er erinnerte sich also. Doch war sie sich nicht sicher, ob er diesen Kuß nicht bereute.

»Es waren die Hühner, die mich darauf gebracht haben«, sagte sie, während er seinen Tabaksbeutel hervorholte und noch einige weitere Krümel in den Pfeifenkopf stopfte. Unverbrannter Tabak roch so gut, daß Daisy nie verstehen konnte, warum die Leute ihn unbedingt anzünden wollten. Sie haßte Zigarettenrauch, und noch schlimmer waren Zigarren. Aber Pfeifenduft hatte sie nie gestört; tatsächlich mochte sie ihn immer lieber, seit sie Alec kennengelernt hatte.

»Hühner?« fragte er, und hörte kurz auf, zu saugen. Der Aschenbecher füllte sich langsam mit verbrauchten Streichhölzern.

»Es hätte etwas mit Hühnern zu tun, sagte Belinda, und da fiel mir das Rupfen von Hühnern ein.« Sie erklärte, wohin sie das dann weiter geführt hatte, und schloß dann: »Also, rupfen, mißbräuchlich, Unterschlagung, Revision – das Ganze läuft auf finanzielle Machenschaften hinaus, wenn ich mich nicht völlig irre.«

»Hmmm.« Plötzlich bemerkte er nicht mehr, daß seine Pfeife ausgegangen war. Stirnrunzelnd sagte er: »Klingt gut, aber es wäre noch überzeugender, wenn wir auch noch dieses Gut irgendwie einbringen könnten.«

»Belinda hat nichts von ›Gut‹ gesagt, sondern ›Liebesgut‹.«

»Tsss … Liebesgut? Wie ist sie nur darauf gekommen.«

Sie hörte seine Frage kaum. »Alec, das ist es! Diebesgut! Jede Wette hat er etwas gesagt wie … ich weiß nicht, vielleicht: ›das ist schlicht und ergreifend Diebesgut‹ oder: ›das ist Diebesgut übelster Sorte‹.«

»Mag sein«, sagte Alec langsam. »Es paßt jedenfalls zum Rest. Damit kann es einfach nicht mehr Zufall sein, und bei allem, was Braeburn uns gesagt hat … Daisy, das ist jetzt absolut vertraulich. Braeburn sagt, daß Alistair McGowans sagenhaftes Vermögen nur noch deswegen sagenhaft ist, weil es nur noch ins Reich des Mythos gehört. Oder in die Vergangenheit. In den letzten Jahren hat er an der Börse spekuliert und große Summen für wohltätige Zwecke verschenkt. Es sind nur noch ein paar tausend Pfund übrig.«

»Der Geizkragen verschenkt große Summen? Das kann doch nicht sein! Und daß er spekuliert, kann ich mir auch nicht vorstellen. Viel wahrscheinlicher ist doch, daß jemand ihn betrogen hat.«

»Das sieht wirklich so aus, nicht wahr? Auch ohne Belindas Hinweise hatten wir diese Möglichkeit schon in Betracht gezogen. Aber wie hat sein Bruder Albert das herausgefunden?«

Daisy überlegte. »Braeburn hat Ihnen von den verschwundenen Reichtümern erzählt? Unter dem Siegel der Verschwiegenheit? Sie meinen, er hat niemandem in der Familie davon erzählt?«

»Nur Albert, als der ihn in der Bahn angesprochen hat. Er war ja Alistairs Erbe.«

191

»Aber Albert wußte doch ganz genau, daß sein Zwillingsbruder ein Pfennigfuchser ist. Ich kann mich genau erinnern, daß er so etwas gesagt hat. Der hätte keinen Augenblick geglaubt, daß sein Bruder zu Spenden fähig ist.« Sie und Alec starrten einander an. Eine Ahnung dämmerte ihnen beiden. »Als ihm also gesagt wurde ... von dem Mann, dem es am leichtesten gefallen wäre ...«

»Moment mal, Daisy«, bat Alec, »jetzt machen Sie mal bitte halblang!«

»Albert hat Braeburn der Unterschlagung beschuldigt und hat ihm eine Revision angedroht.«

»Augenblick, langsam! Das alles ist pure Phantasie, ein Kartenhaus. Unser einziger Beleg sind ein paar Worte, die ein Kind gehört hat und die an jemanden gerichtet waren, von dem wir nicht wissen, wer es ist. Selbst wenn Sie jedes dieser Worte richtig erraten haben, beweist das noch lange nicht, daß die angesprochene Person auch Albert umgebracht hat. Das taugt als Beweismittel rein gar nichts.«

»Was taugt nicht als Beweismittel, Chief?« Sergeant Tring trat gerade ein. »Guten Morgen, Miss Dalrymple.«

»Guten Morgen, Mr. Tring. Ich hab gerade ein paar geradezu brillante Schlußfolgerungen gezogen, aber der Chief sagt, sie taugen nichts.«

Alec erklärte es kurz. Nicht zum ersten Mal bewunderte Daisy seine Fähigkeit, einen verworrenen Sachverhalt präzise und klar gegliedert darzustellen. Darin war er wirklich ein Zauberer. Überhaupt war er ganz und gar zauberhaft, auch wenn er gerade ihre Seifenblase zerstört hatte.

Tring hörte sich alles an und schüttelte dann den Kopf. »Tut mir leid, Miss Dalrymple, er hat recht. Auch wenn Sie das wirklich alles genau richtig verstanden haben, bedeutet es immer noch nichts. Wer weiß, ob der alte Albert nicht nur wegen des Betrugs an sich Braeburn angebrüllt hat? Es kann doch auch ein anderer der Betrüger sein.«

»Augenblick mal, Tom«, sagte Alec. »Wenn das so wäre, dann hätte Braeburn doch sicherlich uns gegenüber Alberts

Verdacht erwähnt. Er hat doch Peter Gillespie ziemlich schnell als den wahrscheinlichsten Tatverdächtigen benannt.«

»Und wir waren auch schon übereingekommen, daß Mr. Gillespie der Hauptverdächtige ist, Chief.«

»Stimmt. Die ganze Sache ist ziemlich dünn, aber trotzdem werd ich mal bei Scotland Yard anrufen und im Betrugsdezernat darum bitten, daß sich mal jemand mit Braeburns Partnern unterhält. Inspector Fielding, würde ich meinen. Er schuldet mir noch einen Gefallen. Er läßt bei so was nicht locker, ohne dabei taktlos zu sein.«

»Den Takt wird er auch nötig haben, wenn er einen Haufen Rechtsanwälte über einen Standesgenossen ausquetschen will!« meinte Tring.

»Wenn wir etwas Glück haben, ist das egal. Haben Sie mit Sergeant Barclay gesprochen?«

»Ja, und es sieht so aus, als wäre Madame Passkieh in Ordnung. Die hätten nie erraten, daß sie mit der Familie was zu tun hat, wenn sie sich nicht selbst gemeldet hätte.«

»Gibt es irgendwelche Nachrichten von Dr. Redlow?« fragte Alec ungeduldig.

»Ich hab mit Dr. Fraser gesprochen.« Trings Schnurrbart verzog sich bei seinem Grinsen nach oben. »Auf dem Kissenbezug ist Blut, Chief. Und außerdem hat man Blut und Haut unter den Fingernägeln des alten Herrn gefunden.«

»Dieselbe Blutgruppe?«

»Ganz genau dieselbe, Chief. Blutgruppe A, sagt er, die nicht sehr häufig vorkommt. Albert McGowan hat eine andere, und an ihm sind jedenfalls keine Kratzer festzustellen.«

»Dann hat unser Freundchen vier Kratzer an der Hand.« Alec formte mit den Fingern eine Klaue. »Alberts linke – nein, der Kissenbezug war ja umgedreht. Alberts rechte und die linke Hand von unserem Freundchen. Ich glaub nicht, daß der Mörder ihn von hinten erstickt hat, obwohl wir natürlich auch diese Möglichkeit überprüfen werden.«

»Es dürfte auch Kratzer auf der anderen Hand geben, Chief. Er hat auch mit seiner linken Hand gekratzt, nur nicht bis aufs Blut, so daß keine Flecken auf dem Kissenbezug entstanden. Der Arzt sagt, Kratzer von Fingernägeln kann man leicht von anderen Kratzern unterscheiden, wir sollen ihn aber anrufen, wenn es irgendein Problem gibt.«

»Ausgezeichnet. Jetzt müssen wir nur noch die Hände von allen Gästen untersuchen. Ich werde … Ach, Daisy, ich hab ja ganz vergessen, daß Sie noch hier sind. Ich brauch jetzt Piper. Könnten Sie wieder zu Belinda gehen?«

Das war's also mit dem Kuß, dachte Daisy düster. »In Ordnung«, sagte sie seufzend. »Aber es gibt noch eine Sache, die Sie bedenken müssen.«

»Und zwar?«

»Ich hab Ihnen doch gesagt, daß der Zug schrecklich überheizt war, und daß die Wettervorhersage einen Sonnentag angekündigt hatte. Die jüngeren Damen haben alle kurzärmelige Kleider getragen, und Raymond hatte die Jacke ausgezogen und die Hemdsärmel hochgekrempelt. In Mr. McGowans Abteil war es sogar noch heißer. Ich hab gehört, wie er Dr. Jagai aufforderte, das Jackett auszuziehen, während er zu ihm hineinging. Die anderen Männer haben das vielleicht auch getan. Sie sollten auch die Arme überprüfen, nicht nur die Hände.«

»Grundgütiger!« stöhnte Alec auf. »Die Leute zu bitten, ihre Hände vorzuzeigen, ist ja schon schlimm genug, aber wenn ich sie auffordern muß, sich frei zu machen, kann das ja noch heiter werden!«

17

»Ist schon irgendeiner von den anderen runtergekommen, Ernie?« fragte Alec, als der junge Detective Constable in den Salon geeilt kam.

»Die meisten, Chief. Mr. Smythe-Pike hat über Nacht einen schlimmen Gichtanfall erlitten und muß liegen – und Mr. Bretton und Mr. Jeremy Gillespie sehen so aus, als würden sie sich eine nur halb so gute Ausrede wünschen, um noch im Bett bleiben zu können. Die Frau von Jeremy Gillespie ist schon unten. Wenn Sie mich fragen, Chief, dann ist sie *viel* zu dick, um irgend jemanden umzubringen. Würd mich nicht überraschen, wenn das Kind jede Sekunde kommt.«

»Wollen's nicht hoffen! Die Angelegenheit ist ohnehin schon schwierig genug. Es scheint, als hätten wir mit den Kratzern recht gehabt.«

Piper wirkte verwirrt. »Macht das die Sache nicht sehr einfach, Chief? Jetzt müssen wir nur noch alle Hände anschauen, und dann haben wir unser Freundchen dingfest gemacht.«

»Wir werden auch die Arme begutachten müssen.« Alec erklärte Daisys Gedankengang. »Es wird den Herren ja wohl keine zu großen Umstände machen, das Jackett auszuziehen und die Ärmel hochzukrempeln«, fuhr er fort, »obwohl so mancher einen Aufstand machen wird, da habe ich keine Zweifel. Die Schwierigkeit liegt eher bei den Damen. Wenn ihre Kleider enge Ärmel haben, dann müssen sie sich umziehen, und außerdem haben sie auch jedes Recht, sich gegen einen solchen Übergriff zu wehren. Vermutlich werd ich eine Polizistin bemühen müssen. Ich hoffe, Halliday kann mir eine besorgen.«

»Warum fragen Sie nicht Miss Dalrymple, Chief?«

»Weil …« Warum eigentlich nicht? Weil er es fürchterlich fand, Daisy in die Scheußlichkeiten eines Mordfalls verwickelt zu sehen, obwohl sie selbst ja immer wieder in derartige Fälle hineingeriet.

»Was tun?« Tom war vom Telephonieren zurückgekehrt.

»Sie sind schon durchgekommen?« fragte Alec. »Das ging aber schnell.«

»Hab dem Fräulein ja auch gesagt, es sei eine eilige Polizeiangelegenheit, Chief. Wir wollen hier doch nicht länger als unbedingt nötig herumsitzen, oder? Die Gattin wird sich bald Sorgen machen. Sie fürchtet immer, daß ich ohne die gute Hausmannskost aus ihrer Küche einfach dahinschwinde.«

»Da stehen die Chancen ja wohl eher schlecht, Sarge«, sagte Piper.

»Unverschämtheit«, erwiderte der riesige Sergeant mit

einem Schmunzeln. »Inspector Fielding ist auf dem Weg, Chief. Was soll Miss Dalrymple tun?«

»Die Arme der Damen begutachten. Aber ich glaube, das ist keine so gute Idee.« Alec war endlich ein vernünftiger Grund eingefallen. »Ich möchte weder, daß Belinda in die Sache hineingezogen wird, noch, daß sie allein bleibt, und Sie beide brauche ich.«

»Bel mag doch den indischen Arzt so gern«, sagte Piper. »Und der ist doch schon so gut wie gestrichen von unserer Liste. Schauen wir uns doch als erstes seine Arme an und bitten ihn dann, auf Miss Belinda aufzupassen.«

Alec überlegte. Nichts sprach dagegen – außer seinem eigenen Widerwillen, Daisy um Hilfe zu bitten. Wenn aber die Polizei von Berwick keine Beamtin hatte, würde es vielleicht Stunden dauern, eine aus einem anderen Bezirk herzuzitieren.

»In Ordnung. Wenn wir davon ausgehen, daß Dr. Jagai nicht unter Verdacht steht, werd ich mal sehen, ob Miss Dalrymple dazu bereit ist.« Unmöglich, daß sie sich verweigern würde. »Wir könnten die Herrschaften in zwei Gruppen drannehmen, Männer und Frauen getrennt, aber ich glaube, wir gehen lieber der Reihe nach vor, damit sich unser Freundchen nicht aufregt. Ich glaub zwar nicht, daß es eine der Damen war, aber Ernie, Sie werden sich trotzdem da an die Tür stellen, wo Miss Dalrymple ist. Und wenn Sie auch nur den geringsten Laut hören, dann sehen Sie zu, daß Sie schleunigst drin sind.«

»Keine Sorge, Chief«, sagte Ernie im vollsten Bewußtsein seiner Verantwortung, »ich werd auf sie aufpassen. Soll ich schon mal los und sie herbitten, damit Sie es ihr erklären können?«

»Noch nicht. Erst mal sollten alle in Ruhe frühstücken. Dann will ich als erstes Dr. Jagai sprechen, um mich zu vergewissern, daß er bereit ist, ein Auge auf Belinda zu halten. Ach so, gehen Sie doch ruhig und sagen Sie ihm, daß ich ihn sprechen möchte, sobald er fertig ist. Aber bitte diskret, Ernie. Ich möchte nicht, daß sich die anderen fragen, was los ist.«

»Das ist ganz einfach, er sitzt nämlich mit Miss Dalrymple und Miss Belinda an einem Tisch.«

Piper sauste hinaus. Alec besprach sich mit Tom, in welcher Reihenfolge die Herren am sinnvollsten hereinzubitten wären. Sie beschlossen, sich Bretton und Jeremy Gillespie als erste vorzuknöpfen, da deren Aussagen außerordentlich lückenhaft waren.

»Dann Peter Gillespie, während Miss Dalrymple seine Gemahlin ins Visier nimmt«, schlug Tom vor.

»Großartige Idee! Am besten holen wir ihn gleich als ersten, damit das mit der Abwesenheit seiner Frau zusammenfällt. Dann Bretton und Jeremy, und dann nehmen wir uns Smythe-Pike vor, egal, ob er noch im Bett liegt oder schon aufgestanden ist. Alles, was wir an weiteren Details aus denen herausbekommen, nützt unseren Ermittlungen. Ich würd sagen, daß die Kratzer als Beweis ausreichen dürften, aber man kennt doch die Rechtsanwälte.«

»Aalglatt ist gar kein Ausdruck«, stimmte ihm Tom zu. Er blickte sich um, als Piper wieder eintrat. »Hast du den Fisch an die Angel gekriegt, Kleiner?«

»Dr. Jagai kommt in ein paar Minuten, Chief. Er ißt sein Porridge wie die Schotten, Sergeant, hinterher allerdings nicht anderthalb Tonnen Speck mit Eiern wie Sie – aber Curry ißt er auch nicht«, fügte Piper bedauernd hinzu, als hätte ihm eine solch exotische Angewohnheit nur zu gut gefallen.

Der Arzt ließ sie nicht lange warten. »Eine medizinische Konsultation, Mr. Fletcher?« fragte er. »Ich habe meinen Arztkoffer oben.«

»Nein, Doktor. Ich muß Sie vielmehr um einen Gefallen bitten. Aber zuerst: hätten Sie etwas dagegen, wenn ich mir Ihre Hände kurz anschaue?«

Jagai zog die Augenbrauen empor, doch streckte er sofort die Hände aus, braune, kurze, agile Finger mit gut gepflegten, blitzsauberen Fingernägeln. Die Kratzer, die er sich geholt hatte, als er Belinda half, bildeten jetzt ein Netz von vielen kleinen Schorfstrichen. Die Kratzer von Fingernägeln würden in eher parallelen Bahnen verlaufen, dachte Alec, und sie wären breiter. Und sie wären noch längst nicht verschorft.

Der Inder drehte die Hände um und zeigte die rosigen Innenflächen. An einer Stelle, wo ein Dorn tiefer eingedrungen war, leuchtete ein Jodfleck. »Keine schlimmen Verletzungen«, sagte er leichthin. »Kratzer von Katzenkrallen sind schlimmer. Die eitern häufig.«

»Und was ist mit Kratzern von Fingernägeln?« fragte Alec. »Ich fürchte, ich muß Sie außerdem bitten, Ihr Jackett auszuziehen und die Ärmel aufzukrempeln.«

Jagai nahm die Jacke ab und löste die Manschettenknöpfe. »Also hat Mr. McGowan seinen Mörder mit einem Mal gezeichnet«, sagte er und offenbarte völlig unversehrte Arme, wenn man von einer kleinen weißen Narbe am Ellbogen absah. »Das freut mich für den alten Jungen! Fingernagelkratzer können übel sein, zum einen wegen der Breite, zum anderen, weil sie meistens durch schmutzige Nägel zugefügt werden. Was in diesem Fall natürlich nicht sein kann.«

Alec half ihm wieder ins Jackett.

»Übrigens, haben Sie in Mr. McGowans Abteil die Jacke ausgezogen?« fragte er.

»Ja. Da drin war es einfach unerträglich heiß.«

»Hat er Sie aufgefordert, das zu tun? Hätte er das auch seinen anderen Besuchern angeboten?«

»Das bezweifle ich eher«, sagte Jagai trocken. »Er mochte sie nicht, und es wäre ihm egal gewesen, ob sie sich bei ihm wohl fühlen oder nicht. Aber möglich ist es natürlich.«

»Es tut mir leid, daß ich Sie hab überprüfen müssen. Sie stehen eigentlich nicht mehr wirklich unter Tatverdacht, aber ich mußte ganz sicher sein. Das liegt einerseits daran, daß ich gründlich vorgehen muß, andererseits an dem Gefallen, von dem ich eben sprach.«

»Was kann ich denn für Sie tun?«

»Sie können gerne jederzeit abreisen, aber wären Sie so freundlich, noch für eine Weile meine Tochter zu hüten? Ich brauche Miss Dalrymples Hilfe und meine beiden Männer auch, aber ich kann Belinda nach den gestrigen Geschehnissen unmöglich allein lassen. Sie mag Sie und vertraut Ihnen.«

»Es wird mir eine Freude sein, Mr. Fletcher«, sagte Jagai und lächelte Alec an.

»Bitte achten Sie darauf, daß sie auch nicht eine Minute allein gelassen wird!«

»Sie sind wirklich der Meinung, daß sie in Gefahr ist?« fragte Jagai ernst. »Ehrlich, davon hatte ich keine Ahnung, sonst hätte ich sie schon gestern nicht allein gelassen.«

»Das wußten wir da ja noch nicht. Jetzt stellt sie für den Mörder keine Bedrohung mehr dar, wenn sie das überhaupt je war – sie hat uns erzählt, was sie weiß, ob sich das als nützlich herausstellt oder nicht. Und in jedem Fall haben wir jetzt die Kratzer als Beweismittel. Nur weiß der Mörder oder die Mörderin das alles natürlich nicht.«

»Es ist immer besser, auf Nummer Sicher zu gehen. Ich werde auf sie achten. Vielleicht tut es ihr gut, eine Weile aus dem Hotel rauszukommen. Darf ich sie auf einen Spaziergang mitnehmen, aber in die Stadt, nicht wieder auf die Stadtmauer?«

»Das ist doch eine gute Idee, für eine Stunde oder so. Vielen Dank, Doktor.« Alec schüttelte ihm die Hand. »Bitte erwähnen Sie niemandem gegenüber die Kratzer. Mir wäre lieber, wenn niemand weiß, wonach wir suchen. Piper, gehen Sie bitte mit Dr. Jagai; erklären Sie die Sache Belinda und sagen Sie Miss Dalrymple, daß ich das Vergnügen ihrer Gesellschaft erbitte.«

Daisy war eher enttäuscht, als sie feststellte, daß Alec das Vergnügen ihrer Gesellschaft sowohl mit Piper als auch mit Tring teilen wollte. Allerdings munterte es sie wieder auf, als sie tatsächlich gebeten wurde, bei den Ermittlungen zu helfen.

»Liebes bißchen, das fragen Sie noch, *selbstverständlich* helfe ich Ihnen«, sagte sie. »Und wenn einer Schwierigkeiten macht, dann sag ich einfach, daß die Alternative eine strenge alte Polizeibeamtin ist. Soll ich die Damen befragen?«

»Nein, Daisy, auf keinen Fall!« rief Alec entsetzt. »Wehe, Sie tun das. Überhaupt: wenn Sie verdächtige Kratzer finden, dann haben Sie keine Bemerkung zu machen, geschweige denn nach Erklärungen zu fragen oder etwa Anschuldigungen vorzubringen. Sagen Sie es einfach Piper. Er steht direkt vor Ihrer Tür.«

Daisy hatte nicht bedacht, daß auch ihre eigene Sicherheit bedroht sein könnte. Sie glaubte das immer noch nicht, schließlich hatte sie nur mit Damen zu tun. Aber es war durchaus ein Trost, jemanden in der Nähe zu wissen, falls eine der Damen mit einem Schürhaken auf sie losgehen sollte.

»Sehr schön«, sagte sie und schenkte dem jungen Detective ein warmes Lächeln. Piper errötete und strahlte sie an.

Sie beschlossen, daß die Untersuchung am besten in Daisys Zimmer durchgeführt würde. Sie ging hinauf, und wenige Minuten später führte Piper Enid Gillespie herein.

»Also wirklich, Miss Dalrymple«, zischte sie, »unfaßbar, daß Sie sich in diese schmutzige Angelegenheit hineinziehen lassen.«

»Wenn Sie sich lieber beim Polizeihauptquartier von einer Beamtin befragen lassen wollen, wird Chief Inspector Fletcher Ihnen diesen Wunsch gerne erfüllen«, versicherte ihr Daisy.

»Auf gar keinen Fall!«

»Dann brauchen wir das ja nicht weiter zu diskutieren. Dürfte ich bitte Ihre Hände sehen, Mrs. Gillespie?«

»Meine Hände? Großer Gott, deswegen die ganze Aufregung? Die Polizei muß ja wirklich völlig ratlos sein, wenn sie sogar anfängt, Handleserinnen zu beschäftigen«, sagte Enid Gillespie sarkastisch und streckte die Hände mit den Handflächen nach oben aus. Auf Daisys Bitte hin wandte sie sie um und zeigte mehrere außerordentlich häßliche Ringe: von Schnörkeleien überladene Fassungen hielten nicht besonders wertvolle Steine. Keine Kratzer. »Und jetzt muß ich bitte Ihre Arme sehen.«

»Das geht nun aber wirklich zu weit«, keifte Mrs. Gillespie.

»Soll ich Detective Constable Piper bitten, Sie zum Polizeihauptquartier zu begleiten?« Daisy betete förmlich, daß die so geräuschvoll sich sträubende Frau nachgeben würde. Sie hatte keine Ahnung, ob Piper oder Alec die Befugnis hatte, irgend etwas dergleichen zu tun. Sie hätte das vorher fragen müssen, zu dumm.

In grimmigem Schweigen nahm Mrs. Gillespie die geschneiderte Jacke ihres schwarzen Kostüms ab, knöpfte die Manschetten ihrer weißen Bluse auf und krempelte die Ärmel bis zu den Ellbogen hoch. Daisy war enttäuscht - keine Spuren auf ihrer faltigen, bleichen, fleckigen Haut.

Nach ihr war der Rest einfach. Mrs. Smythe-Pike war willig, wenn auch etwas verwirrt. Madame Pasquier erfüllte rasch und effizient ihre Pflicht. Anne war so damit beschäftigt, sich über den Mangel an Spielgelegenheiten für kleine Kinder im Hotel zu beklagen, daß sie sich kaum bewußt wurde, wie weit sie ihre Arme entblößen mußte. Judith wirkte unruhig, fast besorgt, doch kam sie dem Wunsch ohne Protest nach. Und was Kitty anging, die hielt die ganze Angelegenheit für ein großartiges Abenteuer. Keine der Damen hatte irgendwelche Kratzer.

Als Kitty hinausgehüpft war, steckte Piper den Kopf in das Zimmer. »Bleibt nur noch Mrs. Jeremy Gillespie, Miss«, sagte er, »und ich glaub nicht, daß sie mehr als notwendig rauf und runter laufen sollte. Sonst gebiert sie noch auf der Treppe.«

»Weint sie?« fragte Daisy vorsichtig.

»Nein, Miss, zur Zeit nicht. Aber der Chief will sie direkt nach ihrem Mann sprechen, und der ist gerade bei ihm.«

»Dann müssen wir uns wohl beeilen.« Daisy machte sich zur Treppe auf, dicht gefolgt von Piper. »Wenn im Speisesaal niemand mehr ist, dann werd ich sie dort in Augenschein nehmen. Wobei ich wirklich nicht glaube, daß sie irgend jemanden hätte angreifen können.«

»Das ist nicht sehr wahrscheinlich, Miss«, stimmte Piper ihr zu.

Mattie Gillespie war kratzerlos – und auch tränenlos, bis sie, als sie mit Daisy aus dem Speisesaal herauswatschelte, von Piper gebeten wurde, in die Höhle des Chief Inspector zu kommen. Ihre Augen wurden feucht, und sie griff Daisy am Arm. »Bitte kommen Sie mit«, bettelte sie.

Daisy verwarf sofort den noblen Gedanken, ihren Gatten

Jeremy als geeigneteren Begleiter vorzuschlagen, und ging mit ihr. Alec konnte gegen ihre Anwesenheit wohl kaum Einspruch erheben, nachdem er sie doch gerade um ihre Hilfe gebeten hatte. Er wirkte resigniert, protestierte aber in der Tat nicht.

Die Befragung war äußerst sanft. Alec ließ nicht das geringste Anzeichen eines Verdachts gegenüber Matilda spüren. Trotzdem bekam er nur aus ihr heraus, daß Jeremy es nicht getan hatte und daß ihr das Geld völlig egal war, sie wolle jetzt nur noch nach Hause, verkündete sie unter Sturzbächen von Tränen.

Alec seufzte und ließ sie gehen. Daisy stützte sie, als sie stolpernd aus dem Zimmer ging. Liebend gerne wäre sie geblieben und hätte gefragt, ob er weitergekommen war.

Sie hatte aber nichts verpaßt. Er tappte, wie Tom sagte, noch immer im dunkeln. Peter Gillespie war ohne seine Frau so wenig ergiebig wie mit ihr. Jeremy Gillespie und Harold Bretton erinnerten sich in nüchternem Zustand nur noch an die Tatsache, daß sie getrunken hatten – wenn sie sich überhaupt an etwas erinnerten. An keinem von ihnen war ein Kratzer zu sehen.

»Keine der Damen hat Kratzer an den Armen, stimmt's, Ernie?« Piper schüttelte den Kopf. »Wir gehen dann mal zu Smythe-Pike. Ich möchte mir Raymond als letzten aufheben. Es kann nichts schaden, ihn ein bißchen zappeln zu lassen.«

»Armer Kerl«, murmelte Tom.

»Wirklich ein armer Kerl«, stimmte ihm Alec ernst zu, »aber die Rechtsanwälte werden sich dann schon noch mit seiner eingeschränkten Schuldfähigkeit auseinandersetzen. Unsere Aufgabe ist es, den Mörder von Albert McGowan ausfindig zu machen.«

Bei dem Tanz, den Smythe-Pike ob der Bitte, die Arme frei zu machen, aufführte, hätte jeder angenommen, daß er der Mörder war. Er saß in seinem scharlachrot gestreiften Flanellpyjama im Bett und schleuderte den frechen Schnüfflern, die es wagten, die Ruhe eines kranken Mannes zu stören, wilde

Flüche entgegen. Der Chief Constable, mit dem ihn angeblich eine enge Freundschaft verband, war aber leider Hunderte von Meilen entfernt. Schließlich schob er widerwillig die Pyjama-Ärmel hoch und offenbarte muskulöse Arme, an denen keine noch so kleine Wunde zu entdecken war.

Das war sein einziges Entgegenkommen. Als Alec versuchte, ihm einige Fragen zu stellen, drohte ihm Smythe-Pike mit der Faust und stieß weitere wüste Beschimpfungen aus, wobei sein Gesicht die Farbe der Streifen auf seinem Schlafanzug annahm. Aus Sorge, daß ihn gleich ein Schlaganfall ereilen würde, ließ Alec von ihm ab.

»Du liebe Zeit«, seufzte Piper auf, als sich die Tür hinter ihnen schloß, »was bin ich froh, daß wir *den* nicht festnehmen müssen!«

»Was ist eigentlich mit dem Rechtsanwalt, Chief?« fragte Tom.

»Wenn er der Täter wäre, warum sollte er dann noch hier herumhängen?« fragte Piper. »Das muß er ja nicht. Man würde meinen, daß er dann wie der Blitz von dannen gesaust wäre.«

»Möglich, daß er den Überblick über die Angelegenheit behalten wollte«, sagte Tom. »Will vielleicht schauen, ob wir ihn ins Visier nehmen. Das machen Täter doch oft. Nicht, daß ich glauben würde, daß er es war.«

»Ich auch nicht«, stimmte Alec ihm zu, »aber vermutlich sollten wir ihn doch besser überprüfen. Je mehr ich darüber nachdenke, desto mehr erscheint mir Miss Dalrymples Theorie ziemlich an den Haaren herbeigezogen. Aber ich will ihr nicht sagen müssen, daß ich mir die Sache noch nicht einmal genauer angeschaut habe. Tom, Sie unterhalten sich mal mit McGowans Diener, während Ernie und ich Braeburn einen kleinen Besuch abstatten. Wir sehen uns dann später unten.«

Der Rechtsanwalt war zwar aufgestanden und angekleidet, doch hockte er wieder im Sessel am Kamin. Er wirkte noch immer todunglücklich, hatte rote Augen und eingefallene Wangen. Seinen schwarzen Seidenschal hatte er eng um den Hals geschlungen.

»Ich bitte um Verzeihung, daß ich sie noch einmal stören muß, Sir«, sagte Alec. »Ist ihr Hals immer noch entzündet? Nun ja, sie müssen auch nicht viel erzählen, es sei denn, Sie haben sich an irgend etwas Neues erinnert?«

»Nichts«, sagte Braeburn mürrisch. »Was gibt's denn?«

»Wir bitten nur alle, die gestern Mr. McGowans Abteil betreten haben, uns ihre Hände und Arme vorzuzeigen, Sir. Wenn es Ihnen nichts ausmacht.«

»Natürlich macht mir das etwas aus! So etwas können Sie nicht ohne richterliche Anordnung machen.«

Alec zog die Augenbrauen hoch und starrte ihn kalt an. »Ohne eine Anordnung kann ich nicht darauf bestehen, Sir. Ich bitte Sie auch nur. Keiner der anderen hat sich verweigert.«

»Die hatten auch alle ein Motiv, Albert McGowan den Tod zu wünschen. Ohne Zweifel sind die alle darauf aus, sich in Sicherheit zu bringen.«

»Wir müssen Motive nicht beweisen, Sir. Ich würde meine Pflicht verletzen, wenn ich nicht jeden überprüfte, der Mittel und Gelegenheit zum gestrigen Mordfall hatte.«

»Nun ja, ich bin kein Experte für Strafrecht«, gab Braeburn zögerlich zu. »Mit den Feinheiten bin ich nicht vertraut. Also meinetwegen.«

Er stand auf, nahm das Jackett ab und krempelte die Ärmel auf.

Seine knochigen Arme waren vollkommen unversehrt. Das war also das Ende von Daisys wilden Phantastereien, dachte Alec, während er ihm höflich wieder half, die Jacke anzuziehen. Der junge Ernie würde enttäuscht von Daisy sein.

18

Daisy hatte es nichts ausgemacht, Alec zu helfen. Jetzt allerdings war es ihr peinlich, den Damen gegenüberzutreten. Gleichzeitig war sie nicht willens, tatenlos in ihrem Zimmer herumzusitzen, und so zog sie sich in eine Ecke des Salons zurück und versteckte sich hinter dem *Berwick Journal* von letzter Woche.

Auf den Cheviot-Bergen lag immer noch Schnee, wie sie las. Kein Wunder, daß es so kalt war. Sie hatte Wanda Hawley als *Miss Hobbs* im Playhouse verpaßt und einen Film über den Ausbruch des Vesuvs, musikalisch untermalt vom Playhouse Orchestra. Ein Automobil, das mit über fünfunddreißig Stundenkilometern über die Brücke gerast war, hatte einen Kinderwagen angefahren. Niemand war dabei zu Schaden gekommen, entnahm sie dem Artikel. Zu seiner Verteidigung hatte der Fahrer vorgebracht, daß der Kinderwagen auf der Straße geschoben wurde, aber wie Superintendent Halliday bei der Verhandlung gesagt hatte: »Wir sind wohl kaum so weit, daß man hierzulande nicht das Recht hätte, auf einer Schnellstraße zu gehen. Vor einiger Zeit hat ein gelehrter Richter befunden, daß man nicht einmal das Recht hat, jemanden zu überfahren, der mitten auf der Straße sitzt.«

In einer Anzeige wurde Bauern zehn Pence und ein Half Penny pro Maulwurfsfell angeboten, was zunächst Daisys Aufmerksamkeit fesselte. Doch dann wanderten ihre Gedanken weiter. Alec hatte ihrer Interpretation von Belindas merkwürdigen Worten nicht viel Vertrauen geschenkt. Was sonst konnten sie bedeuten? »Miss Bäuchlich« – hatte das vielleicht doch etwas mit »bäuchlings« zu tun, oder mit dem Bauch? Hatte Albert McGowan irgendwie von einer Vergiftung erfahren? Hatte ihn jemand peu à peu vergiftet? Sie erinnerte sich, daß nervöses Magengrummeln als mögliches Symptom einer Arsenvergiftung galt.

Sie hätte Belinda nach den Teilen der lautstarken Auseinandersetzung fragen sollen, die sie doch verstanden hatte, das würde den Rest vielleicht verständlicher machen. Und das Kind hatte nie die Frage beantwortet, warum es glaubte, man würde es ins Gefängnis stecken.

Bel mußte doch jetzt schon lange von ihrem Spaziergang zurückgekehrt sein. O Gott, dachte Daisy plötzlich voller

Panik, hatten sie und Alec sich vielleicht doch völlig geirrt, Chandra so blind zu vertrauen?

Sie sprang auf, ließ die Zeitung auf den Stuhl fallen und eilte hinaus in die Eingangshalle.

»Miss Dalrymple!« Belinda hatte ganz rosige Wangen und nahm gerade den Hut ab. Hinter ihr stand der Doktor und knöpfte sich lächelnd den Mantel auf. »Wir haben einen so schönen Spaziergang gemacht auf der Stadtmauer am Fluß. Da ist es vollkommen sicher. Wir haben Fischerboote und Schwäne und ganz viele andere Sachen gesehen.«

»Und wir haben uns unterhalten, nicht wahr, Belinda?«

»Dr. Jagai sagt, ich muß Ihnen und Daddy absolut alles erzählen.«

»Vielen Dank, Doktor, ich hab gerade selbst auch gedacht, daß wir den Dingen noch nicht ganz auf den Grund gegangen sind.«

Daisy bemerkte Briggs, der gerade durch die Empfangshalle trödelte und offensichtlich die Ohren spitzte. »Komm mal mit in den Speisesaal, Belinda. Da dürften wir jetzt ungestört sein.«

»Ich bin dann im Salon, wenn Sie mich brauchen«, sagte Jagai.

Die Tische im Speisesaal waren schon für das Mittagessen gedeckt. Daisy zog einen Stuhl hervor und setzte sich. Belinda stand vor ihr, die Hände fest gefaltet, und sah sehr schuldbewußt aus.

»Ich *wollte* es Ihnen gar nicht verschweigen.«

Daisy nahm ihre Hände. »Es ist schon in Ordnung, Liebling. Ich weiß, daß du Angst hattest. Aber was hat dir denn solche Angst gemacht? Warum hast du gedacht, daß man dich ins Gefängnis steckt?«

»Er hat das gesagt. Ich war im Gang, nachdem ich Dr. Jagai geholt hab, wissen Sie noch? Er ist mit Ihnen hineingegangen, und ich hab draußen gewartet, und dann kam der Hauptschaffner, um nachzusehen, warum der Zug angehalten hat, und alle kamen sie wieder raus. Da hat mir jemand was ins Ohr geflüstert über böse kleine Mädchen, die an Türen lau-

206

schen, und daß die ins Gefängnis kommen, wenn sie erzählen, was sie gehört haben.«

Daisy lehnte sich vor und fragte eindringlich: »Wer?«

»Ich weiß es nicht ganz genau. Da waren so viele Menschen, die gedrängelt und geredet haben. Aber ich glaub, es war dieser Rechtsanwalt.«

»Mr. Braeburn! Jetzt erinnere ich mich auch, du hast mich gefragt, ob Rechtsanwälte Leute ins Gefängnis stecken können. Zu dumm, daß du dir nicht sicher bist. Aber ich glaube, wir sollten das deinem Vater lieber gleich erzählen. Komm mal mit.«

Sie gingen zum Privatwohnzimmer des Hotelwirts, aber da war niemand. Als sie wieder heraustraten, kam Tom Tring gerade die Treppe herunter. »Suchen Sie den Chief, meine Damen?« fragte er. »Der ist oben bei Mr. Braeburn.«

»Da will ich aber nicht hin!« rief Belinda aus.

»Mr. Tring, könnten Sie bitte Belinda zu Dr. Jagai bringen?«

»Selbstverständlich, Miss. Komm mal mit, Miss Belinda.« Er umschloß ihre kleine Hand mit seiner riesigen Pranke. »Zimmer Nummer neun, Miss.«

Daisy eilte hinauf. Nach dem üblichen Fehlstart fand sie das Zimmer, direkt um die Ecke von ihrem, und hob schon die Hand, um anzuklopfen, als sie hörte, wie Alec Braeburn für seine Zusammenarbeit dankte.

Das konnte ja nur heißen, daß der Rechtsanwalt keine Kratzer davongetragen hatte. Verwirrt ließ Daisy die Hand wieder sinken. Die Tür öffnete sich, und Alec starrte sie überrascht an.

»Was ist denn?«

Mit leiser Stimme sagte sie: »Belinda sagt, Braeburn hätte ihr mit dem Gefängnis gedroht, wenn sie weitererzählt, was sie gehört hat.«

Sie wollte gerade noch hinzufügen, daß Belinda nicht ganz sicher war, doch das wartete Alec schon nicht mehr ab. Er eilte zurück in das Zimmer.

»Sie haben meine Tochter bedroht?« brüllte er in einer

Lautstärke, die durchaus eines Desmond Smythe-Pike würdig gewesen wäre. Mit gekreuzten Armen stand er da und blickte wütend in den Sessel am Kamin hinab. Leider verdeckte dessen Lehne den Rechtsanwalt vor Daisy. Unmöglich konnte sie jetzt auch ins Zimmer stürmen.

»Bedroht?« quiekte es aus dem Sessel. »Du liebe Zeit, nein.«

Alec verzog wütend das Gesicht, während er auf Braeburn hinabstarrte. Seine dunklen, schweren Augenbrauen trafen sich in einem furchterregenden Stirnrunzeln an der Nasenwurzel. »Nehmen Sie mal den Schal da ab«, verlangte er in einer trügerisch ruhigen Stimme.

»Ich muß wirklich protestieren, Chief Inspector«, sagte Braeburn mit zitternder Stimme. »Ich bin ein kranker Mann. Ich hol mir noch eine Mandelentzündung, wenn ich meinen Hals der Kälte aussetze. Sie haben doch selbst zugegeben, daß das Gesetz Ihr Vorgehen nicht deckt.«

Er hörte auf zu stammeln, als Alec sich vorlehnte und einfach zupackte. Seine Hand kam dann wieder zum Vorschein und hielt eine schwarze Krawatte. Piper war mittlerweile in der Tür erschienen und bewegte sich auf die beiden zu.

Jetzt war Alecs Stimme so sanft wie das Schleichen eines Panthers und genauso gefährlich. »Wie genau sind Sie eigentlich zu diesen Kratzern an Ihrem Hals gekommen, Mr. Braeburn?«

»Das muß ich selbst gewesen sein, im Halbschlaf«, quakte Braeburn.

»Sie behaupten, die hätten Sie sich selbst zugefügt?« fragte Alec skeptisch nach.

»Das passiert mir häufiger«, haspelte der Anwalt eilig weiter. »Ich leide unter schrecklichen schmerzhaften Mandelentzündungen. Man streckt doch instinktiv die Hand nach einem Kratzer oder einer schmerzenden Stelle aus, und im Halbschlaf ist man sich nicht bewußt, daß man an sich selbst herumfuhrwerkt, bis es zu spät ist. Außerordentlich peinlich, so was. Sie werden doch verstehen, daß ich nicht darauf erpicht bin, meinen Mitmenschen diesen derart lächerlichen Anblick preiszugeben.«

»Diese Kratzer sind wohl kaum lächerlich zu nennen. Die sehen schlimm aus. Sie sollten Dr. Jagai bitten, sie mit Borwasser zu reinigen und Jod aufzutragen.« Macht Alec da etwa einen Rückzieher? fragte sich Daisy entsetzt. Doch fuhr er fort. »Wir kommen hier aber von meiner eigentlichen Frage ab: Sie haben Belinda bedroht?«

»Nicht bedroht, Chief Inspector, nur gewarnt.« Braeburn hatte seine Fassung wiedergewonnen. »Ich hab Miss Fletcher im Gang gesehen, während Mr. Smythe-Pike und Mr. Gillespie eine Unterredung hatten. Als ich sie wieder herumlungern sah, diesmal vor Mr. McGowans Abteil, habe ich sie nur väterlich gewarnt, daß es ungehörig ist zu lauschen.«

Ratlos blickte Alec Daisy an. Sie formte lautlos das Wort »Gefängnis« in seine Richtung.

»Meine Tochter hat Sie so verstanden, daß Sie sie mit dem Gefängnis bedroht haben.«

»Gefängnis, haha! Ich versteh wohl noch genug vom Strafrecht, um zu wissen, daß kleine Mädchen nicht ins Gefängnis gesteckt werden. Ich hab vielleicht etwas gesagt wie, daß so etwas die Belauschten nur in Bedrängnis bringt; vielleicht hat sie es als ›Gefängnis‹ mißverstanden. Zu dem Zeitpunkt herrschte ein ziemliches Durcheinander im Gang.«

»Das kann natürlich sein«, sagte Alec unverbindlich. »Nun denn, ich bin froh, daß wir das geklärt hätten.« Er ging auf die Tür zu, blieb dann aber auf halbem Weg stehen und kehrte zurück. »Ich gehe davon aus, daß Sie nichts dagegen haben werden, wenn der örtliche Polizeiarzt Ihnen eine Blutprobe abnimmt.«

»Blut?« sagte Braeburn schwach. »Für Ärzte hab ich gar nichts übrig.«

»Soweit ich weiß, geht es nur um einen kleinen Pikser in den Finger, Sir. Es ist wirklich erstaunlich, was man aus ein paar Tropfen Blut in diesen unseren Zeiten alles erkennen kann. Man wird in kürzester Zeit nachweisen können, daß Ihre Blutgruppe nicht der entspricht, die wir vorgefunden haben.«

»Ja. Ja, selbstverständlich. Wenn Sie es wirklich für nötig halten, Chief Inspector.«

»Das tue ich. Ich werd Dr. Fraser bitten vorbeizukommen. Ich muß Sie bitten, in der Zwischenzeit das Hotel nicht zu verlassen. Vielen Dank, Sir.«

Kaum hatte Piper die Tür hinter ihnen allen dreien geschlossen, bemerkte Daisy: »Ich wußte gar nicht, daß man Blutflecken auf einem Kissenbezug so genau bestimmen kann.«

Während Alec ihr eine Stufe hinunter folgte und den Flur mit ihr entlangging, korrigierte er sie leise: »Das kann man auch nicht. Man kann nur beweisen, daß sein Blut dieselbe Blutgruppe hat, oder eben nicht. Das kann ihn nicht überführen, obwohl es ihn natürlich umgekehrt als Tatverdächtigen ausschließen kann. Aber die wenigsten Menschen wissen das, genausowenig wie Sie das eben wußten.«

»Sie hatten gehofft, daß er sich verraten würde?«

»Ja, oder daß er sich wenigstens weigern würde, die Blutprobe machen zu lassen.«

»Das wäre ja auch eine angemessene Reaktion gewesen, ob unschuldig oder schuldig«, bemerkte Daisy, »genauso angemessen wie seine Erklärung für die Kratzer und für das, was er Belinda gesagt hat.«

»Tatsächlich«, sagte Alec, »war er alles in allem viel *zu* angemessen. Er hätte eigentlich drohen müssen, *mein* Blut fließen sehen zu wollen dafür, daß ich ihn so belästige.«

»Glauben Sie immer noch, daß er es war?« Sie gingen die Treppe hinunter.

»Wir haben an niemandem sonst Kratzer gefunden. Tom schaut sich gerade den Diener an. Ansonsten ist keiner mehr übrig außer Raymond Gillespie. Ernie, suchen Sie den doch bitte mal und bringen Sie ihn zu mir in das Privatzimmer.«

Am Fuß der Treppe machte er sich zum hinteren Teil des Hauses auf, während Daisy und Piper weiter in den Salon der Hotelgäste gingen.

»Der Chief macht sich Sorgen, nicht wahr?« fragte Daisy.

»Daß Mr. Braeburn brav wie ein Lämmchen der Blutprobe zustimmt – na ja, sieht nicht so aus, als wäre er es gewesen. Und der Chief hatte ja eigentlich damit gerechnet, daß die Kratzer alles offenbaren.«

Daisy nickte.

Als sie in den Salon eintraten, sprang Belinda zu ihr. »Miss Dalrymple, Dr. Jagai möchte mir ein Ginger Ale spendieren, wo doch jetzt die Bar geöffnet hat, aber nur, wenn Sie das erlauben. Das wird mir bestimmt nicht den Appetit fürs Mittagessen verderben, ehrlich nicht.«

»Nur zu. Sag ihm, du darfst, und vergiß nicht, dich zu bedanken.«

»Mach ich ganz bestimmt. Er sagte, er würde Kitty auch auf eins einladen, und ich hab sie auch gefragt, aber sie darf nicht bei uns sitzen.«

»Was für ein Jammer. Aber vielleicht wird ihre Mutter ihr das jetzt doch erlauben, wo ich da bin.« Daisy hielt inne und unterdrückte ein Seufzen, als sie Anne auf sich zukommen sah, die mal wieder ein genervtes Schmollen zur Schau trug.

»Daisy, würdest du bitte mit deinem Polizisten da sprechen? Er muß uns jetzt wirklich endlich abreisen lassen. Den Kindern tut es überhaupt nicht gut, so lange mit dem Kindermädchen in einem winzigen Zimmer eingepfercht zu sein.«

»Bring Sie doch für eine Weile hier herunter.«

»Oh, ausgeschlossen! Doch nicht, wenn hier ein Mörder umgeht! Außerdem sagt Harold, daß sie sowieso nur alle stören würden. Komm doch mit und schau es dir mal an. Dann kannst du Mr. Fletcher gleich erklären, wie unmöglich die Lage ist.«

»In Ordnung.« Jetzt entwich ihr doch das Seufzen. »Aber nur ganz kurz.«

Daisy ging auf Dr. Jagai zu, der sich ihr näherte. »Dürfte ich Sie wohl bei der Gelegenheit auf einen Sherry einladen?« fragte er.

»Vielen Dank, aber im Moment nicht. Doktor, würde es Ihnen sehr viel ausmachen, noch eine kleine Weile auf Belinda aufzupassen? Mrs. Bretton möchte, daß ich mit ihr zu den Kindern gehe.«

»Aber keineswegs. Wir vertragen uns bestens, wir beide.«

Während Daisy und Anne hinaus in den Eingangsbereich gingen, trafen sie Piper und Raymond, die aus der Gaststätte kamen. Ray hatte einen Bierkrug in der Hand. Ein Zittern ließ die Oberfläche der dunklen Flüssigkeit glitzern. Er war blaß – ob blasser als sonst, konnte Daisy nicht sicher sagen –, und ein Mundwinkel zuckte. Sie warf ihm ein Lächeln zu, von dem sie hoffte, daß es ermutigend war. Er schien es aber nicht zu bemerken.

Alec hatte gefälligst vorsichtig mit ihm umzugehen, sonst würde er es nicht nur mit Judith zu tun bekommen, sondern auch mit ihr! dachte Daisy bei sich.

Alec gefiel Raymond Gillespies Aussehen gar nicht. Und Tom Tring auch nicht, wenn man seinen mißtrauischen Gesichtsausdruck recht verstand. Vielleicht war es doch ein Fehler gewesen, den jungen Mann so lange im eigenen Saft schmoren zu lassen. Wenn er jetzt eine seiner Nervenattacken bekäme, dann wüßte Alec überhaupt nicht, was er tun sollte.

Er bat ihn, sich auf das rote Sofa zu setzen, ging dann zu Piper hinüber und murmelte: »Wenn er zusammenbricht, dann holen sie bitte sofort Miss Smythe-Pike.«

»In Ordnung, Chief.«

Alec saß Raymond gegenüber. »Haben Sie sich an irgend etwas erinnert, was uns nützlich sein könnte?« fragte er im Versuch, ihn damit zu beruhigen. »Haben Sie zum Beispiel irgend jemanden im Gang in der Nähe von Mr. McGowans Abteil gesehen, bevor oder nachdem Sie hineingeschaut haben?«

»Keine Menschenseele. Ich hab immer wieder darüber nachgedacht. Ich bin mir ziemlich sicher, daß er zu dem Zeitpunkt schon tot war. Da ist eine Art von … eine Art von schrecklicher Abwesenheit. Haben Sie das noch nie erlebt?«

»Ich weiß, was Sie meinen.« Alec hatte die merkwürdige Leere des Todes schon erlebt, doch hatte er dieses Empfinden immer seinem eigenen Gemüt zugeschrieben, nicht einem objektiv wahrnehmbaren äußeren Umstand. Er glaubte jedenfalls nicht daran, daß man den Tod durch einen Spalt von ein paar Zentimeter Breite fühlen konnte, ohne von ihm zu wissen. Raymonds übersensible Phantasie spielte wohl nach dem Ereignis verrückt – oder er unternahm gerade ein Ablenkungsmanöver.

Es hatte keinen großen Sinn, den Augenblick der Wahrheit aufzuschieben, beschloß er. »Dürfte ich mal Ihre Hände sehen?« bat er.

Raymond streckte die Hände aus. Sie zitterten. »Die sind ein bißchen ungepflegt«, sagte er mit bebender Stimme.

Sie sahen erheblich zerkratzter aus als die Hände des Doktors und spiegelten wohl die Kraft wider, mit der Raymond Belinda aus dem Dornbusch befreit hatte. Alec bemerkte eine rötliche, entzündete Anschwellung mit einem schwarzen Punkt in der Mitte, als sei darin ein Dorn steckengeblieben. Keiner der Kratzer schien von Fingernägeln herzurühren.

»Sie sollten das mal verarzten lassen«, sagte er. »Bitten Sie doch Dr. Jagai, den Splitter herauszuziehen und die Wunde zu desinfizieren.«

»Sie sind ja schon so schlimm wie Judith, Chief Inspector. Die bemuttert mich auch immer.« Raymond versuchte es mit einem Lächeln, aber es wollte nicht so recht gelingen. »Sie möchten jetzt auch meine Arme sehen, nicht wahr? Das haben mir die anderen erzählt.«

»Bitte.«

Er erhob sich, zog die Jacke aus und fummelte ungeschickt an den Manschettenknöpfen herum. Alec mußte ihm helfen. Er schob die Ärmel hoch, ohne sich erst die Mühe zu machen, sie hochzukrempeln. Auf seinem dünnen, aber muskulösen rechten Unterarm befanden sich zwei kaum wahrnehmbare rote Kratzspuren. Auf dem linken prangten vier parallele Striemen, rot und entzündet, die fast vom Ellbogen bis zum Handgelenk verliefen.

»Das kommt aber nicht von Dornen«, sagte Alec grimmig.

»Könnten Sie mir wohl verraten, wie Sie sich diese Kratzer geholt haben?«

»Nein, das werde ich nicht!« Raymonds Stimme wurde laut. »Ich weiß, was Sie jetzt denken. Sie haben die Arme von allen angeschaut, also ist es offensichtlich, daß der alte Mann seinen Mörder gekratzt hat. Aber ich hab ihn nicht umgebracht, bestimmt nicht. Ich war es nicht!«

»Jetzt beruhigen Sie sich doch! Habe ich Sie denn beschuldigt? Aber trotzdem, wenn Sie mir einfach nur erklären würden ...«

»Das werd ich aber nicht.«

»Sie müssen doch zugeben, daß es schlecht für Sie aussieht«, mahnte Alec ihn zur Vernunft. »Ich sollte Ihnen sagen, daß eine freiwillige Aussage bei Gericht auf erheblich mehr Wohlwollen stößt als die eines Mannes, der auf eine Anklage reagiert. Außerdem gibt es jede Menge Mitgefühl für diejenigen, die unter ... den Spätfolgen des Kriegsdienstes leiden.«

»Glauben Sie wirklich, daß ich mein Granatentrauma vorschieben würde? Niemals! Ich hab ihn nicht umgebracht. Begreifen Sie das denn nicht! Mir hat das Morden da drüben schon gereicht!«

»Wenn ich es richtig verstehe, dann leiden Opfer von solchen Kriegstraumata gelegentlich unter Phasen, in denen sie sich ihrer eigenen Handlungen nicht mehr bewußt sind.«

Raymond sank zurück in das Sofa. »Ich kann das einfach nicht fassen«, sagte er dumpf. »Ich weiß doch immer, wenn mir in der Erinnerung etwas fehlt. Und da fehlt nichts. Es ist mir doch alles noch präsent.« Er schüttelte den Kopf. »Das schwör ich.«

»Dann werden Sie ja auch nichts dagegen haben, wenn der Polizeiarzt Ihnen ein bißchen Blut abnimmt.«

Er blickte auf, und sein schmales Gesicht war plötzlich ganz lebendig. »Eine Blutprobe? Selbstverständlich! Das wird doch beweisen, daß ich den armen alten Mann nicht umgebracht habe.« Doch dann sackte er wieder zusammen und verbarg das Gesicht in den Händen. »Oder auch, daß ich es getan habe. Und wenn ich ihn umgebracht habe, dann verdiene ich ja auch das Todesurteil. Niemals werde ich ein Granatentrauma als Ausrede anführen!«

Alec spürte tiefes Mitleid für ihn und für seine Verlobte. Wenn er nicht gehängt wurde, dann würde er wahrscheinlich für den Rest seines Lebens nach Broadmoor in die Nervenheilanstalt gesteckt werden.

Piper war unbemerkt hinausgeglitten und kehrte jetzt mit Judith Smythe-Pike zurück. »Komm schon, Liebling«, sagte sie sanft zu Raymond. »Laß uns mal deine Jacke wieder anziehen.«

Wie ein Kind gehorchte er ihr. »Judith, ich kann einfach nicht glauben, daß ich es getan haben soll.«

Sie warf einen giftigen Blick voller Abscheu zu Alec. »Natürlich hast du das nicht, Liebling. Dr. Jagai sagt, daß es mindestens vier Minuten braucht, bis man erstickt, und so lange warst du einfach nicht fort. Das werden wir auch beweisen. Nehmen Sie ihn jetzt fest, Chief Inspector?«

»Nicht gleich sofort, Ma'am.« Schließlich hatte er, wenn man von Raymonds Weigerung absah, die Angelegenheit zu erklären, ebenso gute Gründe, Braeburn festzunehmen. »Mr. Gillespie hat einer Blutprobe zugestimmt. Während ich das organisiere, hat er allerdings das Hotel nicht zu verlassen.«

»Aber er ist nicht unter Stubenarrest? Komm schon, Ray, dir wird es anderswo bessergehen.«

Alec folgte den beiden hinaus und ging zur Telephonkammer unter der Treppe. Zwar befand sich Redlow schon auf dem Weg zurück nach Newcastle, aber der Mann vor Ort war bestimmt genauso in der Lage, ein paar Blutproben zu nehmen und zu analysieren. Sergeant Barclay, der im Polizeihauptquartier an den Apparat ging, sagte, Dr. Fraser halte gerade in seiner Praxis die Sprechstunde ab.

»Aber ich ruf ihn an, Sir, und ich bin mir sicher, daß er gleich ins Raven's Nest kommt. Wenn es keinen Notfall gibt, dann haben Polizeiaufträge immer Vorrang.«

Als er in das hinten gelegene Wohnzimmer des Wirts zurückkehrte, fand Alec dort Tom und Ernie vor, die alles andere als glücklich aussahen und nichts von der Zufriedenheit ausstrahlten, die sie sonst immer bei der nahenden Lösung eines Kriminalfalles an den Tag legten.

»Sieht so aus, als wäre das unser Mann, Chief, nicht wahr?« fragte Ernie betrübt.

»Ich kann nicht anders, ein junger Kerl wie der tut mir einfach leid«, grummelte Tom. »Er hat da eine prächtige junge Frau, die ihn mit der Zeit sicherlich wieder auf Vordermann bringen würde.«

»Es sieht wirklich nicht gut aus«, gab Alec zu. »Raymond Gillespie hat offensichtlich ein Motiv. Aber es gibt ja immer noch eine Chance, daß Braeburn unser Täter ist, wenn sie auch ein wenig abwegig sein mag. Vermutlich ist es noch zu früh, um irgendwelche Ergebnisse von Inspector Fielding zu erwarten.«

»Die Jungs vom Betrugsdezernat können ›Eilauftrag‹ noch nicht mal buchstabieren«, stimmte ihm Tom zu. »Das kann noch Wochen dauern.«

»Wir haben Glück, daß das Blut auf dem Kissenbezug nicht von einer häufig auftretenden Blutgruppe ist. Und wenn unser Glück anhält, werden die Proben den einen oder anderen unserer Verdächtigen ausschließen. Na ja, während wir auf Dr. Fraser warten, können wir ja noch mal die Aussagen der anderen Revue passieren lassen und schauen, ob wir da irgend etwas Interessantes herausfinden. Ernie?«

Piper blätterte zurück an den Anfang seines Notizbuchs. Er las rasch aus seinen Steno-Notizen vor, stolz auf seine Fähigkeiten, die ihm eine Stellung im Criminal Investigation Department verschafft hatten.

»Nicht so hastig, Jungchen«, sagte Tom. »Vielleicht kommen wir nicht ganz so weit, aber wenigstens fallen uns dann unterwegs noch ein paar Merkwürdigkeiten auf.«

Leider fiel jedoch keinem von ihnen irgendeine Merkwürdigkeit auf, die Raymond Gillespie oder Braeburn eindeutig der Tat überführt hätte. Sie hatten gerade das Verhör von Peter und Enid Gillespie beendet, und Alec fragte sich schon, wo Dr. Fraser eigentlich abblieb, als es an der Tür klopfte. »Herein, Doktor«, rief Alec aus und stand auf.

Aber es war Briggs, der Wirt des Hotels, der den Kopf durch die Tür steckte. »Ein Gespräch für Sie, Chief Inspector.«

»Verdammt. Hoffentlich kommt Fraser jetzt endlich.« Er ging hinaus in die Kammer und nahm den Apparat auf. »Hier Fletcher.«

»Chief Inspector, hier wollen jetzt erst mal alle wissen, wie zum Teufel Sie das immer machen!«

»Fielding?«

»Jawohl. Gemäß Ihrer Anweisung hab ich die Kanzlei Braeburn, Braeburn, Tiddle and Plunkett aufgesucht. Stellen Sie sich vor, die haben längst die Wirtschaftsprüfer da! Die haben schon eine ganze Weile den Verdacht gehabt, daß in den Konten von Ihrem Mr. Donald Braeburn nicht alles ganz in Ordnung war. Haben nur noch darauf gewartet, daß er einmal lang genug die Stadt verläßt, damit sie das prüfen können.«

»Und?«

»Er hat tatsächlich die Bücher gefälscht, hat sich bei mehr als einem Kunden bedient an deren Vermögen, dieser Schwerenöter. Es wird noch Tage oder sogar Wochen brauchen, um Genaueres zu erfahren, fürchte ich, Sir.«

»Es hat keine große Eile, aber bitten Sie die Herren doch, sich zunächst einmal auf die Verluste von Alistair McGowan zu konzentrieren.«

»Sergeant Tring hatte neulich ein mögliches Motiv für einen Mord erwähnt?«

»Ein mögliches«, betonte Alec. »Vielen Dank, Fielding. Gut gemacht.«

»War mir ein Vergnügen, Inspector. Wir kriegen Braeburn schon fest, wenn Sie es nicht hinkriegen, keine Sorge!«

Alec hängte den Hörer auf. Also hatte Daisy recht gehabt! Jedenfalls hatte sie eindeutig recht, was den Streit anging, den Belinda gehört hatte, und nur ihre Interpretation hatte den Verdacht auf den Rechtsanwalt gelenkt. Der Streit hatte zu einem Mord geführt – oder auch nicht. Der Verdacht gegen Raymond war immer noch genauso stark oder vielleicht sogar

217

stärker, da er keine andere Erklärung für diese verdammten Kratzer liefern konnte.

Wo blieb Fraser?

Der Polizeiarzt war im Wohnzimmer des Gastwirts angekommen, während Alec am Telephon war. Ein wohlhabend aussehender Gentleman war er und hatte seinen schwarzen Arztkoffer am Tisch vor dem Fenster schon geöffnet, um die notwendige Ausrüstung hervorzuholen, mit der man Blutproben entnehmen und dann analysieren konnte.

»Ich kann das alles gleich hier machen, Mr. Fletcher«, erläuterte er fröhlich. »Wo sind denn nun meine Opfer?«

»Piper, holen Sie bitte Raymond Gillespie. Er wird die schlimme Nachricht so bald wie möglich erfahren wollen, könnte ich mir vorstellen.« Alec erzählte Fraser von Raymonds bedauernswertem Zustand.

Piper blieb unerwartet lange fort. Schließlich kehrte er atemlos zurück. »Ich kann ihn nicht finden, Sir. Er war nicht im Salon und auch nicht in der Kneipe, und Miss Smythe-Pike auch nicht, also bin ich hinauf zu seinem Zimmer, und da ist er auch nicht. Und weil ich den Herrn Doktor nicht warten lassen wollte, dachte ich, bringe ich mal Mr. Braeburn als ersten herunter, bevor ich weiter suche, aber der ist auch nicht auf seinem Zimmer.«

»Haben Sie sich mit dem Constable am Haupteingang unterhalten?« fragte Alec scharf.

»Crombie? Jawohl, Sir. Er hat keinen von beiden hinausgelassen, nur ein paar Leute vom Ort, die er persönlich kennt und die auf einen kleinen Schluck in die Kneipe gekommen sind. Ich hab mir nicht die Zeit genommen, hinten nachzuschauen.«

»Ohne Zweifel sind sie auf der Toilette«, vermutete Fraser. »Warten, auch noch unter Nervenanspannung, schlägt bei vielen Menschen auf die Verdauung.«

»Kann sein. Sergeant Tring, schauen Sie doch bitte nach. Piper, versuchen Sie es mal beim Wachmann hinten am Gatter.«

Tring kehrte als erster zurück. »Alle Toiletten und Badezimmer sind leer«, berichtete er, »und ich hab mir noch einmal die Zimmer angeschaut, Sir – da ist niemand.«

»Sie sollten noch einmal die Kneipe und den Salon probie-
ren. Es ist ja durchaus möglich, daß sowohl Sie als auch Detective Constable Piper die beiden auf dem Weg verpaßt haben, bei diesem Irrgarten an Gängen da oben.«

Wieder kehrte Tom vor Piper zurück, und mit ihm kam
jetzt Daisy.

»Alec, haben Sie Belinda gesehen? Ich kann weder sie noch
Dr. Jagai finden.«

Alec sackte das Herz in die Hose. Ehe er auch nur ein Wort
sagen konnte, raste Ernie Piper herein.

»Chief«, keuchte er und vergaß alle Förmlichkeit in der Gegenwart von Fremden, »der Constable am Gatter hinten liegt
ohnmächtig da. Irgend jemand hat ihm eins über die Rübe gegeben.«

19

Der Fremde im Salon, der Mann, den Daisy nicht kannte,
sprang auf die Füße und griff sich die schwarze Tasche auf
dem Tisch. Er schloß sie mit einem Klicken und herrschte Piper an: »Bringen Sie mich zu ihm!«

Sie eilten hinaus.

»Tom, schauen Sie im Eßzimmer, in der Küche, in den Räu-
men der Dienerschaft, im Keller nach – überall. Fragen Sie
Briggs. Ich ruf Halliday an und organisiere einen vernünftigen
Suchtrupp.«

Alec wandte sich mit aschfahlem Gesicht zu Daisy und ergriff ihre Hand. »Unsere beiden Tatverdächtigen sind verschwunden. Wann haben Sie Belinda zuletzt gesehen?«

»Gleich nachdem ich Sie gesehen habe, nachdem wir zu-
sammen von Mr. Braeburns Zimmer hinuntergegangen sind.«
Sie hielt seine Hand fest, spürte seinen schmerzhaft festen
Griff gar nicht. »Anne hat darauf bestanden, mich hochzu-

zerren und ihre Kinder zu besuchen, also hab ich Belinda bei Dr. Jagai gelassen. Er wollte sie auf ein Ginger Ale einladen. Alec, der ist doch nicht einer Ihrer Verdächtigen?«

»Nein, der nicht. Braeburn und Raymond Gillespie, und *beide* sind sie weg. Ich versteh das nicht.«

»Ich kann mir nicht vorstellen, daß sie Komplizen sind«, stimmte ihm Daisy zu.

»Wenn einer von beiden Belinda Schaden zugefügt hat, bring ich ihn eigenhändig um, Verbrechen hin oder her!« Alec schloß die Augen und holte tief Luft. »Ich muß unbedingt Halliday erreichen.«

Sie begleitete ihn zum Telephon und hörte zu, wie er dem Superintendent die Lage erklärte. »Also bitte, Sir«, endete er, »ich hätte gerne jeden Mann, den Sie erübrigen können. Ja, Sir … Vielen Dank, Sir.« Er legte auf und fuhr sich mit der Hand durchs Haar. »Halliday ruft alle seine Männer zusammen. Gott sei Dank gehört er nicht zu denen, die permanent beleidigt sind, wenn die Metropolitan Police in ihrem Beritt aktiv wird.«

»Er schien mir sehr tüchtig zu sein und obendrein auch noch nett. Ich bin mir sicher, daß er alles in seiner Macht Stehende tun wird.«

»Ja, er kommt jetzt auch selbst her, um mit dem armen Kerl zu sprechen, der verletzt ist. Und natürlich, um die Fahndung zu planen und alle zu befragen.«

»Er wird gleich hiersein. Das Polizeihauptquartier ist doch gleich um die Ecke, nicht wahr? Sergeant Barclay hat es mir gezeigt.«

»Drei Minuten, hat er gesagt. Ich fühl mich so hilflos, Daisy. Jetzt soll ich hierbleiben und Anweisungen erteilen, wo ich doch lieber draußen wäre, um die ganze Stadt zu durchsuchen. Ich wünschte, ich würde mich hier auskennen, wüßte, wo ich anfangen soll, sie zu suchen. Ich hab schreckliche Phantasien, daß sie da draußen irgendwo auf der Stadtmauer liegt, verletzt … oder tot.«

Genauso ging es Daisy, aber sie legte all den optimistischen

Pragmatismus in ihre Stimme, über den sie verfügte. »Ich sehe nicht, wie Ray oder Braeburn es geschafft haben sollen, Dr. Jagai zu überwältigen, ihn zu verstecken und Belinda zu entführen, ohne daß dabei ein schrecklicher Aufruhr entsteht.«

»Es sei denn, sie haben ihn darum gebeten, ihre Wunden zu versorgen. Das hab ich den beiden auch noch selber geraten. Ich wußte ja, daß Jagai seinen Arztkoffer bei sich hat«, sagte Alec verzweifelt. »Er wußte, daß Belinda nicht allein gelassen werden darf, also hätte er sie wohl mit hinaufgenommen.«

»Wahrscheinlich sind sie einfach wieder spazierengegangen.« Obwohl es sehr unwahrscheinlich schien, daß er so etwas tun würde, ohne sich vorher mit ihr oder Alec abzusprechen. »Der Bobby am Vordereingang weiß, daß sie hinausgehen dürfen.«

»Und Piper hätte wegen dieser beiden nicht gefragt!« Noch während er sprach, ging Alec mit zielgerichteten Schritten durch die Eingangshalle, dicht gefolgt von Daisy. Er öffnete die Tür und fragte: »Crombie, sind der indische Arzt und meine Tochter noch einmal hinausgegangen?«

»Nicht, seit sie zurückgekommen sind, Sir. Es sei denn, daß sie hinten durchs Gatter gegangen sind. Da müßten Sie aber am besten Constable Spiers fragen.«

Alec sackte in sich zusammen. »Ich fürchte, Spiers ist verletzt worden.«

Als er das schockierte Gesicht des Constable sah, versicherte er ihm: »Dr. Fraser ist jetzt bei ihm, und Superintendent Halliday ist auf dem Weg. Lassen Sie um Himmels willen niemanden hinaus.« Er schloß die Tür und sagte ironisch: »Typisch! Den Brunnen abdecken, nachdem das Kind hineingefallen ist!«

»Ich könnte ja schon mal los und anfangen, auf der Stadtmauer zu suchen«, bot Daisy an.

»Nein, bleiben Sie bitte. Ich brauche Sie hier, falls … falls man sie zurückbringt. Tom! Irgendwas herausgefunden?«

Sergeant Tring schüttelte den Kopf, während er die letzten Stufen herunterkam. Daisy hatte ihn noch nie so ernst gesehen. »Nichts zu entdecken, Chief. Ich hab aber noch nicht mit Briggs gesprochen.«

»Gehen Sie und suchen Sie ihn. Ich schau noch mal in Jagais Zimmer nach.«

Daisy wußte, was Alec jetzt dachte: daß der Doktor und Belinda in einen Hinterhalt geraten waren, als er seine Arzttasche geholt hatte. Sie folgte ihm, während er die Treppe hinaufraste, und holte ihn ein, als er auf die Tür neben ihrer einhämmerte. Keine Antwort. Alec griff die Türklinke und sagte wild entschlossen: »Ich brech die ein, wenn's sein muß.« Aber die Tür war nicht verschlossen, und niemand war dort.

Die Arzttasche war nirgends zu sehen. Daisy ging zum Schrank. Dort hing der Mantel, doch auch hier keine Tasche, nicht am Fuß des Schrankes, wo die Pantoffeln standen, ordentlich Seite an Seite, und nicht neben dem Hut auf dem Regalbrett darüber.

»Wie merkwürdig«, sagte sie und wandte sich um. Alec war verschwunden. Wahrscheinlich schaute er nach, ob Mr. Halliday angekommen war, nahm sie an.

Sie schaute unter dem Bett nach, obwohl Alec dort auch schon nach einer oder mehreren Leichen gesucht hatte. Ein Mann, der seine Pantoffeln fein säuberlich in den Schrank räumte, würde bestimmt nicht seine medizinische Ausrüstung unter dem Bett verstecken, aber man konnte ja nie wissen.

Nichts. Ein kleines Rätsel, das sich dem unerklärlichen Verschwinden von vier Menschen hinzugesellte. Daisy ließ sich auf die Bettkante plumpsen.

Sie konnte einfach nicht glauben, daß Raymond oder Braeburn oder gar die beiden zusammen es geschafft haben sollten, dem armen Spiers eins über die Rübe zu geben, während sie sowohl Dr. Jagai als auch Belinda entführten. Mindestens einer von beiden mußte einfach noch im Hotel sein.

Vielleicht hatte Dr. Jagai tatsächlich seine Tasche genommen, um Raymonds oder Braeburns Kratzer zu versorgen. Nur wohin? Piper hatte ihre Zimmer schon überprüft. Früher oder später würde Alec ohne Zweifel jedes Schlafzimmer durchsuchen, aber im Augenblick war er mit Mr. Halliday beschäftigt. Außerdem würde er sich vielleicht einen Durchsuchungsbefehl holen müssen, da war sie sich nicht sicher – nicht, daß er sich durch dieses Erfordernis aufhalten lassen würde, wenn er den Verdacht hatte, daß seine Tochter in einem dieser Zimmer war.

Das würde ihm natürlich schrecklichen Ärger bescheren. Daisy hingegen konnte mit Leichtigkeit hineinschauen und wieder hinaussausen, und sie riskierte dabei nicht mehr als einen kleinen Streit.

Ihr eigenes Zimmer lag nebenan, also ging sie dort als erstes hin. Vorhin, auf der Suche nach Belinda, hatte sie nur einen kurzen Blick hineingeworfen. Jetzt schaute sie in den Schrank und unter die Betten. Am liebsten hätte sie Dr. Jagai oder gar beide gefesselt und geknebelt, vielleicht sogar ohnmächtig dort vorgefunden, denn das hätte bedeutet, daß sie nicht tot sind.

Aber da war niemand – weder lebendig noch tot.

Nach kurzem Zögern ging sie über den Korridor zu Alecs Zimmer. Es lag dicht an dem von Dr. Jagai, und der Übeltäter würde nicht erwarten, daß ein vielbeschäftigter Polizeibeamter irgendwann in nächster Zeit in sein Zimmer hinaufgehen würde. Sie durchsuchte es rasch, zwang sich dabei, nicht an ihren mitternächtlichen Besuch zu denken, jenen Besuch, dessen krönender Abschluß ein Kuß gewesen war.

Dann ging sie nach nebenan in das Zimmer, das sich Tring und Piper teilten. Langsam kam sie sich wie eine hinterhältige Schnüflerin vor. Das hielt sie dennoch nicht davon ab, unter den Betten nachzuschauen und die Schranktüren aufzureißen. Da hing der »zweitbeste« Anzug des Sergeant, der mit den blauen und grünen Karos – heute trug er den schrecklichen gelb-beige gemusterten –, doch auch hier weit und breit keine Menschenseele.

Daisy eilte die beiden Stufen hinunter und um die Ecke. Toilette, Badezimmer, eine Stufe hinauf, die nächste Tür war die zu Zimmer Nummer neun, dem von Braeburn. Piper war bereits dort gewesen, aber der suchte ja nach Braeburn; er hatte sich wahrscheinlich nur kurz umgeblickt, wie Daisy es auch in ihrem eigenen Zimmer gemacht hatte. Sie hielt den Atem an und klopfte erst leise, dann lauter. Zu ihrer Erleichterung kam keine Antwort. Sie atmete aus, drückte die Klinke und schaute hinein.

Der Rechtsanwalt lauerte ihr nicht auf. Auch hatte er nicht irgendwelche Opfer herumliegen lassen. Dreißig Sekunden später klopfte Daisy schon an der nächsten Tür.

Sie eilte von einem Zimmer zum nächsten, zwei weitere lagen auf diesem Flur, und dann ging sie in den anderen Flügel, diesmal drei Stufen hinunter. Alle Zimmer waren leer, weder die rechtmäßigen Bewohner noch ungebetene Gäste waren zugegen. Langsam wurde sie übermütig und hatte nach dem Klopfen schon die Hand auf der Türklinke des fünften Zimmers gelegt, als von innen ein Brüllen ertönte.

»Wer zum Teufel ist das denn schon wieder? Kann man denn in diesem gottverdammten Nest nicht einmal ein bißchen zur Ruhe kommen?«

Das war ohne Zweifel Desmond Smythe-Pike. Jeder, der in seiner Gegenwart irgend etwas Merkwürdiges versuchte, hätte rasch gelernt, daß er sich zu bessern hätte.

»Tummir sehr leid, Sir«, quiekte Daisy und hoffte sehr, daß sie wenigstens ansatzweise wie ein schottisches Zimmermädchen klang, »hab mich im Zimma geirrt.« Sagten die Schotten Zimma? Sie unterdrückte ein Kichern und erinnerte sich noch einmal an den schrecklichen Grund für ihre Suche.

Sie ging zur Tür gegenüber und hob schon die Hand, um zu klopfen. Ein seltsam gedämpftes Geräusch war dahinter zu hören. War das der Klang von jemandem, der durch einen Knebel hindurch zu rufen versuchte? Bestimmt nicht – oder vielleicht doch? Dies mußte doch das Zimmer sein, das Judith und Kitty sich teilten – Judith, die alles für Raymond tun würde, und Kitty, die ihren älteren Bruder förmlich anbetete.

Daisy schaute sich um. Sie wollte sich vergewissern, daß das schottische Zimmermädchen, das sie eben gespielt hatte, nicht tatsächlich hinter ihr herschlich. Dann legte sie das Ohr an die Tür, und es war ihr egal, daß sie so eindeutig lauschte. Mmmmmmmmmmmmmmmmmm. Es klang wie tausend Bienen, die sich auf einem heidebewachsenen Moor bestens amüsierten.

Sie hob die Hand, um nochmals zu klopfen, und überlegte es sich dann anders. Behutsam drückte sie die Klinke herunter. Zentimeter um Zentimeter schob sie die Tür auf und linste durch den Spalt.

Auf dem Boden saß jemand. Sie konnte nur einen dünnen Streifen vom Rücken eines Männerjacketts erkennen. Sie schob die Tür weiter auf: ein Knie in einer grauen Flanellhose, und darauf lag mit der Handfläche nach oben eine dunkle Hand. Die Hand von Dr. Jagai. Die Bienen summten ununterbrochen fort. Daisy wurde mutiger und öffnete die Tür so weit, daß sie den Kopf hineinstecken konnte. Die Szene, auf die ihr Blick traf, verwirrte sie vollends.

Auf dem einen Bett saß Judith im Schneidersitz, die Hände mit den Handflächen nach oben auf den Knien, die Augen geschlossen. Auf dem anderen hockten Kitty und – Gott sei Dank – Belinda und auf dem Fußboden Chandra Jagai und Raymond Gillespie, alle in derselben Stellung, alle mit geschlossenen Augen und alle summend.

»Gütiger Gott im Himmel!« sagte Daisy verwirrt. »Was in aller Welt macht ihr denn hier?«

Das Summen hörte abrupt auf. Fünf Paar erstaunter Augen starrten sie an. Dann fingen sie alle gleichzeitig an zu plappern.

Judith wurde laut. »Seid doch mal alle still«, sagte sie gelassen. »Laßt Chandra mal erklären.«

»Es ist eine uralte hinduistische Disziplin.« Der Doktor kam elegant auf die Füße, und Ray tat es ihm etwas weniger graziös nach. »Eine sehr leichte Übung, die …«

»Schon gut, schon gut«, unterbrach ihn Daisy, »das muß jetzt warten. Belinda, dein Vater macht sich fürchterliche Sorgen. Er hat Angst, daß du entführt worden bist. Und er dachte, Sie wären der Entführer, Raymond. Sie sollten wohl alle beide mal schleunigst herunterkommen.«

225

Belinda glitt vom Bett, lief zu Daisy und nahm ihre Hand. »Warum glaubt Daddy denn, daß ich entführt worden bin?« fragte sie ängstlich.

»Weil du plötzlich verschwunden warst und weil der Constable, der das Gatter hinten bewacht hat, eins über die Rübe bekommen hat.«

»Das kann doch nicht wahr sein!« rief Raymond entsetzt aus. »Aber nicht von mir!«

»Nein, nicht von Ihnen, weil Sie ja noch hier sind. Jetzt kommt schon.«

Judith, Kitty und Dr. Jagai folgten ihnen nach unten. Auf halber Strecke hielt Daisy inne. Der Eingangsbereich wimmelte von blauen Uniformen, und die vielen Polizisten redeten aufgeregt durcheinander. Entführungen und Fahndungen waren wohl in Berwick nicht gerade das täglich Brot der Ordnungshüter.

Daisy entdeckte ein vertrautes Gesicht. »Sergeant Barclay«, rief sie aus.

Ein Schweigen legte sich über die Menge, als er an den Fuß der Treppe kam. »Ja, Miss, was kann ich für Sie tun?«

»Ich hab ein paar der Vermißten gefunden, sogar die meisten. Ist Mr. Fletcher immer noch im Wohnzimmer hinten?«

»Ja, Miss, und ich glaub nicht, daß es ihn oder den Superintendent stören wird, wenn man sie unterbricht! Großartige Nachricht, Miss. Und hallo, Missy. Freut mich, daß du gesund und munter bist.«

»Guten Tag, Sergeant Barclay«, erwiderte Belinda schüchtern.

Der Sergeant ging ihnen voraus, öffnete die Tür und wies die kleine Prozession in das Wohnzimmer des Wirts.

Alec und Mr. Halliday beugten sich über eine Karte, die auf dem Tisch am Fenster ausgebreitet lag. Sie blickten sich um, als sie hörten, wie die Tür aufging, und Alec runzelte die Stirn.

»Miss Dalrymple, jetzt nicht, wir …«

Belinda sauste an Daisy vorbei und warf sich ihrem Vater in die Arme. »Daddy, es geht mir gut! Ich bin nicht entführt worden, ich war oben in Kittys Zimmer. Ich war die ganze Zeit bei Dr. Jagai, ohne Unterbrechung. Es geht mir gut, ehrlich!«

Er drückte sie fest an die Brust und blickte über ihren Kopf zu Daisy. Tränen traten in seine grauen Augen. Er lächelte sie an, und sie strahlte zurück, voller Freude, daß sie ihm seine geliebte Tochter wiedergebracht hatte.

Dann sah er Raymond. Augenblicklich wurde er wieder ganz geschäftlich. »Da sind Sie also, Mr. Gillespie. Haben Sie das Hotel verlassen, seit ich Sie das letzte Mal gesehen habe?«

»Autsch, Daddy, du zerquetschst mich ja. Er war die ganze Zeit bei uns, mit mir und Dr. Jagai und Kitty und Judith.«

»Dann suchen wir also den Rechtsanwalt«, sagte Superintendent Halliday.

»Der wird nicht weit gekommen sein«, bemerkte Raymond grinsend.

»Und warum nicht?« wollte Alec wissen.

»Liebling, laß Chandra erzählen«, warf Judith ein. »Schließlich ist es seine Geschichte.«

Mittlerweile waren sie alle zusammen in dem kleinen Raum. Dr. Jagai schloß die Tür hinter sich, doch sie öffnete sich gleich wieder, denn auch Dr. Fraser und Piper drängten sich hinein.

»Doktor, wie geht es Spiers?« fragte Mr. Halliday sofort.

»Er hat eine kleine Gehirnerschütterung, nichts Schlimmes, Superintendent. Ich werd ihn für ein oder zwei Tage zur Beobachtung ins Krankenhaus einweisen. Mr. Fletcher, Detective Constable Piper war wirklich eine große Hilfe.«

»Gut so«, grunzte Alec ungeduldig. »Jetzt wollen wir mal zusehen, daß wir den Mann erwischen, der Spiers krankenhausreif geschlagen hat. Dr. Jagai, was soll das heißen, daß Braeburn nicht sehr weit gekommen sein wird?«

»Ich hab mir erlaubt, ihm eine großzügige Portion Bromid in seinen Whiskey zu tun«, sagte Chandra Jagai schüchtern. Mit einem halb reuigen Blick auf Dr. Fraser fuhr er fort: »Keine gefährliche Dosis, Sir. Aber ich hab große Zweifel, daß er mehr als ein paar hundert Meter weit gekommen sein wird,

Chief Inspector, und er dürfte mittlerweile tief und fest schlafen. Ich glaube, er war in Richtung der Autoreparaturwerkstatt King's Arms auf dem Hide Hill unterwegs.«

»Liebe Zeit«, sagte Alec, »gut gemacht, Doktor.«

»War das nicht schlau von ihm, Daddy?«

»Nicht gerade medizinisch korrekt«, sagte Dr. Fraser mit einem Schmunzeln, »aber unter den gegebenen Umständen wohl verzeihlich.«

»Was denn für Umstände?« fragte Alec. »Wie kamen Sie auf die Idee, daß er kurz davorstand, Fersengeld zu geben?«

Ehe der junge Inder antworten konnte, meldete sich Superintendent Halliday zu Wort. »Das mag ja alles sein«, sagte er düster wie ein Bauer, der Sturmwolken über seinem noch ungeernteten Weizen nahen sieht, »aber Braeburn ist durch die Hintertür hinausgegangen. Wenn er auf dem Weg zum King's Arms war, dann hatte er wahrscheinlich vor, den Weg über die Stadtmauer zu nehmen, um nicht entdeckt zu werden. Um Ihretwillen, Dr. Jagai, wollen wir hoffen, daß er nicht ohnmächtig von der Stadtmauer gestürzt ist und sich dabei das Genick gebrochen hat.«

20

Mr. Halliday verließ den Raum, um seine Leute auf die Suche nach dem narkotisierten Rechtsanwalt zu schicken.

Als Daisy Dr. Jagais entsetztes Gesicht sah, legte sie ihm die Hand auf den Arm. »Vergessen Sie nicht, daß Braeburn Mr. McGowan umgebracht hat«, sagte sie. »Sonst wäre er ja im Hotel geblieben wie befohlen und einfach nur in der Kneipe eingeschlafen.«

»Wie kamen Sie denn auf die Idee, daß er fliehen wollte?« fragte Alec noch einmal. »Und woher wußten Sie, daß er einer meiner beiden Verdächtigen war?«

»Darf ich als der andere Verdächtige mal unterbrechen?« meldete sich Raymond zu Wort und wandte sich an Dr. Fraser: »Wenn Sie der Polizeiarzt sind, Sir, wie ich annehme, würde es

Ihnen dann etwas ausmachen, diese verfluchte Blutprobe zu nehmen, während Chandra das alles erklärt? Es mag ja aussehen, als wäre Braeburn der Mörder, aber ich möchte einen Beweis, daß ich es nicht war, und zwar so bald wie möglich.«

»Selbstverständlich.« Dr. Fraser winkte ihn zum Tisch heran und holte verschiedene Gerätschaften aus seiner schwarzen Tasche. »Fahren Sie nur fort, Dr. Jagai.«

Daisy hatte mitnichten vor, sich die Blutentnahme anzuschauen. Sie hielt den Blick fest auf Dr. Jagai gerichtet. Er wirkte immer noch erschüttert, als er seine Geschichte begann.

»Belinda hatte mir erzählt, daß Mr. Braeburn sie in Angst und Schrecken versetzt hat. Sie beide, Mr. Fletcher und Miss Dalrymple, haben ihre Ängste offensichtlich ernst genommen, denn Sie haben mich ja gebeten, sie nicht aus den Augen zu lassen. Und dann brachte Sergeant Tring sie zu mir, und sie sagte, ihr Vater sei gerade bei Mr. Braeburn. Nun ja, zu dem Zeitpunkt wußte ich, daß der Chief Inspector eher auf der Suche nach Kratzern war als nach Information.«

»Aua!« kreischte Ray auf. »Nein, ist schon in Ordnung, Judith, es hat nicht wirklich weh getan. Entschuldigen Sie die Unterbrechung.«

»Also erschien es mir offensichtlich«, fuhr Dr. Jagai fort, »daß Mr. Braeburn unter Verdacht stand. Ich wollte gerade Miss Dalrymple seinetwegen fragen, aber da schleifte Mrs. Bretton sie weg. Belinda und ich sind dann in die Kneipe gegangen.«

»Dr. Jagai hat mir ein Ginger Ale spendiert, Daddy. Miss Dalrymple hat's erlaubt.«

»Das war aber nett von Ihnen.« Alec lächelte den Doktor an.

»Etwas später«, fuhr der mit seinem Bericht fort, »gesellten sich Ray und Judith – Mr. Gillespie und Miss Smythe-Pike – zu uns. Raymond sagte, Mr. Fletcher hätte ihm geraten, mich wegen eines entzündeten Dornes in seiner Hand zu konsultieren. Sah auch wirklich schlimm aus. Ich ging nach oben, um meine Arzttasche zu holen, und nahm natürlich Belinda mit. Als wir in die Kneipe zurückkehrten, war Kitty bei Ray und Judith.«

»Mummy hat erlaubt, daß ich zu Ray und Judith gehe«, warf Kitty zufrieden ein. »Sie wußte ja nicht, daß Dr. Jagai bei ihnen saß.«

»Mr. Braeburn war auch da«, sagte Belinda. »Nicht bei den anderen, sondern er saß an der Bar. Ich hab so getan, als würde ich ihn nicht sehen.«

»Laß Dr. Jagai seine Geschichte erzählen, meine Süße«, ermahnte sie Alec.

»Ich hatte Kitty vorher ein Ginger Ale angeboten, also ging ich an den Tresen, um es zu holen. Dabei hörte ich, wie Mr. Braeburn sich bei Briggs nach Fähren zum Kontinent erkundigte. Sie können sich vorstellen, daß ich sofort die Ohren gespitzt hab. Briggs sagte, die nächsten Fähren gingen von Leith, dem Hafen von Edinburg, nach Kopenhagen. Danach hat Mr. Braeburn nach Mietwagen gefragt, und Briggs hat ihn zur Autoreparaturwerkstatt King's Arms geschickt. Vermutlich hätte ich direkt zu Ihnen kommen sollen, Chief Inspector. Ich wünschte auch, ich hätte das getan. Aber ich hatte ja auch meine Tasche dabei, mit einigen üblichen Medikamenten. Ich brachte Kitty das Ginger Ale, nahm zwei Tütchen Bromid heraus und bin noch mal zum Tresen zurück. Da hab ich Mr. Braeburn gefragt, ob er hinsichtlich des Testaments von Mr. McGowan etwas für mich tun könne. Durch einen glücklichen oder unglücklichen Zufall, das wird sich noch zeigen, hörte mich Mr. Bretton. Er hat prompt dagegen protestiert mit der Begründung, Mr. Braeburn sei der Anwalt der Familie, während ich …« Er zögerte, und Daisy fragte sich, welche beleidigende Formulierung Harold Bretton wohl diesmal verwandt hatte.

»Ich gehöre ja einigermaßen offensichtlich nicht zur Familie«, sagte Dr. Jagai ironisch. »Mr. Braeburn antwortete ihm irgendwas und gab mir damit die Gelegenheit, das Pulver in den Whiskey zu schütten. Ich wünschte, das hätte ich nicht

230

getan, obwohl, wie Miss Dalrymple sagt, wenn er im Hotel geblieben wäre, dann wäre er ja auch nicht zu Schaden gekommen.«

»Sie konnten ja auch nicht wissen, daß er den Weg über die Stadtmauer nehmen würde«, sagte Daisy, »und vielleicht hat er das auch gar nicht. Aber falls doch, dann ist es sehr wahrscheinlich, daß er den Weg da oben kennt, nachdem er Belinda dorthin gefolgt ist.«

»Und versucht hat, sie umzubringen, genauso wie er Albert McGowan umgebracht hat«, sagte Alec grimmig und legte den Arm um seine Tochter.

»In der Tat!« rief Dr. Fraser aus. »Nun ja, ich würde auch niemandem, der sich mit Whiskey zugeschüttet hat, dazu raten, auf die Stadtmauer zu steigen. Wenn es zu einer Autopsie kommt, dann sehe ich keine Veranlassung, nach anderen Gründen für einen Sturz zu suchen.«

»*Wir* sagen da nichts«, behauptete Ray. »Judith? Kitty?«

»Du liebe Zeit, nein«, sagte Kitty, und Judith schüttelte den Kopf. Alle blickten sie Alec an.

»Ich bin Polizist«, sagte er langsam, »und hab geschworen, das Gesetz zu vertreten. Aber ich bin auch Vater. Hören Sie mal bitte weg, Tring und Piper! Wenn Braeburn etwas zugestoßen ist, dann werde ich mein Bestes tun, den Superintendent auf Kurs zu bringen.«

»Ich hab doch nichts gehört«, sagte Tom Tring mit unschuldiger Miene.

»Ich werd mich in der Sache mit Halliday verständigen«, sagte Dr. Fraser. »Er ist schwer in Ordnung. Nun, Mr. Gillespie, Ihr Blut ist von einer anderen Blutgruppe als das unter den Fingernägeln von Mr. McGowan. Ihr Blut ist als Spenderblut universell verwendbar. Dürfte ich anregen, daß Sie sich bei dem Krankenhaus in Ihrer Nähe melden, damit man Sie im Fall einer …«

»Ray, setz dich!« Judith führte ihren plötzlich leichenblassen Verlobten zum nächstgelegenen Sessel. »Leg den Kopf runter, Liebling.«

»Ich dachte ...«, keuchte er, »ich hatte immer noch Angst, daß ich vielleicht ...«

»Nicht sprechen«, riet Dr. Jagai, der ihm an die Seite geeilt war. »Atmen Sie tief durch. Langsam einatmen, anhalten, langsam ausatmen. So ist's recht. Und noch mal. Einatmen ... anhalten ... ausatmen. Einatmen ... anhalten ... ausatmen.«

»Muß er dafür nicht im Schneidersitz sitzen?« fragte Kitty kritisch.

»Im Moment nicht. In Notfällen braucht man das nicht.«

Daisy beobachtete alles neugierig. Während eine leichte Färbung in Raymonds Wangen zurückkehrte, sagte sie: »Ihr habt mir immer noch nicht erzählt, was ihr alle da oben im Zimmer von Judith und Kitty gemacht habt.«

»Yoga«, sagte Belinda.

»Das ist was Indisches«, sagte Kitty. »Erzählt um Himmels willen Mummy nicht, daß ich das gemacht habe.«

Raymond hob den Kopf. »Und alles meinetwegen«, sagte er trocken. »Ehrlich gesagt, hat Mr. Fletcher mich ein bißchen verwirrt, und ich war immer noch einigermaßen aufgeregt, nachdem Chandra meine Hand versorgt hatte. Da fand er wohl, ich sollte mal diese Entspannungsübung lernen.«

»Yoga ist eine komplexe körperliche, geistige und spirituelle Lehre«, erklärte Dr. Jagai. »Ich weiß sehr wenig darüber, nur das, was ich von einem indischen Freund in London gelernt habe. Diese Übung ist ein bißchen vereinfacht, aber ich habe sie als sehr beruhigend für einen aufgewühlten Geisteszustand empfunden. Ich hoffe, daß eine regelmäßige Ausübung Ray nützlich sein wird.« Er lächelte. »Und daß er mir erlauben wird, die Ergebnisse zu begutachten.«

»Selbstverständlich«, sagte Judith voller Wärme.

»Interessant«, kommentierte Dr. Fraser. »Nun, Chief, wenn Sie für mich nichts mehr zu tun haben, werd ich mal zu meinen wartenden Patienten zurückkehren.«

»Ich würde trotz allem noch gerne eine Blutprobe von Mr. Braeburn haben, Sir. Wenn Dr. Jagai recht hat, dann dürfte man ihn demnächst hereintragen.«

»Ich hätte das nicht tun sollen.« Der indische Doktor schüttelte den Kopf und sah zutiefst unglücklich aus.

»Ich bin aber froh, daß Sie es getan haben«, rief Belinda aus. »Er war absolut fürchterlich. Schrecklich! Ich hoffe, er hat sich das Genick gebrochen, so wie er versucht hat, meins zu brechen.«

Zu spät fiel Daisy ein, daß das Kind schon längst aus dem Zimmer hätte geführt werden müssen. Als sie Alecs reuevollen Blick sah, erriet sie, daß er genau dasselbe dachte. Sie sollte Belinda lieber fortbringen, ehe Braeburns Körper auftauchte.

»Es ist bald Zeit zum Mittagessen«, sagte sie. »Ich sterbe vor Hunger. Belinda, gehen wir mal Hände waschen.«

Widerwillig nahm Belinda ihre Hand. In dem Augenblick wurden schwere Schritte im Eingang laut. Mr. Halliday steckte den Kopf durch die Tür.

»Wir haben ihn«, sagte er. »Lag wie ein Murmeltier auf den Stufen von der Stadtmauer zum Tunnel und hat geschnarcht, als wollte er die Toten wieder auferwecken.«

Daisy blickte sich im Salon für die Hotelgäste um. Alle waren sie da, reisefertig gekleidet und begierig, Alecs versprochene Mitteilung anzuhören, ehe sie zum Sterbebett des Geizkragens nach Dunston Castle weitereilten.

Sie wußten alle, daß die Polizei den Rechtsanwalt von Alistair McGowan zum Verhör mitgenommen hatte.

»Jetzt, wo Braeburn nicht mehr da ist, wird der Alte sein Testament wohl doch nicht mehr ändern können«, sagte Jeremy Gillespie zufrieden zu Harold Bretton. Seine Eltern wirkten genauso zufrieden.

»Noch ist er nicht tot«, sagte Bretton mit gerunzelter Stirn. »Man soll den Tag nicht vor dem Abend loben.«

Desmond Smythe-Pike hörte auf, sich über seine Gichtschmerzen zu beklagen, um verärgert zu bellen: »Ich hab noch nie einen Sprung verweigert, bei Gott nicht! Wir suchen uns einfach noch einen Rechtsanwalt in Edinburg und nehmen den mit. Jeder dieser Kerle kann schließlich ein läppisches Testament zusammenschreiben.«

»Beruhige dich, mein Lieber«, ermahnte ihn seine Frau, »du weißt doch, daß Aufregung alles nur viel schlimmer macht.« Sie wandte sich dann wieder zu ihrer Schwester und schwatzte munter drauflos. Sie und Madame Pasquier hatten schließlich dreißig Jahre nachzuholen.

Anne schnitt Daisy. Sie war beleidigt angesichts des fehlenden Mitleids für die Kinder, die zwanzig Stunden unmenschliche Zustände erduldet hatten müssen. Nachdem sie sie die ganze Zeit oben im Zimmer verschanzt hatte, durften sie jetzt, wo sie es ohne Zweifel bei ihrer Kinderfrau besser gehabt hätten, plötzlich dabeisein. Sie führte Baby gerade Matilda vor, während Belinda und Kitty Tabitha unterhielten.

Judith, die neben Daisy saß, blickte zu Raymond und Dr. Jagai, die sich ernst miteinander unterhielten.

»Dieser kleine Inder hat Ray richtig Hoffnung gemacht«, sagte sie leise, »und ich meine nicht wegen der verpaßten Erbschaft am Familienvermögen. Er ist ein guter Mensch.« Judith überlegte einen Augenblick. »Ich wüßte nicht, daß mir schon einmal einer begegnet ist. Wir werden heiraten, stell dir vor, ob Großvater sein Geld Onkel Peter oder Mutter oder den Söhnen von Geraldine vermacht, die schließlich seine Enkel sind, oder ob er es einem Heim für verkrüppelte Katzen schenkt. Wir kommen schon irgendwie über die Runden.«

»Ich bin mir sicher, das werdet ihr«, sagte Daisy warm. Sie freute sich, daß die beiden nicht mit dem vermeintlich riesigen Vermögen vom alten Alistair rechneten.

Judith nahm ihre übliche gedehnte Sprechweise wieder an. »Was ist eigentlich mit dir und diesem Prachtexemplar von Polizisten, den du da an Land gezogen hast?« fragte sie mit einem neckischen Blick. »Ich gestehe ja, daß ich ihn mitunter wirklich verabscheut habe, aber vermutlich hat er nur seine Arbeit getan. Dennoch, ein Bulle und die Honourable Miss Dalrymple – selbst dieser Tage ist das nicht wirklich *comme il faut*. Oder doch?«

Daisy spürte, wie ihre Wangen heiß und rot wurden. »Wir sind Freunde. Ich bin nur in den einen oder anderen seiner Fälle involviert gewesen.«

»Aha!« Judith wurde wieder ernst. »Anne hat erzählt, daß du deinen Verlobten im Großen Krieg verloren hast. Das tut mir leid. Was für eine schreckliche Geschichte! Es hat gereicht, mich zur Pazifistin zu machen, egal, was Daddy über die Verweigerer sagt.«

»Michael war ein Kriegsdienstverweigerer, aus Gewissensgründen.« Es gab so wenig Menschen, mit denen Daisy über ihn sprechen und auf Verständnis hoffen konnte. »Er war ein Quäker und hat deswegen als Ambulanzfahrer gedient.«

»Ich wünschte, Ray hätte das auch getan! Seine schlimmsten Alpträume kommen daher, daß er Menschen hat töten müssen. Das ist auch der Grund für seine Verzweiflung darüber, daß er Onkel Albert ermordet haben könnte, ohne es zu merken. Obwohl er genau wußte, daß er sich selbst während einem seiner Anfälle so zerkratzt hat. Du wirst ihm nicht sagen, daß ich dir das erzählt habe, oder? Er schämt sich fürchterlich deswegen.«

»Natürlich nicht. Das war es also! Darf ich es Alec erzählen, wenn er bei seiner Ehre schwört, es niemals einem anderen zu erzählen? Ich bin mir sicher, daß er nur zu gerne wüßte, was ihn auf die falsche Fährte gebracht hat. Ach, da ist er ja schon.«

Alec kam in den Salon, gefolgt von Tring und Piper. Als sich ein erwartungsvolles Schweigen über die Gruppe senkte, schlängelte sich Belinda noch eilig hinüber zu Daisy.

»Meine Damen und Herren«, setzte Alec an. »Ich möchte Ihnen allen danken, daß Sie Ihre Reise hier in Berwick unterbrochen haben, um …«

»Wußte ja gar nicht, daß wir eine Wahl hatten«, trompetete Smythe-Pike.

Alec fragte sich, wie nachdrücklich Superintendent Halliday seine Bitte, die Familie möge in der Stadt bleiben, eigentlich formuliert hatte. Dennoch fuhr er gelassen fort: »… um die Polizei dabei zu unterstützen, dieses schreckliche Verbrechen aufzuklären. Angesichts Ihrer Hilfe empfinde ich es als meine Pflicht, formell zu bestätigen, was Sie vermutlich schon auf informellem Wege gehört haben: Donald Braeburn ist wegen des Verdachts des Mordes an Albert McGowan festgenommen worden.«

Braeburn schlief noch – unter Wirkung des Bromids –, aber hinter Gittern. Da er vorher schon seine Erlaubnis gegeben hatte, eine Blutprobe zu entnehmen, hatte Dr. Fraser sich nicht die Mühe gemacht, zu warten, bis er aufwachte. Die Blutgruppe des Rechtsanwalts, eine relativ seltene, paßte zu dem Blut unter den Fingernägeln des alten Mannes und auf dem Kissenbezug.

»Aber verflixt noch eins, verehrter Freund«, quengelte Bretton, »was ich einfach nicht verstehe, ist, warum er es getan hat.«

Als er all die verwirrten, neugierigen, erwartungsvollen Gesichter betrachtete, beschloß Alec, daß Braeburns Bitte um Vertraulichkeit nicht mehr galt.

»Er hatte Angst. Mr. McGowan hatte ihm seine Pläne für das Vermögen anvertraut, das er demnächst erben würde, und Braeburn eröffnete ihm, sein Bruder habe in den vergangenen paar Jahren den größeren Teil dieses Vermögens verpraßt.«

»So ein kompletter Unsinn!« brüllte Smythe-Pike. »Verdammt noch mal, Alistair McGowan wußte überhaupt nicht, wie man ›verprassen‹ buchstabiert.«

Alec hob eine Hand, um das immer stärker werdende Gemurmel zu beruhigen.

»Das haben wir auch schon gehört«, sagte er trocken. »Wir nehmen an, daß Albert McGowan Ihre Meinung teilte und daß er Braeburn der Unterschlagung verdächtigt und eine Revision angedroht hat. Tatsächlich haben Braeburns Partner bereits die Wirtschaftsprüfer herbeigeholt. Aufgrund seiner eigenen Aussage mir gegenüber scheint es wahrscheinlich, daß von Alistair McGowans Vermögen nicht mehr als einige tausend Pfund übriggeblieben sind. Einige wenige Tausend. Ich weiß nicht, was noch gerettet werden kann, aber sie sollten nicht mit mehr rechnen.«

Über das folgende Pandämonium hinweg erhob sich Enid

Gillespies Kreischen. »Ein paar mickrige Tausend! Das wird uns ja wirklich nicht weit bringen. Er hat mit deinem Ungeschick und deiner Inkompetenz gerechnet, Peter. Er wußte, daß du nie merken würdest, daß man dich betrügt!«

Eine leise Stimme hinter Alec sagte: »Ojemine!«

Er wirbelte herum. Eine bescheiden aussehende, müde Frau mittleren Alters war unbemerkt in den Salon getreten. »Kann ich Ihnen helfen, Madam?« fragte er.

»Sind Sie der Chief Detective?« fragte sie verwirrt. Mit einem zweifelnden Blick auf die unruhige Gruppe hinter ihm fuhr sie fort: »Bitte entschuldigen Sie, daß ich Ihre Besprechung störe, aber ich bin Julia Gillespie.«

»Ich würde sagen, daß diese Besprechung schon ein Ende gefunden hat, wenn auch ein etwas unwürdiges, Miss Gillespie. Hat Ihre Familie Sie erwartet?«

»Nein. Man hat ein Telegramm geschickt, aber als der Junge vom Postamt es gebracht hat, hatte ich keine Zeit, um den Schlüssel zu suchen zu Onkel Alistairs Portokasse und daraus den Shilling für die Antwort zu nehmen. Es gibt auf Dunston Castle nämlich kein Telephon. Onkel Alistair betrachtete das Telephon als eine neumodische Art, Geld zu verschwenden. Ich wußte, daß ich nie wieder zurückkehren würde, wenn ich erst einmal gegangen wäre, also bring ich die Nachricht gleich selbst.«

Alec konnte sich nur eine Nachricht vorstellen, die die unbezahlte Haushälterin des Geizkragens bringen könnte. »Ich sehe mal zu, daß man Ihnen Gehör schenkt, Ma'am«, schlug er vor, »und dann können Sie sie selbst verkünden.«

»Vielen Dank«, nahm sie das Angebot mit einem dankbaren Lächeln an.

Alec drehte sich um, klatschte in die Hände und sagte mit einer Stimme, die, obwohl sie mitnichten so laut war wie die von Smythe-Pike, dennoch wie eine Trillerpfeife durch das allgemeine Gerede schnitt. »Meine Damen und Herren, ich bitte um Ihre Aufmerksamkeit!«

»Julia!«

»Tante Julia!«

»Was zum …?«

»Jetzt sag mir nicht …«

Alec runzelte die Stirn und blickte streng. »Bitte sehr, Ma'am.« Er trat mit Tom und Piper zur Seite.

Miss Gillespie sackte unter den vielen Blicken ein wenig zusammen. Sie räusperte sich und sagte: »Es tut mir sehr leid, euch zu sagen … Nein! Es tut mir überhaupt nicht leid. Ich weiß, daß es schrecklich unchristlich von mir ist, aber ich freue mich! Onkel Alistair hat das Zeitliche gesegnet. Er ist gestern gestorben, einige Minuten nach Mitternacht.«

Das entsetzte Schweigen wurde von einem lauten Lachen Raymonds unterbrochen. Er schlug Dr. Jagai auf den Rücken. »Jetzt kriegst du also doch die ganze Chose, Chandra«, rief er aus. »Jedenfalls das, was davon übrig ist. Gratuliere, alter Freund!«

Die Sonne schien auf den Bahnhof von Berwick herab. An diesem Tag wollte man fast glauben, daß sich der Frühling auch an diesen nördlichsten Punkt Englands Bahn brach.

Die Verwandten der verstorbenen Zwillinge McGowan waren bereits nach London abgereist, mit unterschiedlichen Graden von Wut, Verärgerung, Resigniertheit, Amüsement und, in Kittys Fall, Begeisterung. »Jetzt muß Mummy mich doch Schriftstellerin werden lassen«, hatte sie Daisy gesagt, »oder Krankenschwester. Eigentlich möchte ich aber lieber Detektivin werden. Nur dürfen Mädchen das wahrscheinlich doch nicht.«

Die Detectives von Scotland Yard würden später reisen, begleitet von Belinda. In der Zwischenzeit brachten Alec und Belinda Daisy und Dr. Jagai zum nächsten Zug nach Edinburg. Belinda hing an Daisys Arm. »Vielen Dank, daß Sie auf mich aufgepaßt haben«, sagte sie. »Ich wünschte, Sie würden mit uns zurück nach London kommen.«

»Ich muß arbeiten, Liebling. Aber ich werd ja nur ein paar Tage fort sein.«

»Es sei denn, Sie stolpern schon bald über die nächste Leiche«, bemerkte Alec ironisch.

Daisy lachte. »Wenn das geschieht, ignoriere ich sie geflissentlich, denn Scotland Yard arbeitet ja nicht in Schottland. Eigentlich merkwürdig, oder?«

»Nicht ganz so merkwürdig wie die Tatsache, daß Sie Albert McGowan kennengelernt haben, kurz bevor er dieses irdische Jammertal verlassen hat. Wissen Sie, ich hab immer noch keine Ahnung, wie es überhaupt dazu gekommen ist?«

»Ach, das war gar nicht Miss Dalrymple, Daddy, das war ich.«

»Nicht noch eine Detektivin«, stöhnte Alec auf, »als würde eine nicht reichen! Da kommt ja schon der Zug. Doktor, mein herzlicher Dank für Ihre Hilfe. Ich hoffe, wir sehen uns bald in London wieder.«

Er schüttelte Chandra Jagai die Hand, und Belinda wandte sich zum Inder, um sich zu verabschieden.

Während seine Tochter beschäftigt war, sagte Alec leise zu Daisy: »Ich schulde Ihnen mehr, als ich jemals zurückzahlen kann.«

»So ein Quatsch«, sagte Daisy und streckte die Hand aus. »Sie ist ein Schatz. Es war ein Vergnügen – jedenfalls in den Phasen, in denen ich nicht gerade vor Angst und Schrecken um sie gezittert habe.«

Er nahm ihre Hand, als ein Pfeifen kundtat, daß der Zug über die Brücke nahte. Mit einem hastigen Blick auf Belinda vergewisserte er sich, daß sie immer noch in einer ernsthaften Unterhaltung mit Jagai steckte.

Die Lokomotive lief schnaufend in den Bahnhof ein. Belinda hatte die Hand auf den Unterarm des Doktors gelegt, stellte sich auf die Zehenspitzen und lehnte sich vor, um ihm etwas ins Ohr zu flüstern.

»Haben Sie das gesehen?« fragte sie voller Freude. »Er hat sie geküßt!«